E. G. Wolff

Die Schattenbrücke – Am Ende der Welt

E. G. Wolff

Die Schattenbrücke – Am Ende der Welt

Roman

PIPER

Mehr über unsere Autoren und Bücher:
www.piper.de

Wenn Ihnen dieser Roman gefallen hat, schreiben Sie uns unter Nennung des Titels »Die Schattenbrücke – Am Ende der Welt« an *empfehlungen@piper.de*, und wir empfehlen Ihnen gerne vergleichbare Bücher.

ISBN 978-3-49250395-7

Litho: Lorenz & Zeller, Inning am Ammersee
Korrektorat: Uwe Raum-Deinzer
Covergestaltung: Emily Bähr, www.emilybaehr.de
Covermotiv: Bilder unter Lizenzierung von Shutterstock und Freepik genutzt
Printed in Germany

Für B.,
meine fleißigste Testleserin

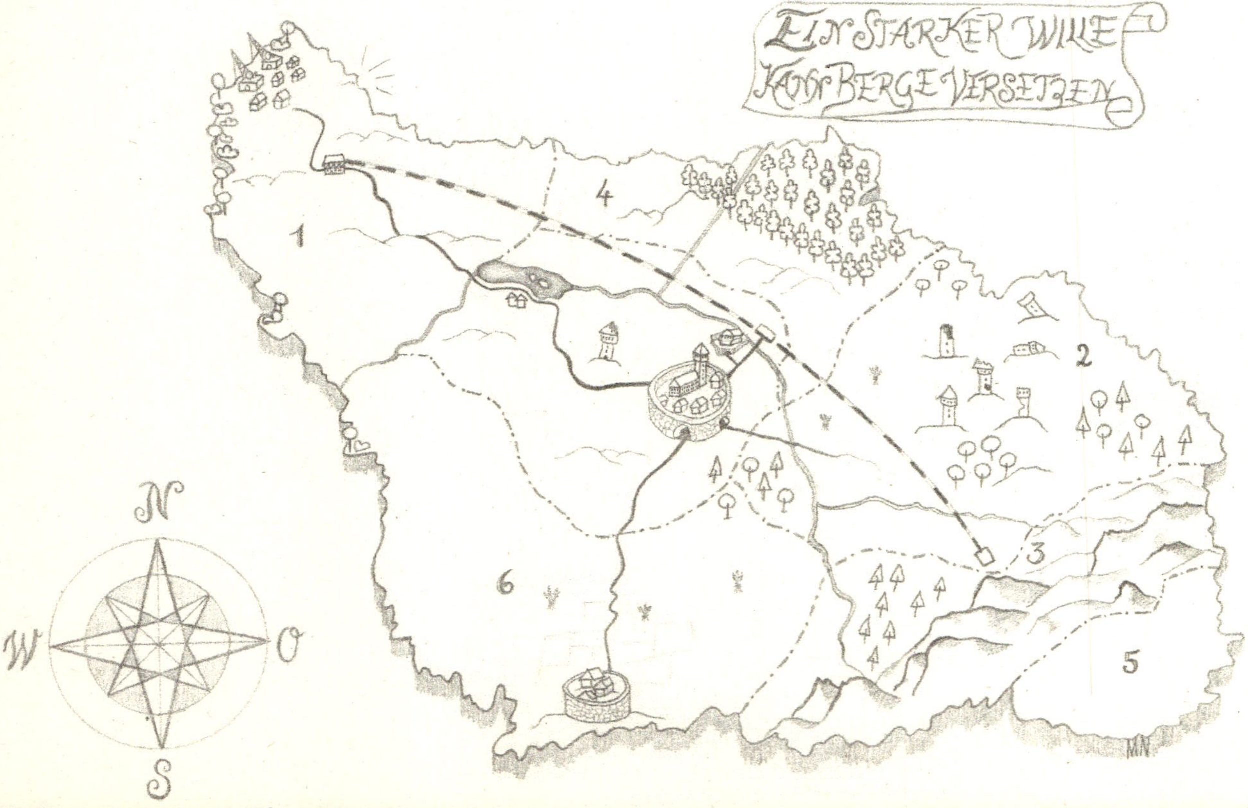
EIN STARKER WILLE
KANN BERGE VERSETZEN
1
2
3
4
5
6
N
O
S
W
MN

Kapitel 1: In der Hauptstadt

Ein Späher kam im Galopp den Hügel hinabgeritten. Vor ihm im Tal wartete kampfbereit eine große Zahl an Reitern. Alle blickten ihm gebannt entgegen. »Sie kommen!«, rief der einzelne Reiter, sobald er sich auf Rufweite genähert hatte. »Und sie sind schnell! Der Feind ist höchstens noch eine Meile entfernt!« Angst und Entsetzen lagen in seiner Stimme. Er hatte gesehen, was sich jenseits der Hügel befand.

Kjertan ritt dem Späher ein kleines Stück den Hang hinauf entgegen und blickte auf sein Heer zurück. Allen war bewusst, was sie erwartete, aber nur die wenigsten hatten bislang eine der Bestien zu sehen bekommen.

»Wir wussten, dass dieser Tag kommt, und wir sind vorbereitet!«, rief Kjertan. »Vielleicht stimmen die Gerüchte, und wir können sie niemals endgültig besiegen. Möglicherweise werden sie immer wieder kommen, aber heute werden wir ihnen eine Niederlage zufügen! Ich habe diese Kreaturen schon zu Gesicht bekommen. So furchterregend sie sein mögen, wir können auch sie bezwingen! Jeder kennt seine Aufgabe. Ihr alle wisst, worum es heute geht. Heute werden wir ihnen zeigen, was es bedeutet, sich mit den Reitern der Bruderschaft anzulegen!«

Kjertan blickte gen Himmel. Von den Wachtürmen, die allerorten in den Himmel ragten, wurden unablässig mit Spiegeln Nachrichten weitergegeben. Die Hauptstadt wollte über das unterrichtet sein, was hier im Nordosten des Landes geschah.

Kjertan ahnte, was diese Signale zu bedeuten hatten. Die Verteidigungslinien konnten dem Ansturm nicht standhalten.

Vor ihnen stieg Rauch zwischen den Hügeln auf. Sekunden dehnten sich zu Minuten. Aus Norden, Süden und Osten bahnte sich aus großer Ferne je ein einzelner schwarzer Punkt seinen Weg in den Himmel. Die Punkte, die immer näher kamen, zogen Rauchschwaden hinter sich her, aber offensichtlich zielten sie nicht auf die Reiter. Kurz bevor sie auf dem Boden auftrafen, verschwanden sie hinter der letzten Hügelkuppe.

Unauffällig und unbewaffnet hatte sich Savant zu Kjertan gesellt. Fragend blickte Kjertan seinen Gefährten an. »Eins zu neun«, sagte Savant leise, ohne Kjertan direkt anzuschauen. Savant trug den Beinamen »der Sonderliche«, weil ihm vieles unheimlich schwerfiel. Dinge, die jedes Kind beherrschte, stellten für ihn große Herausforderungen dar, und es fiel ihm oftmals auch merklich schwer zu sprechen. Dafür besaß er andere Fähigkeiten. Er erkannte Zusammenhänge und konnte Chancen und Möglichkeiten beurteilen wie kein Zweiter. »Eins zu neun«, presste Savant erneut mühsam hervor.

Auch Briga und Varg hatten zu Kjertan hangaufwärts aufgeschlossen. Varg gehörte zu den wenigen, die sich schon zweimal den Wesen entgegengestellt hatten und noch immer im Sattel saßen, auch wenn sich seit der ersten Begegnung eine tiefe Narbe durch seine rechte Gesichtshälfte zog. Die Verletzung endete genau an seinem Mundwinkel, sodass es aussah, als würde er die ganze Zeit grinsen. In Kombination mit seinem geschorenen Schädel und seinem kräftigen Vollbart wirkte er fast so unheimlich wie die Kreaturen selbst. Auch Kjertan war mittlerweile vom Kampf gezeichnet, denn er trug eine schwarze Augenklappe über dem linken Auge.

»Oh, das ist das erste Mal, dass die Wahrscheinlichkeit gegen

uns nur noch einstellig ist«, freute sich Briga mit einem merkwürdigen Gemisch aus Galgenhumor und Sarkasmus.

»Fast schon zu einfach«, lächelte Varg grimmig, »wo bleibt da die Herausforderung?«

Savant reagierte nicht. Er beobachtete die Türme. Er schien alle Spiegelsignale gleichzeitig zu entschlüsseln. »Neunzig«, presste er mühsam heraus. Kjertan verstand, was diese Zahl bedeutete. Neunzig Sekunden noch.

Kjertan zog sein Schwert. Sein Rappe bäumte sich auf, er spürte die Spannung, die in der Luft lag. »Wir sind viele, und wir sind stark! Sie konnten bislang unsere Stadtmauern aus der Ferne nicht brechen, und solange auch nur ein Reiter im Sattel sitzt, werden sie keine einzige Stadt erreichen! Haltet euch dieses Ziel immer vor Augen, und bewahrt die Ordnung, ganz egal, was uns auf der anderen Seite erwartet! Jeder Lanzentrupp bindet einen großen Brecher. Alle anderen, die durch die Reihen der Brecher hindurchgelangen können, reiten weiter! Wenn wir die drei kleinen Bändiger erwischen, welche die Bestien führen und lenken, dann verlieren die großen Kreaturen ihre Gefährlichkeit und wir werden sie allesamt ins Meer zurückstoßen!«

»Siebzig«, sagte Savant leise.

»Pass gut auf Savant auf«, rief Varg Briga im einsetzenden Donner der Pferdehufe zu und zog einen Wurfspeer aus seinem am Rücken hängenden Köcher. Einer dieser beiden musste sich immer um Savant kümmern und Gefahren von ihm fernhalten, denn dessen Verstand war die vielleicht wertvollste Geheimwaffe, über die Kjertan verfügte. Briga pfiff, und Askan, ihr kleiner treuer Hund, sprang so am Pferd hoch, dass sie ihn ergreifen und emporheben konnte. Die Reiter hatten sich in Bewegung gesetzt. Hangaufwärts. Nur Savant und Briga blieben zurück.

Tausende Pferde ließen den Boden erdröhnen. Von oben betrachtet war in der scheinbar chaotischen Masse an Pferde-

leibern eine Ordnung zu erkennen. Immer dreißig Reiter bildeten einen Trupp, der zwei große Lanzen mit sich führte. Kjertan hatte blindes Vertrauen in Savants Berechnung. Er blickte nur einmal kurz auf und nahm die unzähligen Punkte wahr, die sich auf ähnlichen Flugbahnen wie die ersten drei Brandgeschosse in den Himmel erhoben.

»Wie konnte es nur so weit kommen?«, durchfuhr es Kjertan, kurz bevor er die Hügelkuppe erreichte. »Warum haben wir uns nur so von Therus täuschen lassen? Wieso konnten uns die geradezu übermenschlichen Errungenschaften, die er uns gebracht hat, derart blenden? Alles im Leben hat seinen Preis …«

Dann jedoch schüttelte Kjertan diese Gedanken ab. Fragen stellen konnte er sich immer noch, wenn die Schlacht geschlagen war. Sie standen mit dem Rücken zur Wand. Ein weiteres Mal würden sie ihren übermächtigen Gegner nicht in eine solche Falle locken können. Sie mussten ihn unbedingt zurückschlagen, um Zeit zu gewinnen. Zeit, um ihren letzten verzweifelten Plan in die Tat umsetzen zu können.

In dem Moment, in dem die ersten Reiter die Hügelkuppe erreichten, senkten sich die Brandgeschosse Richtung Boden und schlugen in der Senke direkt vor ihnen ein. Kaum hatte das letzte Geschoss seine zerstörerische Wirkung entfaltet, trafen die Reiter bereits auf ihre Gegner. Der beißende, stechende Rauch, die monströsen Brecher, die sich trotz der feurigen Begrüßung in zwei Reihen aufgestellt hatten, um die drei Bändiger zu schützen, die Pferde, die dicht gedrängt den Hang hinabpreschten – all dies würde sich in Sekunden zu einem einzigen wilden, todbringenden Knäuel vermengen.

Aber ganz ohne Wirkung waren die Brandwaffen nicht geblieben. Kjertan registrierte eine Lücke in den Reihen der Ungetüme vor sich und steuerte sofort auf diese Schwachstelle zu. Denn er hatte nur eines im Sinn: Therus!

Er war einer dieser drei kleinen, bösartigen Bändiger. Als Mensch hatte er unter ihnen gelebt. Sie hatten ihm vertraut. Kjertan hoffte nichts mehr, als ihn noch einmal zu erblicken. Er hatte eine große Rechnung mit ihm zu begleichen …

Savant blickte zu Briga auf. »Eins zu zehn«, sagte er plötzlich leise.

»War das gerade etwa ein Lob? Nur durch meine Abwesenheit sinkt die Chance?«, lächelte sie ihn an, während sie ihren geflügelten Helm abnahm, unter dem ihre kurzen blonden Haare zum Vorschein kamen. Savant blickte wieder auf den Boden. Vielleicht hatte er mit mehr Brandgeschossen gerechnet, vielleicht hatte er irgendein Spiegelsignal entziffert oder die Angst in den Gesichtern der Reiter gesehen. Sie würde nicht von ihm erfahren, was seine Berechnung wirklich verändert hatte. Aber es war auch gar nicht wichtig.

»Mach dir keine Sorgen! Solange Kjertan im Sattel sitzt, haben wir auch eine Chance«, sprach sie ihm und sich selbst Mut zu.

»Eins zu zehn«, wiederholte Savant leise, als wollte er sich vergewissern, dass Briga ihn verstanden hatte. Natürlich hatte er Kjertan schon in die Erfolgsaussichten, Therus zu erwischen, miteinbezogen.

»Ich hoffe nur, dass sich Varg unter Kontrolle hat, falls die beiden Therus entdecken …«

»Eins zu tausend«, murmelte Savant.

»Ich weiß«, entgegnete Briga kopfschüttelnd, »aber wenn einer für solch eine Auseinandersetzung geschaffen ist, dann er!« Plötzlich begann Askan zu knurren. Er schien etwas zu spüren. »Er ist dabei. Therus ist wirklich dabei …«, sagte Briga angespannt.

Therus führte einen roten Kristall mit sich, durch den er mit den anderen Kreaturen über weite Entfernungen zu kom-

munizieren vermochte. Jede neue Welle der Angreifer, die es abzuwehren galt, konnte sich daher den Abwehrmaßnahmen der Reiter und Wachen der Bruderschaft anpassen. Daher war Kjertan nicht nur hinter Therus her, sondern auch hinter diesem Kristall. Jener Stein aber hatte eine solch mächtige Wirkung auf Hunde, dass Askan es schon von Weitem spürte, wenn sie sich Therus näherten.

Wie eine Welle schwappte das Reiterheer über die Hügelkuppe und ergoss sich in das Schlachtgetümmel.

Einige der feindlichen Wesen, die zu voller Größe aufgerichtet die Reiter winzig erscheinen ließen, hoben baumstammgleiche Keulen, andere drehten grobe, riesige Schwerter so schnell, dass die Spitzen fast nicht mehr zu erkennen waren, aber das Singen der Klingen war eine unmissverständliche Warnung, sich auf keinen Fall in das Wirkungsfeld dieser Schneiden zu begeben.

Plötzlich sprang ein Ungetüm unmittelbar vor Kjertan und Varg in ihren Weg. »Der Dicke gehört mir«, schrie Varg, um sich im Lärm Gehör zu verschaffen, und steuerte direkt auf die Bestie zu, während Kjertan dem Widersacher seitlich auswich. Das Wesen hob eine gewaltige Keule empor. Der Schatten der wuchtigen Waffe fiel auf Kjertan.

* * *

Langsam öffnete Kjer die Augen. Gerne hätte er weitergeträumt und einen genaueren Blick auf die düsteren Wesen geworfen, aber schon begannen die Bilder zu verschwimmen und sich aufzulösen. Auch diesmal war der Traum sehr real gewesen. So real, als wäre das Geträumte irgendwo anders – vielleicht vor langer Zeit – Wirklichkeit gewesen.

Kjer lag mit hinter dem Kopf verschränkten Händen in einer blühenden Wiese unweit der Hauptstadt. Seinen Hut mit der breiten Krempe hatte er sich als Schutz vor der sengenden Sonne tief ins Gesicht gezogen. Eine dicke Hummel interessierte sich für die Blüten der Wiesenglockenblumen direkt neben ihm. Mauersegler flogen auf der Jagd nach Insekten zwitschernd über seinen Kopf hinweg, und von Zeit zu Zeit wieherten und schnaubten Pferde in der Ferne, ansonsten aber war es still. Es roch nach Wiesenkerbel und in der Sonne trocknenden Grashalmen.

Es war einer dieser perfekten Momente. Das Leben war schön. Der Schulalltag hatte ihn in letzter Zeit sehr gelangweilt, doch jetzt lagen die Sommerferien vor ihm.

Noch konnte Kjer nicht ahnen, dass dieser Sommer sein Leben verändern würde, dass seine heile Welt nicht nur in seinen wirren Träumen kurz vor der Zerstörung stand.

»Geh mir aus der Sonne«, sagte Kjer grinsend. Ohne den Hut vom Gesicht zu ziehen, wusste er genau, dass es sein bester Freund Aiko war, der sich da vor ihm aufgebaut hatte. Da der Schatten, der in seiner Träumerei auf ihn gefallen war, aber blieb, schob Kjer seinen Hut nun doch zur Seite und blinzelte nach oben.

Er pflückte sich einen Grashalm, steckte ihn zwischen die Zähne und wartete, dass Aiko endlich anfangen würde zu sprechen.

»Also …«

»Was also?«, erwiderte Kjer.

»Ich denke, du solltest langsam aufstehen und anfangen zu packen. Wenn wir uns nicht bestens vorbereiten und ganz vernünftig verhalten, dürfen wir vielleicht doch nicht alleine los«, mahnte Aiko.

Die Aufforderung, vernünftig zu sein, wäre für gewöhnlich das Stichwort für Kjer gewesen, erst recht liegen zu bleiben. Aber dieses Mal nahm er seinen Hut komplett vom Gesicht, stützte sich auf seine Unterarme, streckte sich noch einmal und rappelte sich dann ganz auf, denn er wusste, dass Aiko wieder mal recht hatte.

Es war bereits früher Nachmittag. Übermorgen würden die beiden Jungs auf eigene Faust bis ans Ende der Welt reiten dürfen.

Seit drei Jahren hatte Kjer diesen Wunsch gehegt, hatte im letzten Jahr seine Eltern jeden Tag bearbeitet und sich zu seinem dreizehnten Geburtstag im letzten Monat nichts anderes gewünscht. Und schließlich hatten sie eingewilligt.

Ein schwacher Wind strich durch das hohe Gras der sanften Hügellandschaft und ließ die hervorstehenden Ähren wie silberne Wellen hin und her wiegen. Eine Drossel beschimpfte die beiden Jungen und wollte sie von ihrem Nest in einer kleinen Buschgruppe weglocken. Doch Kjer und Aiko beachteten sie nicht und hielten weiter auf die Stadt zu. Hinter den Büschen ragte bereits die Stadtmauer hoch empor. Es war eine gewaltige, bedrohlich wirkende Verteidigungsanlage, die jeden Ortsfremden ehrfürchtig staunen ließ, wenn er ihr inmitten der friedlichen Idylle des Hochlandes gegenüberstand.

»Drachen«, sagte Kjer entschieden, »ich bleibe dabei, die Mauer ist einst bestimmt gebaut worden, um Drachen von der Stadt fernzuhalten.«

Aiko blickte ihn mit gespielter Verzweiflung an: »Nein, das haben wir doch bereits ausgeschlossen. Erstens gibt es mit an Sicherheit grenzender Wahrscheinlichkeit überhaupt keine Drachen, und zweitens könnten Drachen doch fliegen, wenn es sie geben würde, und dann würde eine Mauer ja gar keinen Schutz vor ihnen bieten …«

Niemand wusste so recht, warum die Mauer einst erbaut worden war. Sie war höher als die höchsten Bäume in der Stadt und so dick, dass es in der Mitte der vielen Durchgänge richtig dunkel wurde. Etwa jede Meile war einer dieser Tunnels in die Mauer gestemmt worden, was ihr etwas von der Bedrohlichkeit nahm, genau wie die bunten Blumen, die an jedem Mauerdurchbruch in großen Hängekübeln wuchsen.

Eng an die Mauer geschmiegt lag ein Hund und schlief. Als er Aiko und Kjer vernahm, setzte er sich auf und knurrte die beiden drohend an. Das heißt, eigentlich knurrte er nur Kjer an. Kjer war an sich ein ausgesprochener Tierfreund. Selbst das unruhigste Pferd vertraute ihm, und so manches wilde Tier war bei ihm ganz handzahm geworden. Nur Hunde mochten ihn nicht.

Das war nicht immer so gewesen. Kjer erinnerte sich noch genau: An seinem sechsten Geburtstag hatte ihn plötzlich der Nachbarshund gebissen. Seit diesem Tag hatte er es nicht mehr geschafft, auch nur einen einzigen Hund davon zu überzeugen, dass er sein Freund sei, und irgendwann hatte er es aufgegeben.

Kjer und Aiko gingen auf den nächsten Mauerdurchbruch zu. Der Tunnel in der Mauer war kühl und feucht und führte zu einer gepflegten Rasenfläche auf der anderen Seite.

Kjer trug stets einen hellbraunen Brotbeutel aus schwerem Jutestoff an seinem Gürtel, in dem er das Nötigste mit sich führen konnte: ein Taschenmesser mit einem Griff aus Regeneichenholz, diverse Schnüre, gerne ein Butterbrot und alles, was man sonst noch so außerhalb der Stadtmauer brauchen konnte. Er kramte gerade in seinem Beutel, als er bemerkte, dass Aiko bereits ein gutes Stück vorweggeeilt war, denn vorne an der Straße fuhr gerade eine Gondel um die Kurve.

Schnell rannte er hinter Aiko her. »Dass sich diese Dinger auch immer so anschleichen müssen und so furchtbar pünktlich sind«, dachte er sich, während er wieder zu Aiko aufschloss. Im Grunde lohnte sich die Fahrt für die beiden jedoch kaum. Sie dauerte drei statt der knapp zehn Minuten, die sie zu Fuß für die Strecke benötigten.

Gerade noch rechtzeitig erreichten sie die Haltestelle und sprangen in die kleine Kabine, während diese sich schon rumpelnd in Bewegung setzte. Einen Fahrer benötigten diese Gondeln nicht, weil sie von in die Trasse eingelassenen Seilen gezogen wurden, die von einem komplexen System an Seilwinden mittels Ochsenkraft angetrieben wurden.

Nur ein einzelner Mann in feiner Kleidung saß in der Kabine. »Wahrscheinlich ist heute noch eine Stadtversammlung«, dachte Kjer sich, denn der Siegelring am Zeigefinger der rechten Hand wies den Mann als Richter der Bruderschaft des Hochlandes aus.

Trotz der vorhandenen freien Sitzplätze blieben Kjer und Aiko auf der hölzernen Schwelle stehen und hielten sich an der gusseisernen Mittelstange fest.

Nach zwei Minuten verließ die Gondel die gepflasterte Straße und fuhr ruckelnd auf einem leicht erhöhten Damm mit etwa doppelter Schrittgeschwindigkeit weiter. Auf beiden Seiten reihten sich Häuser aneinander, welche einzelnen Familien Platz boten, wie es für die äußeren Stadtviertel typisch war. Nur in der Innenstadt standen größere Wohnhäuser.

Am Ende des Dammes ließ sich bereits die nächste Haltestation erkennen.

»Auf drei?«, fragte Kjer plötzlich. Sogleich schaute Aiko konzentriert den Damm hinab. »Drei!«, riefen beide und sprangen aus der fahrenden Gondel.

Der Richter der Bruderschaft schimpfte den beiden hinterher, als Kjer und Aiko bereits in das Heu purzelten, das sie selbst dort vor einiger Zeit für ihre *Abkürzung* an der Rückwand einer Pferdestallung aufgeschichtet hatten. Vielleicht war der Mann einfach nur erschrocken. Wahrscheinlicher war aber, dass ihm das ordnungswidrige Verhalten der beiden Freunde missfallen hatte, denn die Bruderschaft verkörperte Recht, Gesetz, Sicherheit und öffentliche Ordnung.

»Ihr seid solche Dummköpfe!«, tönte es von der Stallung. Freya wohnte in der gleichen Straße und beobachtete mit hochgezogenen Augenbrauen, wie sich Kjer und Aiko wieder aus dem Heu aufrappelten.

»Wir sind keine Dummköpfe, wir nutzen nur unsere Zeit effizient«, korrigierte sie Aiko und machte eine Geste in Richtung der wegfahrenden Gondel, um zu untermalen, dass diese sich ja ab hier in die falsche Richtung bewege.

»So, so. Bis ihr das Heu aus euren Klamotten rausgeklaubt habt, wärt ihr schon längst die hundert Schritte von der nächsten Haltestelle hergelaufen«, rief Freya lachend und verschwand um die Ecke im Sanddornweg.

Während Aiko seine ordentlich gescheitelte Frisur wieder richtete, blickte Kjer ihr nach. Irgendwie fühlte er sich nicht mehr so unbezwingbar wie noch vor wenigen Sekunden. Freya ging in die gleiche Klasse wie Aiko und Kjer und hatte meistens einen noch besseren Spruch parat als er selbst, aber im Gegensatz zu vielen anderen, die gerne mal einen Witz über Aiko machten, meinte Freya dies nicht ernst. Mindestens genauso wie ihr oftmals loses Mundwerk ärgerte Kjer, dass sie nur ein halbes Jahr älter, aber dennoch ein klein wenig größer war als er. Trotzdem mochte er Freya eigentlich ganz gern. Spätestens wenn sich in ihrem Gesicht ihre Lachgrübchen bildeten und sie ihn mit ihren grünen Augen anlächelte, war jeglicher Ärger wieder verflogen. Diese Momente waren aber recht selten, zumeist wirkte Freya sehr erwachsen und unnahbar. Teilweise hielt Kjer dies für aufgesetzt, sicherlich hatte aber auch der frühe Tod ihrer Mutter dafür gesorgt, dass sie schon in ihrer Kindheit mehr Verantwortung hatte übernehmen müssen. Dass Aiko ebenfalls größer war als er, störte Kjer zwar auch ein wenig, aber dafür war Kjer sportlicher und stärker als sein schlaksiger Freund.

Die beiden Jungen schüttelten sich das Stroh aus ihrer robusten bäuerlichen Kleidung und sammelten ihre Leinenhüte wieder ein, die sie bei dem Sprung verloren hatten. Schnell setzte Aiko seinen wieder auf, denn er hatte nicht nur einen helleren Hauttyp als Kjer, was bei der kräftigen Hochlandsonne ohnehin schon ein Nachteil war, sondern seine Ohren standen auch neugierig vom Kopf ab und bildeten damit ein beliebtes Angriffsziel für die Sonnenstrahlen. Dafür war Aiko unheimlich belesen und glänzte in vielen Bereichen mit einem erstaunlichen Fachwissen, und so wie Kjer meist seinen Brotbeutel dabeihatte, führte sein Freund immer ein kleines Notizbuch mit sich und vermochte so von Zeit zu Zeit nützliche Informationen aus seinen umfangreichen Aufzeichnungen hervorzuzaubern.

Im Sanddornweg standen zehn Häuser. Es gab sicherlich prächtigere Straßen in der Stadt, aber der Sanddornweg gewann durch die Gemütlichkeit und Wärme, die seine Häuser ausstrahlten. Die Gebäude waren hier schon rechteckig und nicht mehr quadratisch und in einem dunklen Beige gestrichen. Die mit ihren Rundungen an Gemütlichkeit nicht zu übertreffenden, mit dunkelbraunen Schindeln gedeckten Dächer sorgten endgültig dafür, dass man sich schon zu Hause fühlte, wenn man nur in den Sanddornweg einbog.

Zudem waren die zu den Häusern gehörenden Gärten gerade so groß, dass die Gebäude noch zusammengehörig wirkten, aber auch nicht so klein, dass der alte Baumbestand der Straße den hellen, freundlichen Eindruck hätte verschatten können.

Freya wohnte mit ihrem Vater im Haus Nummer Eins. Haus Nummer Vier gehörte Kjers Familie, und direkt gegenüber, mit der Nummer Sieben, lag das Haus von Aiko Thruster und dessen Familie.

* * *

Doch nicht überall auf dem Hochland ging es so beschaulich und geordnet zu wie in der Hauptstadt. Beeke, Birger und Halvor liefen, jede Deckung nutzend, über die Bergaheymer Pferdekoppeln. Jeder der drei Jugendlichen führte ein fremdes Pferd mit sich.

»Sechzehn in einer Nacht ist doch 'ne ganz ordentliche Ausbeute«, scherzte Birger, sobald sie bei ihren eigenen Pferden angekommen waren. Die gestohlenen Tiere hinter sich herführend, ritten die drei Pferdediebe eine Meile nach Süden. Im Mondlicht konnten sie einen Hügel erkennen und daneben eine Senke mit einem kleinen Wald.

Zielsicher lenkten sie ihre Pferde auf das Gehölz zu. Dort wartete eine große Gruppe Bergler. »Wunderbar, Beeke. Es lohnt sich immer, euch mitzunehmen«, sprach ein Mann, als sie in den Wald ritten. Die Jugendlichen mochten fünfzehn oder sechzehn Jahre alt sein, dagegen waren die restlichen Bergler ausnahmslos kräftige, wilde Männer.

»Wir brechen gleich auf«, entschied einer von ihnen. Die anderen, die bis eben noch auf dem Boden geruht hatten, erhoben sich nun nach und nach.

»Birger und ich kommen nicht mit«, erklärte Beeke bestimmt, während sie den Führstrick ihres zweiten Pferdes an Halvor übergab. »Wir haben noch etwas in der Hauptstadt zu erledigen.«

Kurz danach war der Wald verlassen. Die Bergler waren mit den neuen Pferden auf dem Weg ins Wettergebirge, und Beeke und Birger ritten auf ihren Pferden an Feldern vorbei, der Hauptstadt entgegen.

»Hoffentlich ist Wigold bereits am Treffpunkt …«, murmelte Beeke, als der Morgen dämmerte und sie sich ein Versteck für den Tag suchten.

Kapitel 2: Der Regeneichenwald

Sich den Hut über die windzerzausten blonden Haare ziehend, ging Kjer neben Aiko an den Boxen der Pferde vorbei. Auf einem Mauervorsprung am Ende der Stallung saß Freyas sechs Jahre älterer Bruder Wigold, der sich gerade einen Apfel aufschnitt. Wigold hatte sich immer Zeit für die beiden Jungen genommen, obwohl er deutlich älter war. Kjer und Aiko bewunderten ihn.

Wigold war eine auffällige Persönlichkeit. Vielleicht lag dies auch an seiner Gabe, sich sehr unangepasst zu kleiden. Vor allem aber strahlte er eine innere Ruhe und Sicherheit aus und vermochte jeden in seinen Bann zu ziehen. Sein Blick konnte fast unangenehm sein, und manchmal schien es, als ob er in einen hineinschauen könnte; als ob er nur mit seinen wachen blauen Augen erkennen könnte, ob jemand die Wahrheit sprach oder log und welche Absichten sein Gegenüber verfolgte.

Als Kjer zu ihm hinübersah, fiel sein Blick sofort auf Wigolds Taschenmesser. Wie angewurzelt blieb er stehen. Offensichtlich war Aiko das Messer ebenfalls aufgefallen, denn auch er hielt abrupt an. Wigold blickte auf und nickte ihnen freundlich zu. Aiko fand seine Sprache als Erster wieder. »Wahnsinn, wo hast du denn das Messer her? Ist das Holz echt? Sei ehrlich, das hast du bloß angemalt.«

»Nee, das sieht echt aus«, meinte Kjer, der seinen Blick

nicht von dem Messer abwenden konnte. »Darf ich es einmal in die Hand nehmen?«

»Klar«, sagte Wigold, teilte mit einem letzten Schnitt eine Apfelhälfte in zwei Stücke und überreichte Kjer das Messer, der es fachmännisch begutachtete. Dabei interessierte er sich nur für den hölzernen Griff.

»Das Holz ist wirklich rot, ich war schon stolz, dass mein Messer grünlich ist. Woher hast du es? Das kann doch unmöglich aus der Stadt kommen – und wie das gewachsen ist, die gleichmäßige Maserung, unglaublich! Sag schon, wo hast du es her?«

Auch Kjers Taschenmesser hatte einen Griff, der aus einem Ast der Regeneiche hergestellt worden war, und bis zum heutigen Tag hatte er gedacht, dass er ein besonders schönes und auch besonders altes Stück Holz besaß. Das Messer war ein Familienerbstück, das Kjer zum sechsten Geburtstag geschenkt bekommen hatte. Die Bäume wuchsen in der Stadt schlecht, trugen niemals Früchte und wurden nicht besonders alt. Neben den kümmerlichen städtischen Exemplaren gab es noch im Westen des Hochlandes vereinzelt wachsende Regeneichen, richtig zahlreich wuchsen sie aber nur nördlich des Hauptstadtbezirks, im Regeneichenwald. Diesen zu betreten war jedoch strengstens untersagt. Die von der Bruderschaft erlassenen Gesetze und Regeln des Hochlandes waren alles in allem gut durchdacht, und Strafen fielen eher milde aus. Strenge Strafen standen jedoch auf das Betreten des Regeneichenwaldes, und die Bruderschaft schirmte ihn mit einer Vielzahl von Wachen und Reitern gegen versehentliche oder beabsichtigte Besuche ab. Selbst Aikos Onkel Herulf, ein Mitglied der Bruderschaft des Hochlandes, der eine sehr verantwortungsvolle Position einnahm, wusste nicht, – oder gab zumindest vor, es nicht zu wissen –, warum der Wald nicht betreten werden durfte.

»Also, wo hast du das Messer her?«, bohrte Kjer nach.

»Den Griff habe ich mir selbst geschnitzt, und das Holz dazu habe ich mir aus dem Wald geholt«, antwortete Wigold, als wäre es das Normalste auf der Welt, eben mal in den Regeneichenwald zu spazieren und sich einen Ast abzubrechen.

»Aus dem Regeneichenwald?«, schnauften Kjer und Aiko gleichzeitig.

»Klar. Warum auch nicht? Die Baumeisterische Lehranstalt hat doch im Sommer geschlossen, und was soll man auf diesem Flecken Erde denn sonst Spannendes machen?«, erwiderte Wigold lässig.

Der Regeneichenwald. Dorthin wollte Kjer schon, seit er vor Jahren eine Kindergeschichte über ihn vorgelesen bekommen hatte. In seinen Tagträumen hatte er sich schon so oft ausgemalt, wie er dahin gelangen könnte. »Wie bist du dort hingekommen?«

»Du tust gerade so, als wäre ich zum Mond geflogen, Kjer. Natürlich mit meinem Pferd und meinen Füßen. Beinahe wäre ich erwischt worden, aber das war es mir wert. Ich lasse die Bruderschaft nicht mein Leben bestimmen.«

»Ehrlich, da will ich auch unbedingt hin, ganz egal, ob ich erwischt werde!«

»Glaub mir Kjer, das ist nicht egal. Du willst ganz sicher nicht erwischt werden. Wenn du in der Stadt gegen eine Regel verstößt, ist die Bruderschaft vielleicht pingelig und nervig, draußen weht aber ein ganz anderer Wind.« Wigolds Augen funkelten. Aiko versuchte den Blick zu deuten. Er war sich nicht sicher, ob es Wut oder Trauer war.

So freundlich und positiv Wigolds Wesen war, wenn

jemand seinen Lieblingsfeind, die Bruderschaft, verteidigte, konnte er ein arrogantes, mitleidiges Lächeln aufsetzen, wie es kein zweites in der Stadt gab. Wigold lehnte alles an der Bruderschaft ab: ihre Macht, ihre Regeln und ihren Hang, wie er meinte, Probleme stets mit Waffengewalt lösen zu wollen. Auch seine kleine Narbe über der linken Augenbraue hatte er sich in Kjers Alter von einem Reiter der Bruderschaft eingefangen – wenn auch vielleicht nicht ganz unverdient –, als er in den Schweif von dessen Pferd Freyas kleine rosa Haarschleifen geknotet hatte, *während* der Reiter im Sattel saß.

»Wenn ihr in den Regeneichenwald wollt, werdet ihr einen Weg finden. Ihr reitet nach Fiskheym, richtig?«, fuhr Wigold fort.

»Genau«, antwortete Kjer.

»Meine Eltern meinen, dass es die einfachste Route ist, mehr war nicht drin«, sagte Aiko fast entschuldigend. Neben jemandem zu stehen, der es in den Regeneichenwald und zurück geschafft hatte, ließ ihre Reiterfahrt plötzlich gar nicht mehr so wagemutig wirken.

Wigold schien zu bemerken, was in den Jungen vorging. »Eure Reise wird ein echtes Abenteuer. Die meisten Menschen haben gar kein Interesse daran, zu reisen und das Ende der Welt zu sehen. Sie sind glücklich, wenn die Blumen im Vorgarten blühen und sie in ihrer Freizeit dreimal die Woche ihren Rasen stutzen können. Aber natürlich nicht in der Mittagspause.« Aiko und Kjer mussten lachen und waren wirklich wieder ein wenig stolz auf ihr Vorhaben, aber Aikos Wissensdurst war noch nicht gestillt.

»Sag mal, wenn du jetzt im Sommer im Wald gewesen bist, hast du doch erlebt, wie es geregnet hat? Das muss unvergesslich sein …«

Wenn Regeneichen nass werden, quillt ihr Holz außergewöhnlich stark auf. Allerdings wächst die Rinde der Bäume nicht so schnell mit. Wenn es im Sommer regnet, zeigt sich daher ein zauberhaftes Schauspiel. Schon bei den paar krüppeligen Bäume in der Stadt lässt es sich beobachten: Erst knacken und knarzen einzelne Äste, dann der ganze Baum, bis letztlich die Rinde in vielen langen Rissen aufplatzt und Harz herausläuft. Junge Bäume haben farbloses, ältere Bäume grünes Harz. Bei sehr alten Bäumen soll sich gelbes Harz zeigen. Aber ein roter Griff wie bei Wigolds Messer? Nur besonders große und stattliche Bäume sollen rotes Harz haben. Das hatte Aiko in einem alten Buch über die Flora des Hochlandes gelesen, aber er wusste nicht, ob er es glauben sollte.

»Erzähl schon«, bat nun auch Kjer mit vor Aufregung zitternder Stimme, »warst du bei Regen im Wald?«

»Ich habe extra drei Tage gewartet, um dieses Schauspiel zu erleben«, fing Wigold an zu berichten. »Bevor der Regen fiel, verstummte der ganze Wald, und sobald die ersten Tropfen die Bäume erreichten, fing es überall an zu knacken, und das Harz quoll aus den Rissen der Rinde. Als die Bäume richtig nass wurden, dröhnten mir die Ohren, so laut war es.«

Wigold blickte auf. Die Gartenpforte klapperte, und auf den gepflasterten Platz trat Kjers Vater Herko.

»Kjertan«, rief er seinen Sohn, »hast du schon fertig gepackt?«

»Im Prinzip ja. Also das heißt, Aiko hat fertig gepackt, und ich nehme einfach das Gleiche mit«, erwiderte Kjer mit einem entwaffnenden Lächeln.

Da fiel Herkos Blick auf das Messer, das Wigold mittlerweile zusammengeklappt hatte, aber noch in seiner Hand hielt. Offensichtlich erkannte Herko sofort, worum es sich dabei handelte. »Wigold, bist du wahnsinnig! Pack sofort dieses Messer weg! Hörst du? Jetzt sofort. Ich will gar nicht wissen, woher du es hast. Wenn du es unbedingt behalten musst, versteck es zumindest so, dass es nicht aus Versehen der Falsche zu sehen bekommt. Und bitte, lass die Jungs mit solchen Geschichten in Ruhe.«

»Er hat uns keine Geschichten erzählt«, sagte Kjer, der sich plötzlich verpflichtet fühlte, Wigold zu verteidigen.

»Kjertan, ich bin nicht dumm. Auch wenn ich verstehe, was in Wigold vorgeht …« Damit wandte Herko sich in freundlicherem Tonfall wieder Wigold zu: »Das ist unverantwortlich. Wirklich. Hast du eine Ahnung, was passieren kann, wenn du so ein Holz in die Stadt bringst? Pack es jetzt weg!«

Kjers Vater sprach freundlich, aber sehr bestimmt. Er mochte die Bruderschaft nicht oder zumindest nicht die Art und Weise, wie sie den Hochländern erklärte, was sie zu denken hatten, und den öffentlichen Diskurs lenkte. Jeder Hochländer wusste, dass in ihrer kleinen, perfekten Welt etwas nicht stimmte, so als ob man in einer wunderschön schillernden Seifenblase gefangen wäre. Herko war ein breitschultriger und zupackender Handwerker und als solcher viel im Hochland unterwegs, und so hatte er selbst erfahren, wie gut es tat, auf Reisen eine neue Sicht auf die Dinge zu bekommen und im wahrsten Sinne des Wortes seinen Horizont zu erweitern. Aus diesem Grund hatte er Kjer auch die Reise zum Ende der Welt erlaubt. Er verstand Wigold nur zu gut. Sieben Tagesritte in jede Richtung, größer war die ihnen bekannte Welt nicht. Auch wenn dieser Flecken Erde sicherlich der schönste auf der Welt war, das konnte nicht alles sein. Hier war einfach alles bis ins Kleinste geregelt und geordnet, und wenn er selbst schon so empfand, wie musste dann erst Wigold fühlen? Aber es gab Grenzen. Wigold steckte das Messer in seine Hosentasche und ging wortlos nach Hause.

»Kjertan, Aiko, ich weiß, dass ihr euch auf eurer Reise niemals in die Nähe des Waldes begeben würdet, deswegen spare ich mir weitere Ausführungen. Wenn ich irgendwelche Zweifel daran hätte, hätte ich der Reise nie zugestimmt, und wenn euch etwas an Wigold liegt, erzählt ihr niemandem von seinem Messer. Habt ihr das verstanden?« Die Freunde nickten beklommen. »Gut. Also nun zu eurer Ausrüstung: Was habt ihr oder, besser, was hast du, Aiko, gepackt?«

Herko kontrollierte zwar die Ausrüstung, doch er wusste, dass er sich keine Sorgen machen musste, solange Aiko dabei war. Aiko war nämlich nicht nur sehr klug, sondern für gewöhnlich auch äußerst besonnen. Offensichtlich war Kjers Vater mit der Ausrüstung einverstanden, denn er nickte nur kurz und verschwand wieder in seinem Garten.

Spät am Abend löschte Kjer sein Licht und legte sich ins Bett. Er grübelte über das Erlebte nach. Warum nur wollte die Bruderschaft unbedingt verhindern, dass jemand den Regeneichenwald betrat? Ohne eine Antwort auf diese Frage finden zu können, schlief er schließlich ein.

Kapitel 3: Die Probe

Varg sprang von seinem Pferd und blickte sich um. Vor ihm lag einer der Brecher auf dem Boden und regte sich nicht mehr. Varg zog einen Wurfspeer aus dem leblosen, massigen Körper. »Das war der Letzte!« Auf dem Schlachtfeld lag eine fast geschlossene Schicht an Reitern und Pferden, aus denen sich vereinzelt die Leiber der Ungetüme erhoben.

Um diese Berge herum herrschte emsiges Getümmel. Schwer verletzte Pferde wurden von ihrem Leiden erlöst und verletzte und gefallene Reiter geborgen.

»Zwei Bändiger haben wir erledigt, aber ihn *kann ich nicht finden«, ärgerte sich Kjertan. »Therus ist uns entwischt.«*

»Aber er ist verletzt. Mein Speer hat ihn getroffen«, antwortete Varg.

Kjertan wollte keine Zeit verlieren: »Wir setzen ihm nach. Jetzt gleich. Hol Savant und Briga. Wir treffen uns auf der westlichen Anhöhe.« Varg nickte, saß auf, trieb sein Pferd an und galoppierte den östlichen Hügel hinauf. Kjertan blickte sich um. Die Wachen der Bruderschaft, die die Stellungen in dieser Senke gehalten hatten, bis die Bestien von den Reitern aufgerieben worden waren, hatten die Lage nun im Griff. Er konnte das Schlachtfeld daher guten Gewissens verlassen und zögerte keinen Augenblick länger.

»Ibo, Brander, Orve«, rief er drei ausgewählte Truppführer zu sich. »Stellt drei Lanzentrupps zusammen. In zehn Minuten

oben auf den Hügeln! Nehmt den Pferden die Decken ab, sie werden alles geben müssen! Wer sonst noch reiten kann, begibt sich zur Hauptstadt. Die nächste Welle wird sie treffen.«

Die drei Truppführer beeilten sich, ihre Reihen wieder aufzufüllen. Drei Trupps mussten reichen. Der Rest der Reiter sollte besser zurückkehren. Sie hatten ihrem Feind eine Niederlage zugefügt, und seine wuterfüllte Antwort würde nicht lange auf sich warten lassen.

Briga blickte angespannt zu Varg, als dieser im Galopp auf sie zuhielt. Sie hatten sich auf eine weiter hinten gelegene Hügelkuppe zurückgezogen, sodass sie im Notfall einen ausreichenden Vorsprung gehabt hätten.

»Für eins zu neun waren wir gar nicht so schlecht«, rief Varg den beiden entgegen.

»Eins zu zehn«, murmelte Savant vor sich hin.

Briga ging auf Vargs bitteren Scherz nicht ein. »Wie schlimm war es?«, fragte sie beunruhigt.

Nun wurde auch Varg wieder ernst: »Wir haben hohe Verluste erlitten. Ein Drittel der Reiter und über die Hälfte der Pferde sind tot, und die Hälfte der überlebenden Reiter und Pferde ist verletzt. Wir haben aber mächtig aufgeräumt und Dutzende Brecher erlegt. Drei kleine Bändiger haben den Feind gelenkt, zwei haben wir erwischt, aber ein paar Brecher und Therus sind uns leider entkommen. Wir setzen ihnen nach.«

»Eins zu zehn«, murmelte Savant erneut.

Bald hatten sich sämtliche Verfolger auf dem östlichen Hügel versammelt. »Mittlerweile haben wir die Bestätigung. Therus ist mit sechs großen Kreaturen in Richtung Regeneichenwald unterwegs«, berichtete Kjertan. »Sie sind von einem Turm aus beobachtet worden.«

Sie ritten los. »Sechs Brecher und ein Bändiger! Das ist doch mal eine Herausforderung«, rief Varg mit glühenden Augen.

»Eins zu sechsundsiebzig«, flüsterte Savant, ohne aufzublicken.

»Du unterschätzt uns Reiter«, erwiderte Varg. »Für mich steht es hundert zu sechs, und wenn du Therus mitzählst, dann eben hundert zu sieben.«

»Vierundneunzig«, korrigierte ihn Savant ohne aufzublicken. Vierundneunzig war die exakte Zahl an Reitern, die die Verfolgung aufgenommen hatten.

»Dann eben vierundneunzig zu sieben«, lachte Varg.

»Eins zu sechsundsiebzig«, wiederholte Savant mit energischem Kopfschütteln. »Eins zu sechsundsiebzig …«

»Lass ihn, Varg«, mahnte Briga, »reg Savant nicht grundlos auf!«

»Savant, wir werden sie nicht angreifen«, sagte Kjertan, darauf bedacht, seinen treuen Freund nicht zu beunruhigen. »Wir folgen ihnen vorerst nur …«

Savant reagierte nicht. Plötzlich lenkte er sein Pferd abrupt nach links. Er schien hoch konzentriert zu sein. »Er hat ihre Spur entdeckt«, freute sich Kjertan. Im Galopp ritten sie in Senken zwischen Hügeln entlang, immer weiter Richtung Westen.

»Wie macht er das?«, fragte Orve verwundert. »Was kann er denn da am Boden sehen?«

»Savant sieht die ganze Welt mit anderen Augen«, erläuterte Briga, nicht ohne Stolz auf ihren Gefährten. »Ich glaube, er sieht nicht wirklich Spuren, sondern erkennt kleinste Unterschiede auf dem Boden, die sich dann in seinem Kopf irgendwie zu einer Fährte zusammensetzen …«

»Vor dem Regeneichenwald patrouillieren etliche Hundertschaften, versucht nur, euch dort zu verkriechen …«, frohlockte Brander. Sie ritten schnell über die hügelige Landschaft.

»Wittert Askan schon etwas?«, fragte Kjertan. Briga schüttelte den Kopf. »Er ist ganz ruhig. Wir sind wohl noch zu weit weg.«

Nach zwei Meilen bog ein Reiter ab und hielt auf einen Beobachtungsturm der Bruderschaft zu, um neue Informationen zu erhalten. Die Türme bildeten ein dichtes Netzwerk und ragten allerorts in den Himmel. Bald hatte der Reiter zu den Verfolgern wieder aufgeschlossen: »Therus und die sechs Bestien wurden zwei weitere Male gesehen. Ganz eindeutig: Sechs Brecher und ein Bändiger, der getragen wird, wurden von gleich zwei Türmen gemeldet!«

»Das ist zu einfach«, warnte Briga, »fast hundert große Kreaturen haben es geschafft, ungesehen drei Bezirke zu durchqueren, und sechs Brecher schaffen es nicht, sich unseren Blicken zu entziehen …«

Kjertan nickte. »Entweder sie wollen, dass wir ihnen folgen, oder aber die Brecher sind nicht unter der Kontrolle eines Bändigers und daher zu dämlich, um sich aus dem Blickfeld der Türme zu halten.« Er drehte sich zu Varg. »Ist Therus vielleicht auf der Flucht gestorben?«

Varg schüttelte den Kopf. »Die Wurfdistanz war zu groß. Auch wenn ich ihn getroffen habe – er wird nicht schwer verletzt sein …«

Kjertan hob die Hand, und sofort hielten alle Reiter an. »Therus ist nicht bei ihnen. Diesen sechs Bestien nähern sich von allen Seiten Reiter. Kein Gebiet wird so eng überwacht wie der Regeneichenwald. Nein, Therus opfert die Brecher, um ungesehen entkommen zu können. Wahrscheinlich haben sie eine menschliche Leiche bei sich und den Auftrag bekommen, mit ihr in den Regeneichenwald zu laufen …«

»Aber Therus könnte überall sein«, rief ein Reiter missmutig.

Kjertan wendete sein Pferd. »Noch ist er uns nicht vollends entwischt. Wo immer er sich auch aufhält, er kann nicht weit weg sein. Wir reiten auf der Stelle zurück zum Turm. Wir brauchen mehr Informationen!«

Als sich die Reiter dem massiv gemauerten Turm näherten, öffnete sich im dritten Stock eine Luke. Die Wache war sichtlich nervös, eine so wichtige Persönlichkeit wie Kjertan zu treffen. »Seid gegrüßt, Herr! Habt Ihr die Verfolgung abgebrochen?«, fragte der Wachmann zögerlich.

Kjertan schüttelte den Kopf. »Gebt die Nachricht weiter, dass Therus Richtung Nordosten unterwegs ist. Er ist nicht bei den sechs Brechern. Wir setzen die Verfolgung in dieser Richtung fort. Die Türme sollen alle Auffälligkeiten zusammentragen, die sich im Nordosten des Zweiten Bezirkes zugetragen haben!« Die Wache nickte eifrig, dann ritten die Reiter auch schon weiter. Kjertan blickte noch einmal zurück. Die Turmbesatzung hatte sogleich begonnen, mit Spiegeln Signale an die nächsten Türme weiterzuleiten.

Es war bereits Nachmittag, aber sie würden noch einige Stunden Licht haben. Nach ein paar Meilen steuerten sie den nächsten Turm an. Wieder öffnete sich eine kleine Luke hoch oben im schweren Mauerwerk. Die Besatzung des Turms war bereits bestens im Bilde. »Herr, leider gibt es überhaupt keine Sichtungen. Nordöstlich von uns wurden alle Türme zerstört. Es sind Reiterpatrouillen unterwegs. Zwei Späher aus nördlicher Richtung sind allerdings überfällig …«

Varg schaute Kjertan an. Sie ahnten, was dies bedeuten könnte. »Herr, wir erwarten Verstärkung aus den Bergen …«, setzte die Wache hoch oben im Turm erneut an. Dem Mann gefiel der Gedanke nicht, dass sich Kjertan mit nicht mal hundert Reitern in dieses verlorene Niemandsland begeben wollte.

»Wir können nicht warten«, knurrte Varg.

Kjertan nickte. Aber sie wussten nicht, mit wie vielen Gegnern sie es zu tun hatten. »Es können nicht viele sein …«, dachte er laut nach. Sollte er sich jedoch irren und sie nun ihrerseits in eine Falle laufen, so würde der Wächter dieses Turmes der Letzte sein, der sie lebend gesehen hatte.

Kjertan musterte Briga und ihren Hund, der mit wachen Augen vor ihr auf dem Sattel lag. »Askan wird uns schon rechtzeitig warnen«, entschied er dann und hob erneut die Hand. »Wir reiten weiter!« Er blickte nach oben zu der Wache: »Wenn die Bergler hier eintreffen, sollen sie umgehend den Norden durchkämmen. So eine Chance kriegen wir vielleicht nie wieder!«

Keine drei Meilen waren sie geritten, da wies Varg Richtung Nordosten gen Himmel. »Dort kreisen Raben … ich fürchte, wir haben die fehlende Patrouille gefunden.« Wortlos lenkte Kjertan den Tross in diese Richtung. Zwei Pferde oder, besser gesagt, das, was von ihnen noch übrig war, lagen am Wegesrand.

»Brecher«, sagte Savant leise.

Kjertan blickte zu Askan, aber dieser verhielt sich weiterhin völlig ruhig. »Therus wird hier als letzte Absicherung ein paar große Bestien zurückgelassen haben. Er wird versuchen, sich so lange zu verstecken, bis die nächste Welle eintrifft.« Auf dem weichen Boden waren die Fußabdrücke mehrerer Ungetüme zu erkennen, die von den Pferdekadavern weiter nach Norden wegführten.

»Es sind vier gewesen«, sagte Varg voller Überzeugung.

Savant nickte. »Vier«, sagte er leise. Vier dieser Bestien, noch dazu gelenkt von Therus, dem gerissensten ihrer Gegner, hatten das Zeug dazu, die drei Trupps mühelos zu vernichten. Sie mussten also äußerst vorsichtig sein.

Kjertan gab seinen Reitern ein Zeichen, die Abstände zu vergrößern, für den Fall, dass sie in einen Hinterhalt geraten sollten. Und schon ging es weiter. Auch ohne Savants besondere Gabe des Fährtenlesens hätten sie den bösartigen Wesen in diesem Gebiet mühelos folgen können. Im zunehmend weicher werdenden morastigen Boden waren die Abdrücke der tonnenschweren Kreaturen leicht zu erkennen. Die Fährte führte sie durch eine weitläufige Ruinenlandschaft. Varg und Kjertan blickten sich an. Sie waren dabei gewesen, als sie sich hier das erste Mal dem Feind entgegengestellt hatten und ein ganzes Reiterheer in kürzester Zeit aufgerieben worden war.

»Therus ist nicht selbst gelaufen«, sagte Kjertan leise, während er die Spuren musterte, »aber er ist dabei gewesen. Das kann ich spüren …«

Das einst vorhandene Netzwerk an Türmen war hier vollends zerstört. In der Ferne zeigten sich die Spitzen einiger Bäume, die in einer Senke ein kleines Wäldchen bildeten. Die Spuren der Bestien führten direkt darauf zu. Briga ritt neben Kjertan. »Wir sollten äußerst vorsichtig sein«, mahnte sie erneut. Kjertan nickte und schaute sich um. Er blickte in viele sehr entschlossene, aber auch sehr erschöpfte Gesichter. Dunkel und bedrohlich wirkte das kleine Waldstück auch auf ihn.

»Wir rasten hier. Ibo, übernimm die Sicherung und die Wacheinteilung.« Kjertan blickte zu Varg. »Wir werden uns das Ganze da vorne mal genauer anschauen! Der Boden ist hier so weich. Mal sehen, ob wir auf der anderen Seite des Wäldchens die Spuren wiederfinden. Aber dahinein reiten wir nicht!«

Varg ritt nach rechts, und Kjertan hielt sich links. Die mit Bäumen bewachsene Senke war nur etwa fünfzig mal fünfzig Schritte groß, dennoch ritten die beiden zehn Minuten, ehe sie sich auf der anderen Seite wieder trafen, denn sie wollten unbedingt vermeiden, vom Wald aus gesehen zu werden, und entsprechend groß war ihr Abstand zu den Bäumen gewesen. »Keine Spuren«, sagte Varg. Kjertan nickte. Die Fährte endete also im Wald.

Gemeinsam ritten sie zurück. Hinter den flachen Hügeln lag das Wäldchen. Die Bestien mussten sich dort verborgen halten. Plötzlich zeigte Varg auf einen einzelnen Baum, der auf halber Strecke zwischen ihnen und dem Wald wuchs. »Von dort aus müsste ich etwas erkennen können …« Er stieg vom Pferd, schlich in gebückter Haltung zum Baum und stieg hinauf. Kjertan beobachtete angespannt das Geschehen, bereit, sofort mit beiden Pferden zu Varg zu eilen. Aber schon einen kurzen Moment später kletterte dieser wieder hinab und eilte zurück. Kjertan konnte am Blick seines Freundes bereits alles Wichtige erkennen.

»Wir haben sie«, berichtete Varg, als sie bei Savant und Briga angekommen waren und von den Pferden sprangen.

»Du meinst, wir wissen, wo sie sind«, erwiderte Briga mit ernster Miene.

Kjertan überlegte. »Die werden da jetzt rasten und heute Nacht weiterlaufen. Es ist fraglich, ob wir sie morgen einholen können oder ob wir sie nicht sogar ganz verlieren …«

»Doch es wäre Wahnsinn, den Kampf im Wald zu suchen …«, erklärte Briga bestimmt.

»Eins zu dreihundert«, nuschelte Savant. »Eins zu dreihundert!«

»So so, eins zu sechsundsiebzig gibst du uns gegen sechs Brecher und eins zu dreihundert gegen nur vier Brecher«, entgegnete Varg, und seine Augen funkelten. Aber es war kein Scherz. Er war wütend. Er war wütend, weil er wusste, dass Savant recht hatte. Es war schlimm, den Kreaturen am Tage auf offener Fläche gegenüberzutreten. Noch schlimmer jedoch war es, ihnen in einem Wald zu begegnen, in dem die Reiter vor lauter Dickicht ihre Formationen nicht halten konnten. Und Varg wusste das genau. Savant blickte verzweifelt drein.

»Er versteht dich«, beruhigte ihn Briga. »In zwei Tagen könnten uns die Bergler zu Hilfe kommen …«

Kjertan schüttelte den Kopf. »Wir haben keine zwei Tage. Heute Nacht ist er weg, und wir können nicht darauf vertrauen, dass wir zwei Tage ihrer Fährte folgen können …«

»Wir müssen jetzt an die ran«, knurrte Varg und warf einen seiner Wurfspeere vor sich in den Boden. »In drei Stunden bricht die Nacht herein … Dann lieber bei Tageslicht. Wir müssen ja nicht die Brecher erledigen, es genügt, wenn wir Therus ausschalten!«

Aber sie wussten alle, dass dies wohl nicht gelingen würde, solange sich die großen Bestien dazwischenstellen konnten.

»Können wir sie nicht aus dem Wald herauslocken?«, fragte Briga nachdenklich.

Kjertan schüttelte den Kopf. »Nicht mit Therus. Er ist viel zu schlau. Der wartet auf die Dunkelheit …«

»Dann müssen wir sie eben herausjagen«, knurrte Varg erneut und strich sich durch den Bart. Einen kurzen Moment kehrte Ruhe ein. Es fehlte noch die zündende Idee. Dann jedoch leuchteten plötzlich Vargs Augen. Sie strahlten regelrecht so hell wie die Sonne …

* * *

»Kjer, aufstehen! Los, du hast uns versprochen, dass wir noch mal auf den Spielplatz gehen. Den mit der Seilbahn. Los jetzt, komm schon, steh auf! Mama hat gesagt, dass wir dich wecken sollen. Außerdem müsst ihr noch die Pferde von der Koppel holen.«

Kjer schreckte hoch und rieb sich die Augen. Der Vorhang war aufgezogen worden, und das helle Sonnenlicht flutete sein Zimmer. Der Traum hatte abermals sehr real gewirkt. Mit den düsteren Wesen darin wäre er bestimmt noch irgendwie fertig geworden, aber gegen seine beiden kleinen Zwillingsschwestern Freda und Neela, die nun vor seinem Bett standen, hatte er keine Chance. »Ist ja schon gut. Wir gehen noch auf den Spielplatz, versprochen!« Er warf die Bettdecke über Neela, schwang sich an Freda blitzschnell vorbei aus dem Bett und lief ins Bad.

Kurze Zeit später betrat er mit nassen Haaren und falsch zugeknöpftem Hemd die Küche. Es roch nach frisch gekochtem Kaffee. Am Wochenende und zu besonderen Anlässen gönnten sich seine Eltern eine Tasse des kostbaren Getränks. Es gab eine ganze Reihe von Nutzpflanzen, die in der bekannten Welt nicht heimisch waren – woher sie stammten, wusste keiner so genau. Sie wurden in großen Gewächshäusern südöstlich der Stadt angepflanzt und waren dementsprechend teuer. Kjers siebenjährige Schwestern saßen am hölzernen Küchentisch und waren mit einer großen Schüssel Brombeeren beschäftigt. Die Beeren wuchsen in ihrem Garten und wucherten in langen wilden Ranken an einer Ecke des Zauns.

»Kjertan, setz dich, für ein ordentliches Frühstück wird noch Zeit sein«, ermahnte Herko seinen Sohn. Am Sonnabend musste Kjers Vater für gewöhnlich nicht arbeiten, außer wenn gerade eine Baustelle weit außerhalb der Stadt zu besichtigen war.

»Klar hab ich Zeit für ein ordentliches Frühstück!«, antwortete Kjer. Ein Pfiff, der von der Straße durchs Küchenfenster hereindrang, signalisierte ihm, dass Aiko bereits auf ihn wartete. »Aber erst in der Zentralgondel! Sie fährt gleich und die nächste erst wieder in einer Stunde. Aiko und ich müssen noch die Reisegenehmigungen aus der Ratsstube im Stadtgebäude abholen.« Schnell schnappte er sich zwei hartgekochte Eier und zwei Brötchen und eilte durch die Küchentür in den Garten. Seine Mutter schaute ihm kopfschüttelnd nach, als er sich durch die dornenbewehrten Sanddornbüsche auf die Straße zwängte.

In der Stadt war es üblich, dass die Vorgärten mit den Pflanzen eingefasst waren, welche die Straßennamen vorsahen. So säumten viele Sanddornhecken den Gehweg. Bei den Thareets jedoch wuchsen Holunder, Mehlbeere, Hartriegel und Flieder, aber kein Sanddorn mehr, seit Wigold sich um den Garten seiner Familie kümmerte.

Hinter einem Holunderstrauch trat Freya hervor. Sie hatte ganz verweinte Augen. »Wigold hat Schwierigkeiten. Er ist schon beim Stadtgebäude, könnt ihr ihm eine Nachricht überbringen? Aber niemand – hört ihr! –, niemand außer ihm darf sie lesen.«

»Was ist denn los?«, wollte Aiko wissen.

»Er wird es euch schon sagen«, erwiderte sie nur und schaute sich um, als fühlte sie sich beobachtet.

»Klar, kein Problem, machen wir gerne. Ist doch Ehrensache«, versicherte Kjer sofort. Aiko nahm den Zettel und legte ihn in sein Notizbüchlein. Als er aufblickte, war Freya bereits wieder im Garten verschwunden.

»Was war das denn?«, fragte Kjer.

»Er hat bestimmt Ärger wegen des Messers«, mutmaßte Aiko.

»Glaub ich auch.«

»Los komm, jetzt müssen wir die Gondel erst recht erwischen.«

Der Sanddornweg mündete in die etwas größere Rosenstraße. Und die Bewohner hier hatten wirklich die herrlichsten Vorgärten im ganzen Viertel. Kjer fand Rosen auch schöner als Sanddorn. Einmal hatten sie sich an einem verregneten Nachmittag Straßennamen ausgedacht, die unsympathischer als Sanddorn waren. Ihr Favorit war die Stinkmorchel-Brennnessel-Allee, die es in Wirklichkeit natürlich nicht gab.

Als sie sich der Kreuzung von Rosenstraße und Hauptstraße bis auf dreihundert Schritte genähert hatten, überkam sie plötzlich das Gefühl, beobachtet zu werden. Ein älterer Mann mit Vollbart, nobler Kleidung und feinen hellbraunen Lederschuhen saß auf einer Bank auf der anderen Straßenseite und las in einem Pergament. An der rechten Hand trug er einen großen Siegelring, und sein Hemd war am linken Handgelenk so weit zurückgerutscht, dass ein kleines Brandmal am Unterarm sichtbar wurde. Sobald Kjer und Aiko in sein Blickfeld kamen, schaute er einmal kurz auf, nur um unmittelbar danach wieder hinter seinem Pergament zu verschwinden. Als die beiden an ihm vorbeigingen, stand er auf und folgte ihnen auf der anderen Straßenseite.

Kjers Herz fing an zu hämmern. Er hätte nicht gedacht, dass ihm anvertraut würde, eine angeblich so wichtige Nachricht zu Wigold zu bringen, und jetzt spürte er, dass er drauf und dran war zu versagen. Irgendetwas stimmte nicht …

»Lass uns langsamer gehen«, flüsterte er.

»Echt? Ich wollte gerade sagen, lass uns schneller gehen, um den Kerl loszuwerden«, flüsterte Aiko zurück.

»Genau deshalb, der ist doch nicht mehr der Jüngste«, erwiderte Kjer und bemühte sich, sich seine Unruhe nicht anmerken zu lassen. »Wenn die Gondel kommt, laufen wir los und hängen ihn ab.« Also drosselten sie ihr Tempo stark. Der Mann wurde ebenfalls langsamer und schien sich plötzlich sehr für eine Rose in einem Vorgarten zu interessieren.

»Bist du bereit, Aiko? Gleich geht es los, die Gondel müsste jeden Augenblick kommen«, sagte Kjer gespannt. Sie hatten noch zweihundert Schritte bis zur Kreuzung, als sie die Zentralgondel die Kreuzung passieren sahen. Da stürmten sie los.

»Schneller, Aiko, los, lauf!«, feuerte Kjer seinen Freund

an. Jetzt konnten sie bereits auf die Haltestelle blicken. Als sie, ohne abzubremsen, die breite Hauptstraße überquerten, wären sie fast von einem Pferdefuhrwerk überfahren worden. Sie sahen, wie die Leute vor ihnen aus der Gondel ausstiegen und die ersten neuen Fahrgäste bereits wieder einstiegen. Fünf Häuser hatten sie noch zu passieren.

Die Zentralgondeln waren wesentlich größer als die gewöhnlichen Gondeln, zweistöckig mit Treppen vorne und hinten, und an jeder Tür standen sogenannte Gondeldiener, die die Türen rechtzeitig vor dem Anfahren schlossen. Kjer erreichte gerade noch die hintere Tür und sprang hinein, dicht gefolgt von Aiko, der mit einem großen Satz neben ihm in der Gondel landete. Unmittelbar hinter ihnen verriegelte der Gondeldiener die Tür. Aiko stützte sich auf seine Oberschenkel und rang nach Luft. Kjer schaute aus dem Fenster. »So ein Ziegendreck«, fluchte er. Der alte Mann hatte ebenfalls zum Spurt angesetzt und war für sein Alter verblüffend gut in Form.

Als sich die Tür hinter Kjer und Aiko geschlossen hatte, rannte der Alte daran vorbei, erreichte gerade noch die vordere Tür, die einen Moment länger offen stand, und sprang hinein, ehe auch diese verriegelt wurde. Schon hakte sich die Gondel ins Zugseil ein und rumpelte los.

»Vielleicht war das alles ja auch nur Zufall«, schnaufte Aiko, aber das glaubte er selbst nicht. In dem Moment drehte sich der Mann um und sah ihnen direkt ins Gesicht. Nein, Zufall war das sicher nicht. Zum Glück war der Gang ziemlich voll, so ohne Weiteres konnte ihr Verfolger sie nicht erreichen. Aber er begann sich sogleich an den Leuten vorbeizuschieben und arbeitete sich zügig auf sie zu. »Hoch, in den nächsten Stock!«, keuchte Kjer. »Und gib mir den Zettel!« Während sie die Treppe hochhasteten, fischte Aiko die Nachricht aus seinem Notizbuch und steckte sie Kjer zu. Dieser bohrte ein Loch in eines der Brötchen, das er vom Frühstückstisch zu Hause mitgenommen hatte, und stopfte den Zettel hinein. »Los, wir laufen auf der anderen Seite runter, und dann ziehen wir die Notbremse.«

Die Notbremse in einer Zentralgondel zu ziehen, war keine Kleinigkeit, aber Kjer wollte diesen Zettel unbedingt zu Wigold bringen. Sie liefen im oberen Stock nach vorne, doch als sie schon fast an der anderen Treppe angelangt waren, stand plötzlich von einer der vorderen Bänke ein Mann auf. Er hatte gewöhnliche Kleidung an, aber der Ring an seiner rechten Hand wies ihn als Wache der Bruderschaft aus. Er versperrte den Freunden den Weg und packte Kjer am Arm. In der Bank dahinter saß eine weitere kräftige Wache, die noch im Sitzen nach Aiko griff. »Lasst mich los!«, empörte sich Kjer wütend, aber die beiden Männer hielten die Jungen fest. »Woher können die überhaupt etwas über uns wissen?«, durchzuckte es Kjer.

Die Leute in der Gondel schauten unruhig. Kjer trat dem Mann, der ihn festhielt, derart auf den Fuß, dass dieser seinen Griff kurz lockerte und er sich losreißen konnte. Bevor der Mann ihn erneut zu fassen kriegte, ließ sich Aiko, immer noch am Arm gehalten, auf ihn fallen, sodass er auf seinen Platz zurückgedrückt wurde. Kjer war frei! Fluchend sprang der kräftige Wachmann auf, ließ Aiko los, setzte über dessen in den Gang ragende Beine hinweg und Kjer hinterher. Dieser stürzte sich bereits die vordere Treppe hinunter. Er hatte nur einen geringen Vorsprung. Das würde nicht reichen, um die Gondel zum Stoppen zu bringen und hinauszuspringen, außerdem war ihnen der ältere Mann, der sie auf der Straße verfolgt hatte, nicht wie erwartet nach oben gefolgt. Kjer konnte sich ausrechnen, dass er ihm gleich unten in die

Arme laufen würde. Er würde die Nachricht nicht mehr zu Wigold bringen können. Mit dieser Erkenntnis blieb er mitten auf der Wendeltreppe stehen, biss in sein Brötchen und zog den Zettel in dem Moment mit den Zähnen heraus, in dem von oben die Wache und von unten der ältere Bruderschafter gleichzeitig die Treppe erreichten.

»Übernimm du ihn«, sagte der obere Mann, »der andere hat vermutlich die geheime Nachricht, wir holen den Burschen.«

Die nächste Haltestelle kam in Sicht, und die Gondel verlangsamte ihre Geschwindigkeit. »Los jetzt, wir steigen aus«, befahl der ältere Bruderschafter Kjer. Von oben kamen die beiden Wachen mit Aiko in ihrer Mitte die schmale Treppe heruntergestiegen. Die anderen Fahrgäste tuschelten. Szenen wie diese kamen in der Stadt äußerst selten vor.

Gemeinsam verließen sie die Gondel. Mit ihnen stieg noch ein vierter Mann aus, der offensichtlich die ganze Zeit im vorderen Teil bereitgestanden hatte. »Woher wussten die vom Zettel, und wieso saßen sie bereits in der Gondel?«, fragte sich Kjer erneut. Widerstand war jetzt zwecklos. Kjer hatte versagt. Er schaute sich um. Direkt an der Haltestelle lag ein kleiner Park, in den der ältere Bruderschafter abbog, nachdem er sich noch einmal vergewissert hatte, dass sie unbeobachtet waren. »Nicht stehen bleiben, geht weiter«, raunzte einer der Männer mit bestimmtem Ton und packte Kjer unsanft an der Schulter. An Flucht war nicht zu denken. Aber warum auch? Sie hatten nichts verbrochen. Ein Mitglied der Bruderschaft würde niemals die Gesetze brechen, und die Nachricht war ohnehin weg. Was hatten sie also zu befürchten?

Einer der Männer entriss Aiko sein Notizbuch und blätterte es durch: »Wo ist das Schreiben? Hier ist kein Zettel. Und in der Gondel lag er auch nicht.«

»Leert eure Taschen!«, forderte ein anderer. Aufgeregt sah Aiko zu Kjer hinüber. Aber als dieser mit Unschuldsmiene seine Taschen umdrehte und anfing seinen Brotbeutel auszuleeren, tat Aiko es seinem Freund gleich.

Die Wachen sahen jetzt nicht mehr so verärgert oder bedrohlich, sondern merkwürdigerweise zufrieden aus.

»Was für einen Zettel sucht ihr, und was soll das alles überhaupt?«, fragte Kjer die Männer aufgebracht.

»Euch ist schon klar, dass wir eine Beschwerde schreiben werden? Das ist ja unerhört«, unterstützte ihn Aiko.

Die beiden Freunde musterten die Bruderschafter nun genauer. Erst als *Obere Wache* erhielt man einen Ring der Bruderschaft, und dafür sahen die beiden Wachen noch ausgesprochen jung aus. »Viel älter als zwanzig dürften die noch nicht sein«, dachte Kjer irritiert, »das wären dann wohl die jüngsten Ringträger der ganzen Stadt.«

»Es reicht«, sagte einer der Männer plötzlich in freundlichem Ton. »Ihr habt bestanden. Und das mit Bravour.« Alle vier Bruderschafter blickten jetzt gar nicht mehr streng und ernst, sondern eher amüsiert.

Kjer verstand gar nichts mehr: »Was soll das? Und welchen Zettel sucht ihr?«, fragte er erneut, »Und was sollen wir bestanden haben?«

Aiko dagegen schien schneller zu begreifen: »Ihr seid gar nicht von der Bruderschaft, stimmt's?«

»Stimmt«, sagte derjenige, dem Kjer vorhin kräftig auf den Fuß getreten war. »Ich bin Timme, geht bitte ganz normal weiter bis hinter die nächste Ecke. Ihr habt ohnehin mehr Aufmerksamkeit auf uns gelenkt als geplant. Ich hatte schon Sorge, dass ihr die Notbremse erreicht. Wigold ist gleich da, er wird euch alles erklären.«

Jetzt verstand Kjer gar nichts mehr, aber er war zu perplex, um in diesem Moment Fragen zu stellen. Aiko dagegen schien die Sache schon durchschaut zu haben. »Sonst hättet ihr auch gar nicht wissen können, dass wir einen Zettel haben. Wisst ihr eigentlich, was passiert, wenn …« Er brach ab. Was sollte er ihnen denn sagen? Dass es die Bruderschaft überhaupt nicht lustig fände, wenn jemand melden würde, dass sie sich mit falschen Siegelringen als Bruderschafter ausgaben? Das wussten sie sicherlich selbst. Kjer und er würden das allerdings niemals petzen, und mit dieser Erkenntnis konnte er es sich sparen, den Satz zu Ende zu bringen.

So langsam fügte sich das Ganze auch für Kjer zusammen. »Aber woher wusstet ihr, dass Aiko den Zettel in sein Notizbuch gelegt hatte?« Er blickte zu Aiko. Sie kannten die Antwort. Das wusste nur Freya, und sie war ja auch auffallend schnell verschwunden. Bevor einer der vier falschen Bruderschafter antworten konnte, murmelte deshalb Aiko: »Schon gut, wir kennen die Antwort.« Für einen kurzen Moment verfinsterten sich Kjers und Aikos Mienen.

Als sie um die nächste Ecke bogen, kam ihnen auch schon Wigold entgegen. Er bemühte sich, ruhig zu atmen, Kjer und Aiko konnten jedoch erkennen, dass er ziemlich schnell gelaufen war, um in die Parkanlage zu gelangen. Lächelnd sagte er: »Das ist ja nicht ganz nach Plan gelaufen, aber offensichtlich trotzdem mit dem gewünschten Ergebnis. Falls sich die Hochlandbrüder«, er lachte, »noch nicht vorgestellt haben: Das sind Lowik, Timme, Berno und Gunder.«

Die Jungen merkten, dass alle vier mittlerweile keine Ringe mehr trugen. Berno, der ihnen zu Beginn als alter Mann gefolgt war, zog nun seinen falschen Vollbart vom Gesicht. Er war nicht älter als Wigold und die anderen. Nachdem er sich eine Menge graues Pulver aus den Haaren geschüttelt hatte, kam das typische hochländische Blond zum Vorschein, und gleichzeitig verschwand der strenge Seitenscheitel, sodass von dem alten Mann nur noch die Kleidung blieb. Aiko und Kjer staunten nicht schlecht. Das konnte nicht jeder – sich wirklich glaubhaft als eine völlig andere Person ausgeben, mit der zugehörigen Gestik und Mimik.

Kjer drehte sich anerkennend zu Berno: »Deine Tarnung war wirklich gut …«

»Na ja, sich als alter Mann zu kleiden, war nicht so schwierig«, antwortete dieser lässig, »ich fand es vielmehr herausfordernd, auffällig in dem Pergament zu lesen. Ich hatte die Sorge, dass ihr mich gar nicht beachtet.«

Kjer kam wieder zur eigentlichen Frage zurück: »Aber was soll das überhaupt alles?«

Nun ergriff Wigold das Wort: »Ich komme gleich zum Wesentlichen. Es ist an der Zeit, die Bruderschaft des Hochlandes und ihre Geschichtsschreibung infrage zu stellen. Immer mehr Jugendliche im gesamten Hochland sind nicht mehr bereit, die Regeln der Bruderschaft als gegeben und unveränderlich hinzunehmen. Ich bin überzeugt, dass wir für dumm verkauft werden, dass man uns wichtige Erkenntnisse vorenthält. Wir haben zum Beispiel eindeutige Beweise, dass es hinter dem Ende der Welt noch etwas gibt. Es ist aber noch zu früh, damit an die Öffentlichkeit zu gehen, zumal die Bruderschaft so erfahren würde, woher wir unsere Informationen bekommen. Und noch mehr: Wir glauben, dass die Bruderschaft selbst gewaltige Angst vor etwas hat. Wir wissen leider bisher nicht, wovor, aber sie scheint berechtigt zu sein. Eine Gefahr bedroht unser Hochland! Doch die Bruderschaft ist nicht bereit, ihre eingefahrenen Wege zu verlassen. Ich glaube, dass dies aber bitter nötig wäre, um die Bedrohung abzuwenden und unser aller Leben zu retten.«

Das waren zu viele unvollständige Informationen auf einmal. Aiko platzte fast vor Neugierde: »Warum glaubt ihr, dass es hinter dem Ende der Welt noch etwas gibt?«

Die vier unechten Bruderschafter schauten Wigold angespannt an. »Wir glauben es nicht, wir wissen es. Aber alles zu seiner Zeit. Geht mit offenen Augen auf eure Reisen, dann werdet ihr schon auf die eine oder andere Ungereimtheit stoßen und vielleicht auch Beweise dafür finden.«

»Warum hast du Reisen gesagt?«

»Kjer, glaub mir, wenn ihr erst einmal die Freiheit außerhalb der Stadtmauern gespürt habt, werdet ihr nicht mehr aufhören. Wir sind anders als die Generationen vor uns. Und mit *wir* meine ich auch euch. Nur stoßen wir dabei sehr bald an Grenzen. Und ich will diese Grenzen überwinden.«

Kjer nutzte Wigolds Atempause, um weitere Fragen zu stellen: »Womit belügt uns denn die Bruderschaft und wovor hat sie Angst und warum hast du uns überhaupt auf diese Weise getestet?«

Wigold holte tief Luft: »Wie erkläre ich euch das in der Kürze der Zeit? Wir dürfen hier nicht zu lange bleiben. Immer unglaubwürdiger werden die Erklärungen der Bruderschaft. Warum haben wir so eine gewaltige Stadtmauer? Welche Bedrohung sollte unsere Vorfahren veranlasst haben, schier unendliche Ressourcen in den Bau so eines Bollwerks zu stecken? Nur damit sich Eidechsen und Mauersegler bei uns wohlfühlen? Warum darf man den Regeneichenwald nicht betreten? Woher kommen die Pflanzen in den Gewächshäusern, die in der uns bekannten Welt gar nicht wachsen? Warum beginnt unsere doch so überaus akkurate Geschichtsschreibung erst vor fünfhundert Jahren? Dieses elementare Wissen enthält uns die Bruderschaft systematisch vor. Irgendetwas greift uns an! – Und die Bruderschaft ist Teil des Problems und nicht Teil der Lösung!« Wigold atmete einmal durch.

»Bislang war es so, dass junge Menschen erst zu uns gestoßen sind, wenn sie durch irgendwelche rebellischen Dummheiten bereits aufgefallen waren, wenn sie die Bruderschaft schon irgendwie herausgefordert hatten. Timme zum Beispiel hat an der Höheren Baumeisterischen Lehranstalt Konstruktionspläne für einen Flugsegler entworfen, mit dem man das Hochland vielleicht verlassen könnte. Daraufhin ist er aus allen wichtigen Kursen geworfen worden, weil er angeblich nicht mit der notwendigen Ernsthaftigkeit studieren würde. Dabei ist er einer der Fähigsten in unserem Jahrgang.« Timme lächelte verlegen, und gab dabei den Blick auf eine kleine Zahnlücke zwischen seinen Schneidezähnen frei.

»Die Bruderschaft weiß ziemlich gut, wer ihre Ordnung infrage stellt und ihr gefährlich werden könnte. Auf der Beobachtungsliste steht nicht nur Timme, sondern jeder von uns, und die uns bekannte Welt ist einfach zu klein, als dass wir uns dauerhaft verstecken könnten«, fuhr Wigold fort.

»Was meint er mit *bekannter Welt?*«, fragte sich Kjer, als Wigold auch schon weiterredete: »Deshalb haben wir beschlossen, aktiv neue Mitstreiter für unsere Sache zu gewinnen. So wird zwar das Risiko größer, dass unsere Pläne bekannt werden, aber da kommt ihr ins Spiel.« Wigold schaute sie mit einem durchdringenden Blick an: »Ich glaube, dass wir dankt euch erstmalig die Nase vorn haben können. Ich wollte gestern wissen, wie ihr reagiert, wenn ihr mein Messer seht. Na ja, das mit deinem Vater war allerdings nicht geplant. Genau solche Dummheiten solltet ihr niemals begehen. Die Bruderschaft weiß nichts von euch und hat auch kein Interesse an euch. Das soll so bleiben. Wir brauchen Informationen aus Fiskheym und dazu einen Boten, der diese in die Hauptstadt bringt. Wenn einer von uns Reisegenehmigungen beantragen würde, würde uns die Bruderschaft dauerhaft im Auge behalten, und ohne Genehmigung nach Fiskheym zu reisen, ist erst recht verdächtig. Ich bin überzeugt, dass ihr genau die Richtigen dafür seid. Holt jetzt erst mal eure Papiere ab und denkt in Ruhe darüber nach!«

Damit drehten sich Wigold, Lowik, Timme, Berno und Gunder um und verschwanden hinter dem nächsten Gebüsch. Während des Gesprächs hatte sich Berno komplett umgezogen und seine Verkleidung in einem Rucksack verstaut, sodass er nun in der Gruppe nicht mehr auffiel. Am auffälligsten war nun Gunder, dessen dunkelbraune Haarfarbe in der Hauptstadt äußerst selten war. Dazu wirkte er gebildet, was ein Widerspruch zu sein schien, denn eigentlich hatten nur die rohen Bergler braune Haare.

Lowik trat noch mal hinter der Ecke hervor, von den fünf falschen Bruderschaftern sah er am gemütlichsten aus: »Wo habt ihr eigentlich den Zettel gelassen?«

»War im Brötchen versteckt, habe ich gegessen«, antwortete Kjer und hoffte, dass es lässig klang.

»Ich bin gelernter Koch, und daher weiß ich zwar, dass viele Dinge schmecken, von denen man es nicht denken würde, aber Schmierpapier als Brotbelag, das wird sich, fürchte ich, nicht durchsetzen«, lachte Lowik und verschwand wieder.

Kjer und Aiko schauten sich an. »Auch wenn wir nur eine Nachricht überbringen sollen, wir können uns gewaltigen Ärger einfangen«, sagte Aiko ernst. Kjer nickte. Es arbeitete mächtig in ihnen. »Was geht hier nur vor sich?«, fragte Kjer sich. Es war fast, als hätte ihnen jemand einen Schleier von den Augen gerissen. Sie dachten beide an die Lehrstunden in Altertumskunde an der Schule zurück. Es ging schon damit los, dass dieser Unterricht von Mitgliedern der Bruderschaft gehalten wurde. Bislang war es den beiden jedoch sehr passend vorgekommen, denn die Bruderschaft besaß nun einmal das gesamte Wissen über die bekannte Welt.

Die Geschichte des Hochlands besagte, dass die Menschen schon immer auf dem Hochland und nur auf dem Hochland gelebt hätten. Vor fünfhundert Jahren hätte dann eine schlimme Seuche einen Großteil der Bevölkerung dahingerafft. Die Seuche sei schließlich besiegt worden, und dies sei der Beginn der neuen Zeitrechnung gewesen. Die meisten Aufzeichnungen aus der Zeit der alten Zeitrechnung seien aber verloren gegangen, da die Menschen ganz andere Sorgen gehabt hätten, als ihre Geschichte zu dokumentieren.

»Lass uns zur Haltestelle zurückgehen«, sagte Aiko nach einem kurzen Augenblick. Ohne etwas zu erwidern, setzte sich Kjer in Bewegung. In seinem Kopf kreisten Gedanken wirr umher und wollten sich nicht zu einem passenden Bild zusammensetzen.

»Wigold und seine Freunde sind frei, die lassen sich nichts vorschreiben«, sagte Kjer leise, »Und wir wollten immer das ganze Hochland sehen … es ist ja nur eine Nachricht …«

Neben der Haltestelle war an einer Wand der aktuelle *Hochlandbotschafter* befestigt worden, einer der beiden großen Aushänge, die regelmäßige Nachrichten aus dem ganzen Hochland auf einem Pergament darstellten. Gedankenversunken überflog Kjer die Meldungen. Bergler hatten vor drei Tagen in der Nähe von Bergaheym eine Rinderherde gestohlen und ins Wettergebirge gebracht, und der für Bergaheym zuständige Magistrat der Bruderschaft versicherte, dass hier jetzt mit Härte durchgegriffen werde und sich ähnliche Vorfälle nicht mehr wiederholen würden.

Die Bergler, das Wettergebirge, gestohlene Rinderherden.

Das klang nach Abenteuer. Auch wenn Kjer von Wigold die tiefe Abneigung gegenüber der Bruderschaft übernommen hatte und auch seine Eltern es niemals gutheißen würden, wenn er ihr hätte beitreten wollen, schien ihm dies manchmal die einzige Möglichkeit, um der Enge der Hauptstadt zu entfliehen, das gesamte Hochland zu sehen und Abenteuer zu erleben. Aiko erzählte Kjer ab und zu Geschichten von seinen drei Vettern, denn wie Aikos Onkel waren auch dessen Söhne der Bruderschaft als Reiter beigetreten. Und zumindest Leif, der älteste der drei Brüder, war bereits in alle Ecken des Hochlandes gekommen.

Da rumpelte eine Zentralgondel Richtung Stadtgebäude heran, und Kjer wandte sich von dem Bericht ab. Er würde Wigold niemals in den Rücken fallen und die Seite wechseln, das wusste er.

Kapitel 4: Die andere Seite

Leif sprang vom Pferd und kniete sich auf den Boden. Er befand sich mit seinem Reitertrupp irgendwo zwischen Bergaheym und dem Fluss Sonte.

»Wir haben ihre Fährte wiedergefunden, die Spuren stammen von den Pferdedieben!« Er war seiner Intuition gefolgt und hatte eine Abkürzung genommen, querfeldein durch Felder, Obstwiesen und satte grüne Weiden, um nun hier, mitten im fruchtbarsten Teil des Hochlandes, auf diese Hufabdrücke zu stoßen.

»Wir haben aufgeholt und sind nah dran. Ihre Spuren sind trotz der Hitze noch nicht vollends getrocknet. Wenn wir uns beeilen, fangen wir die Bergler ab, bevor sie die Möglichkeit haben, die Sonte zu überqueren.«

Seine Begleiter, etwa ein Dutzend junger Männer von Anfang bis Mitte zwanzig sahen ihn an. Sie trugen kurze Schwerter am Gürtel, und Bögen samt Köcher mit Pfeilen waren am Sattel befestigt. Den Pferden tropfte Schaum vom Maul, so sehr hatten sie sich beeilt bei der Aufholjagd. Nur Leifs Pferd Ve sah noch ziemlich frisch aus. Ve war der stärkste Rappe des Trupps und Leif war überzeugt, dass er auch das schnellste Pferd des ganzen Hochlandes war.

»Sollen wir uns aufteilen?«, fragte einer der Reiter, »In dieser Richtung gibt es nur eine Furt und eine Behelfsbrücke.

Wenn wir uns aufteilen, können wir sie an einem dieser Punkte sicher erwischen.«

Leif stieg wieder auf und nutzte diesen Moment, um alle Optionen in Gedanken durchzuspielen. »Nein, vorerst nicht«, antwortete er dann, »wir wissen nicht, wie viele es sind, doch sie haben viele Spuren hinterlassen. Wir sollten in einer deutlichen Überzahl, also am besten vollzählig sein, um einen Kampf vermeiden zu können. Außerdem glaube ich nicht, dass sie zur Furt oder zur Brücke reiten. Die Sonte macht bald einen großen Bogen und grenzt dort genau an den Wald. Da der Fluss derzeit nur wenig Wasser führt, steht das Wasser dort so niedrig, dass sich fast eine Furt bildet. Wenn sie die Richtung beibehalten, kommen sie genau an diese Stelle. Ich möchte wetten, dass sie die Sonte dort überqueren wollen.«

Leif trieb Ve an, und bald donnerten die Reiter weiter in Richtung Osten. Jedes Jahr im Sommer wiederholte sich dieses Schauspiel. Viele der Bergbewohner erkannten die Ordnung der Bruderschaft nicht an und stahlen Pferde oder Rinder, und erstaunlicherweise ließ die Bruderschaft ihnen dies üblicherweise durchgehen. Die bestohlenen Bauern erhielten eine großzügige Entschädigung, sodass sie gar nicht so unglücklich über die Diebstähle waren. Zumeist jedoch verschwanden nur einige wenige Tiere. In diesem Jahr hatte es aber bereits zwei Raubzüge gegeben, bei denen insgesamt vierzig Rinder und sieben Pferde gestohlen worden waren. Dass nun abermals sechzehn Pferde verschwunden waren, war dann doch zu viel für die Bruderschaft, denn während niemanden zwei oder drei erbeutete Tiere interessierten, berichteten die Aushänge doch über einen Übergriff in diesem Ausmaß. Leif ärgerte sich sehr darüber, mit welcher Dreistigkeit sich die Bergler über die geltenden Gesetze hinwegsetzten, und auch die Bürger fragten sich mittlerweile, warum die Bruderschaft hier so nachgiebig war. Daher hatte Leif, der den Rang eines Reiters des Hochlandes bekleidete, den Auftrag bekommen, diese Pferde unbedingt wieder zurückzuholen.

Der Reitertrupp teilte sich in zwei Gruppen auf, und sie ritten rechts und links um den Hügel herum. Als sie diesen halb umrundet hatten, kam der Fluss in Sicht, und wenige Augenblicke später sahen Leif und seine Reiter die Pferdediebe. Bei deren Anblick fluchte Leif. Es wäre besser gewesen, wenn wie von ihm vorgeschlagen zwei oder drei Trupps gemeinsam losgezogen wären. Aber seit die Bruderschaft ständig Reiter und Wachen zu zusätzlichen Übungen rief, war die Anzahl der für solche Einsätze spontan zur Verfügung stehenden Leute merklich gesunken. Und da man in Bergaheym nur mit zwei oder drei räuberischen Berglern gerechnet hatte, sollte ein kleiner Trupp ja reichen. Was Leif allerdings erblickte, waren etwa ein Dutzend Männer und ein Jugendlicher, die gerade im Begriff waren, die gestohlenen Pferde ins Wasser zu führen. Ihre Kleidung verriet sie als Bewohner des Gletschertals.

Entschlossen lenkte Leif sein Pferd auf die Stelle am Ufer zu, an der sie soeben in das Flussbett absteigen wollten. Fast gleichzeitig entdeckten auch die Bergler die Reiter. Sie tauschten ein paar Sätze aus, die Leif nicht verstehen konnte, aber sie überlegten wohl kurz, ob sie sich schnell in den Fluss begeben sollten. Da sie jedoch allesamt von ihren Pferden stiegen und sich breitbeinig zwischen die Pferde und die herannahenden Reiter stellten, hatten sie sich ganz offensichtlich entschieden, die Situation noch auf dieser Seite des Flusses zu klären. Von der anderen Seite kam nun auch der andere halbe Trupp von Leifs Männern herangeritten. Beide

Halbtrupps ritten bis auf zwanzig Schritte an die Pferdediebe heran, und die Reiter griffen nach ihren Bögen, aber Leif wies sie erst mal an, diese am Sattel zu lassen. Auch die Bergler hatten vorhandene Bögen lediglich zur Hand genommen, aber keine Pfeile eingelegt. Sollte es zu einer gewalttätigen Auseinandersetzung kommen, würden beide Seiten Verluste haben.

»Wer ist euer Anführer?«, rief Leif ihnen zu, während er noch etwas näher heranritt. Ein bärtiger Hüne mit langen braunen Haaren, der selbstsicher auf seiner Axt lehnte, fragte zurück: »Wer will das wissen?«

»Leif Thruster, Reiter der Bruderschaft«, erwiderte Leif mit fester Stimme und ritt näher an den Mann heran. »Ich bin hier, um die gestohlenen Pferde ihren Besitzern zurückzubringen.«

»Gestohlene Pferde? Hier gibt es keine gestohlenen Pferde«, erwiderte der bärtige Hüne halb grimmig, halb spöttisch. Er ließ sich von Leif und dessen kräftigem Hengst nicht beeindrucken und fügte an: »Scher dich nach Hause, Bürschchen, wenn du keine Ahnung hast, wovon du sprichst.«

Leif schaute ein wenig irritiert, aber nur für einen Augenblick. Mit so einer Dreistigkeit hatte er nicht gerechnet. »Ihr werdet die Pferde auf keinen Fall mitnehmen, und wenn wir euch hier nicht mehr gekriegt hätten, dann hätten wir in wenigen Tagen mit zwanzig Trupps bei euch im Gletschertal vorbeigeschaut.«

»Ein Gletschertal kennen wir nicht, und wir werden unsere Pferde jetzt mit nach Quellthal nehmen!«, erwiderte der Anführer der Pferdediebe mit ebenso entschlossener Stimme, wobei er *unsere Pferde* besonders betonte. Dabei umfasste er den Griff seiner Axt fester.

Die Bewohner des Gletschertals nannten ihr Tal entgegen der offiziellen Benennung Quellthal. Der Name Gletschertal passte aber wesentlich besser, denn an der oberen Seite des Tals befand sich ein riesiger Gletscher, der sich langsam, aber sicher ins Gletschertal schob, wodurch dieses immer kleiner wurde.

»Ihr wollt mir doch nicht wirklich weismachen, dass euch die Pferde schon gehört haben, als ihr nach Bergaheym gekommen seid!«, erwiderte Leif scharf.

»Niemand hat behauptet, dass es unsere Pferde waren, bevor wir über den Fluss gekommen sind, Bürschchen. Aber wie schon seit Anbeginn holen wir uns die Tiere zurück, die im Winter gestorben sind, und die Bruderschaft ersetzt den Bauern ihren Verlust. Niemand kommt zu Schaden und schließlich ist die Bruderschaft dafür verantwortlich, dass unser Quellthal ein kalter, lebensfeindlicher Ort geworden ist. Wenn du da keine Ahnung davon hast, solltest du mal ein bisschen weiter oben nachfragen. Aber ihr Knechte der Bruderschaft seid ja leider nicht dafür bekannt, Dinge genauer zu hinterfragen. Was denkst du denn, warum die Bruderschaft all die Jahre darauf verzichtet hat, uns im Quellthal zu besuchen? Weil sie sich schuldig fühlen! Und der letzte Winter war eben extrem kalt, euer Gletscher hat verhindert, dass wir genügend Futter für die Tiere auftreiben konnten, und deshalb müssen wir uns dieses Jahr ein paar Pferde mehr holen.«

»Die Bruderschaft bietet euch jedes Jahr neues Siedlungsgebiet mit fruchtbarem Land an, wohin ihr alle zusammen umziehen könntet. Euer Tal hat keine Zukunft«, erwiderte Leif voller Wut über solch eine Dreistigkeit, »Und bei außerordentlichen Ereignissen kann man bei der Bruderschaft auch Entschädigungen beantragen. Dazu muss man keine Pferde stehlen.«

»Wir werden uns der Bruderschaft nicht unterwerfen oder Anträge stellen, um unsere Tiere ersetzt und neues Ackerland zugeteilt zu bekommen. Wir lassen uns aus unserer Heimat nicht vertreiben. Wir wollen, dass unser Tal wieder eisfrei wird! Und jetzt werden wir unsere Pferde über den Fluss bringen.«

Die Situation drohte außer Kontrolle zu geraten. Im Augenwinkel sah Leif, wie seine Männer nach ihren Schwertern griffen. Weder wollte er einen Kampf beginnen, noch konnte er den bärtigen Hünen mit den Pferden ziehen lassen. Die Bergler und allen voran die Bewohner des Gletschertals waren wilde, widerspenstige Gesellen, und auch der Hüne würde von seiner soeben getroffenen Aussage nicht mehr zurückweichen.

Unvermittelt sprang Leif von Ve ab, machte zwei schnelle Schritte auf den Bergler zu und schlug ihm mit aller Kraft seine Faust gegen den Kopf. Wie ein nasser Sack kippte dieser um und blieb bewusstlos im Gras liegen.

Das Ganze war so schnell passiert, dass niemand hatte reagieren können, auch wenn jetzt sowohl die Bergler als auch die Reiter ihre Waffen zogen. Leif stand nur zwei Schritt von den Berglern entfernt. Auch er zog jetzt sein Schwert.

Die Plötzlichkeit, mit der die Bergler ihren Anführer verloren hatten, blieb nicht ohne Wirkung. Auch Leifs kantige Erscheinung und sein ernster Blick taten ihren Teil. Verunsichert schauten sie sich an. Sie waren Jäger und Holzfäller, und trotz ihrer Wut auf die Bruderschaft und ihrer zahlenmäßigen Ebenbürtigkeit hatten auch sie kein Interesse an einem bewaffneten Kampf.

»Es gibt genau zwei Möglichkeiten für euch«, rief Leif sie an. Er deutete auf den im Gras liegenden Bergler: »Entweder ihr nehmt ihn jetzt mit, lasst die Pferde stehen und wir vergessen, was hier geschehen ist. Oder wir hindern euch mit Waffengewalt daran, die Pferde mitzunehmen, und ihr werdet, so ihr noch steht, für viele Jahre weggesperrt, und alle, die uns hier und heute entwischen, holen wir im Gletschertal ab!«

Leif schaute entschlossen in die Runde. Die Sätze hatten ihre Wirkung nicht verfehlt. Die Bergler ließen ihre Waffen sinken. Sie sahen, dass dieser Reiter der Bruderschaft das, was er ankündigte, auch umsetzen würde.

»Gut, wir lassen die Pferde hier«, sprach ein Bergler, der dem bewusstlosen Anführer ähnelte, »auch wenn ihr damit einen fünfhundert Jahre alten ungeschriebenen Vertrag verletzt. Es ist unser Recht, dass die Bruderschaft uns unsere Verluste ersetzt!«

»Es springt die Quell' erst, wenn das Eis geschmolzen ist, es ruht der Streit erst, wenn die Schuld beglichen ist«, murmelte vernehmlich ein anderer Bergler.

Leif war dieses Gerede völlig egal. Niemand hatte das Recht, Pferde zu stehlen. Nur weil sich die Bruderschaft um des Friedens willen lange Zeit nachsichtig gezeigt hatte, brach sie sicher jetzt keine Verträge. Die Situation im Gletschertal war schlecht, aber es war doch geradezu lächerlich, der Bruderschaft die Schuld dafür zu geben.

Mit den Pferden zogen sich Leif und seine Männer hinter den nächsten Hügel zurück. Nur einen Kundschafter ließ Leif überwachen, dass die Bergler auch wirklich den Fluss überquerten.

»Wir warten noch ein paar Stunden, bis sie sicher weg sind, dann reparieren wir den Bärenzaun. Da drüben gibt es ein paar hungrige Viecher, und die sollen besser auch da drüben bleiben«, beschloss Leif. Der Zaun verlief unmittelbar auf der anderen Seite des Flusses im Wald. Die Bergler hatten ihn sicher durchbrochen, um einen schnellen Fluchtweg zu haben.

Bereits vor Mitternacht war der Zaun repariert, und mit den zurückgeholten Pferden ritt der Trupp wieder Richtung Bergaheym. Leif war froh, dass es so abgelaufen war. Um ein Haar hätte es Tote gegeben, da es jedoch glimpflich ausgegangen war, würde die Bruderschaft wahrscheinlich auch unterbinden, dass hierzu eine Meldung an einem Aushang erscheinen würde. In der Hauptstadt würde niemand von den gestohlenen Pferden, deren Rückholung und den haltlosen Anschuldigungen der Bergler gegenüber der Bruderschaft erfahren.

Weniger froh wäre Leif jedoch gewesen, wenn er den großen Schatten gesehen hätte, der bereits in der dunklen Nacht zuvor durch das Loch im Zaun auf ihre Seite des Hochlandes vorgedrungen war …

Kapitel 5: Drei ist besser als zwei

Die Türen der Gondel wurden geöffnet, und Kjer und Aiko stiegen ein. Wortlos gingen sie die Treppe ins obere Stockwerk hinauf und setzten sich hintereinander auf zwei leere Bänke. Gerade als die Gondel mit einem Ruck anfuhr, erreichte eine Kutsche die Haltestelle. Sechs Wachen der Bruderschaft sprangen heraus und eilten in den Park.

»Ihr kommt zu spät«, dachte Kjer voller Genugtuung. Wigold und seine Begleiter waren längst weg. Kjer kramte in seinem Brotbeutel und holte das zweite Brötchen und die hartgekochten Eier hervor. Eigentlich war es verboten, in den Gondeln zu essen, aber hier oben konnte sie der Gondeldiener nicht beobachten. »Ich muss jetzt erst mal etwas essen. Na und, dann passt da halt irgendwas nicht zusammen, das werden wir schon alles rausfinden«, wiegelte er ab und tat, als wäre er davon vollauf überzeugt.

Aiko sagte weiterhin nichts. Auch er war damit beschäftigt, das Gehörte zu verarbeiten und zu ordnen.

»Die Erklärungen der Bruderschaft sind wirklich zu einfach«, meinte er nach einer Weile. »Vor fünfhundert Jahren soll sich plötzlich das Klima geändert haben, wodurch vielen frostempfindlichen Pflanzen der Lebensraum entzogen worden sei und diese daraufhin in Gewächshäuser umgesiedelt worden seien. Das ist schon unwahrscheinlich … Und die Aussagen zum Bau der Stadtmauer der Hauptstadt sind noch viel weniger überzeugend: Vieles dazu sei nicht mehr nachvollziehbar, da bei einem Brand entscheidende Dokumente den Flammen zum Opfer gefallen seien. Ursprünglich sei wohl nur eine kleine Mauer gegen gefährliche Tiere errichtet worden. Später habe sich daraus dann eine regelrechte Mode entwickelt: Als weit sichtbares Zeichen der eigenen Kraft wurde ein gewaltiges Bollwerk gebaut, und da die Menschen auch damals schon gern miteinander wetteiferten, folgten die anderen Städte dem Beispiel.«

»Klingt wirklich blödsinnig. So viele Ressourcen für eine überflüssige Mauer verbrauchen … Vor allem, warum hat dann Fiskheym als einzige Stadt auf den Bau einer Mauer verzichtet?«

Die Gondel erreichte den zentralen Platz, blieb stehen und öffnete die Türen. Der hintere Gondeldiener kam die Treppe empor und verkündete laut: »Kjertansplatz, Stadtgebäude, bitte alle aussteigen, letzter Halt!«

Der Kjertansplatz war nach einem großen Anführer benannt, der aber bereits vor Beginn der neuen Zeitrechnung gelebt hatte. Deswegen war Kjer zu seinem großen Bedauern nur sehr wenig über seinen berühmten Namensvetter bekannt.

Auf der anderen Seite des Kjertansplatzes stand das Gebäude, das für die Stadt so wichtig war, dass es den schlichten Namen *Stadtgebäude* trug. Quadratisch in der Grundform, mit fast vierhundert Schritte langen Außenseiten und bis zu einem Dutzend Stockwerken bildete es den unangefochtenen Mittelpunkt der Stadt. Im Stadtgebäude waren alle wichtigen Institutionen untergebracht, und es war über die Jahrhunderte vielfach umgebaut worden, wodurch man sich in ihm ziemlich schnell verlaufen konnte. An einer Seite befand sich eine hoch gelegene Aussichtsplattform.

Zügigen Schrittes hielten sie auf eine der vielen Eingangstüren zu. »Da ist ein Lageplan, Kjer«, sprach Aiko und deutete auf einen Aushang, aber Kjer verlangsamte seinen Schritt nicht: »Brauchen wir nicht. Ich erinnere mich noch von letzter Woche an den Weg, als wir die Reiseanträge abgegeben haben.«

Sie durchschritten die Eingangstür und folgten dem langen Korridor. Er wurde in regelmäßigen Abständen von Fensterreihen gesäumt, durch die Tageslicht hereinfiel. Die Fenster gewährten einen Blick in kleine Innenhöfe, die gepflegt, aber nur spärlich begrünt waren. Kleine Brunnen und bunte Kiesbeete sorgten für Farbtupfer. In einem Innenhof plätscherte das Wasserspiel eines großen Goldfischbeckens.

»Irgendwie bin ich nicht sicher, ob wir hier wirklich schon einmal waren«, sagte Aiko zögerlich. Auch Kjer kam das Becken unbekannt vor, dennoch gingen sie weiter und ließen Kreuzung um Kreuzung hinter sich.

An einem Treppenhaus hielten sie schließlich an.

»Kjer, so weit war das nicht. Ich glaube, wir sind schon daran vorbeigegangen. Wo müssen wir jetzt lang?«

»Gute Frage, aber das muss hier doch irgendwo sein …« Kjer betrachtete einen einzelnen Baum, der links hinter ihnen in einem Innenhof stand und seine schmale Krone der Sonne entgegenreckte. »Ich glaube, die Ratsstube liegt hinter diesem Innenhof. An den Baum kann ich mich erinnern.«

»Na toll, aber hier gibt es nirgends einen Abzweig nach links.«

»Wir sind doch fast da«, meinte Kjer und schaute sich suchend um. Durch das Fenster konnte man etwas weiter vorne eine kleine Fußgängerbrücke sehen, die im dritten Stock den Innenhof überspannte. Er deutete darauf und sagte: »Dort überqueren wir einfach den Hof!«

Gesagt, getan. Sie stiegen drei Stockwerke hoch und schritten über die Brücke. Am Ende der Brücke befand sich ein gusseisernes kreuzförmiges Gitter, das bis zur Decke reichte, aber sich, wenn auch nur in eine Richtung, drehen ließ.

Aiko zögerte: »Wenn wir da durchgehen, kommen wir nicht mehr zurück. Dann sind wir im Labyrinth, und eigentlich haben wir hier oben gar nichts verloren. Die öffentlichen Bereiche sind alle ebenerdig.«

Kjer schritt selbstbewusst auf das Gitter zu. *Klack, klack,* machte es, als er hindurchging, und bevor Aiko etwas einwenden konnte, stand sein bester Freund bereits auf der anderen Seite. Nun blieb Aiko nichts anderes übrig, als ihm zu folgen. Wenige Schritte weiter hatten sie die nächste Abbiegung erreicht. Aber da war kein Treppenhaus, das nach unten führte.

»Mist!«, fluchte Aiko. Der Gang war an beiden Seiten der Abzweigung durch geschlossene Flügeltüren abgetrennt. Aiko und Kjer untersuchten erst gar nicht, ob sie diese öffnen konnten, denn auf ihnen prangten Schilder mit der Aufschrift *Heilkundliches Amt – Betreten für Unbefugte verboten.* Der Flur geradeaus war jedoch offen, und in etwa fünfzig Schritten Entfernung war ein Treppenhaus zu sehen.

»Es kann doch nicht so schwierig sein, die doofe Ratsstube zu finden«, dachte sich Kjer verunsichert. Aiko schaute unschlüssig zu ihm, und Kjer wusste genau, was er mit seinem Blick fragen wollte, daher antwortete er: »Ja, die Ratsstube muss genau unter uns sein …«

»Na dann, weiter«, stöhnte Aiko. Als sie den Gang bereits halb durchschritten hatten, öffnete sich eine Tür auf der rechten Seite, und ein Mann schaute heraus. Kaum hatte er die beiden Jungen erblickt, zog er die Augenbrauen so weit hoch, dass sie wohl unter seinen Haaren verschwunden wären, hätte er nur mehr davon gehabt. »Was macht ihr denn hier?«, fragte er.

»Wir suchen die Ratsstube. Anscheinend haben wir den falschen Eingang in das Gebäude erwischt. Nun wollen wir auf die andere Seite des Innenhofs«, antwortete Kjer wahrheitsgemäß.

»Da habt ihr euch aber ordentlich verlaufen. Es stimmt schon, die Ratsstube ist unter uns, aber ihr seid hier trotzdem völlig falsch«, erwiderte der Mann.

»Kommen wir dort nach unten?«, fragte Kjer und zeigte auf das Treppenhaus vor ihnen. »Das Treppenhaus führt nur in den zweiten Stock. Da kommt ihr nicht weiter. Ihr müsst ein ganzes Stück zurückgehen …«, erklärte der Mann und musterte die Jungen »Ach was, folgt mir.« Damit ging er den Gang zurück und öffnete die rechte Tür des Gesundheitsamtes. Nach einer Weile kamen sie an eine weitere Tür, die mit einem speziellen Sicherheitsschloss verriegelt war. Der Mann zögerte einen kurzen Augenblick, holte dann aber doch einen passenden Schlüssel aus der Tasche, um mit einem leisen Klicken die Tür zu entriegeln. Vor ihnen lag ein kurzer, nur von fahlen Gasleuchten erhellter Gang. Der Mann blickte zu Kjer und Aiko und sagte streng: »So, Jungs, schaut euch hier bitte nicht um.« Damit stieß er die Tür vollends auf und ging voran. Auf der rechten Seite war nur eine einzelne Tür. Aiko las aus dem Augenwinkel, was darauf stand: *Heilkundliche Sonderabteilung – Nervenheilanstalt.* Auch hier schützte ein Sicherheitsschloss vor unbefugtem Zutritt.

Schnellen Schrittes durchquerten sie den kurzen Flur und eine weitere Tür an dessen Ende und erreichten ein Treppenhaus.

»Ab hier findet ihr den Weg selbst. Einfach drei Stockwerke runter und durch das Gitter, dann seid ihr wieder im öffentlichen Bereich.«

»Vielen Dank, das hat uns sehr geholfen«, verabschiedete sich Aiko höflich. Sie verzichteten darauf, das Geländer hinunterzurutschen, und passierten das kreuzförmige Gitter. *Klack, klack!* Sie waren auf dem Hauptgang unmittelbar vor der Ratsstube.

Dort angekommen, waren sie sofort an der Reihe. »Guten Tag, Kjertan Therold mein Name, ich möchte meine Reisegenehmigung für Fiskheym abholen.«

»Ich bin Aiko Thruster«, stellte sich nun auch Aiko vor.

»Herr Thruster und Herr Therold also, kleinen Moment …«, antwortete die Stadtangestellte, drehte sich um und ging in einen Raum hinter den Schaltern, um die Dokumente zu holen.

»Hast du gehört, wie die spricht?«, flüsterte Kjer Aiko zu.

»Ja, die scheint nicht von hier zu kommen. Ich glaube, das ist der Fiskheymer Dialekt.« Der Fiskheymer Dialekt war der markanteste des ganzen Hochlandes. Das E wurde deutlich in die Länge gezogen und gerne auch das O. Bereits nach einem kurzen Moment kam die Frau mit zwei Umschlägen in der Hand zurück.

»Tut mir leid, Herr Thruster, Ihr Antrag konnte leider nicht bewilligt werden.« Kjer und Aiko erschraken, doch bevor sie protestieren konnten, prustete die Frau in schönstem Dialekt los: »Nee, war nur ein kleiner Scherz, warum sollte Eure Reise denn nicht genehmigt werden, ich meine, Ihr wollt nach Fiskheym. Eure Gesichter hättet Ihr mal sehen müssen. Ich komm selbst aus Fiskheym. Tolle kleine Stadt. Hätte nie gedacht, dass ich da mal weggeh, aber wo die Liebe halt hinfällt, sag ich immer. Nee, wirklich. Ich finde das gut, dass die jungen Leute heute viel rumkommen. Hier, bitte!«

Als sie den beiden die Reisegenehmigungen über den Tisch reichte, fiel ihr an den Dokumenten etwas auf: »Sanddornweg? Da war neulich schon ein Mädchen aus eurer Straße wegen 'ner Reisegenehmigung da.«

»Echt, wer denn?«, fragte Kjer höchst interessiert.

»Ne Hübsche, ungefähr in Eurem Alter, die kennt Ihr bestimmt.« Sie zwinkerte. »Mehr darf ich nicht sagen, hab schon mal Ärger wegen so was bekommen. Angeblich plaudere ich manchmal etwas zu viel … also, gute Reise!«

»Danke«, antwortete Aiko höflich.

»Sag mal, Kjer, glaubst du, dass Freya auch eine Reisegenehmigung beantragt hat?«, fragte Aiko, als sie wieder auf die Straße traten. »Das hätte sie uns gestern bestimmt erzählt, oder nicht?«

»Keine Ahnung«, antwortete Kjer. »So wie die uns vorhin etwas vorgeheult hat, traue ich ihr mittlerweile alles zu. Wer sollte es sonst sein? Vielleicht sollten wir der Guten einmal einen Besuch abstatten. Wenn wir uns beeilen, kriegen wir noch die nächste Gondel.«

Kjer und Aiko liefen über den offenen Kjertansplatz an dem Springbrunnen mit dem monumentalen Denkmal vorbei. Zwischen den Fontänen thronte Therus, der angeblich ein genialer Wissenschaftler gewesen war und so wie Kjertan vor Beginn der neuen Zeitrechnung gelebt hatte. Ferner glaubte man, dass Therus und Kjertan einst gute Freunde gewesen waren. Das Denkmal selbst war ziemlich ramponiert, denn die Statue war erst vor zweihundert Jahren wieder aufgestellt worden. Davor war sie auf dem Platz vergraben gewesen. Fast so, als hätte man sie irgendwann umgestürzt und erst Jahrhunderte später wieder gefunden.

Sie klopften bei Familie Thareet. Wigolds und Freyas Vater Iskko war derzeit für ein paar Wochen verreist. Er arbeitete für den Magistrat für Feldbau und wurde jedes Jahr zu Beginn der Haupterntezeit im Herzen der Kornkammer des Hochlandes in Bergaheym gebraucht. Dann war Freya auf sich allein gestellt. Aber sie meisterte das sehr gut, und außerdem sahen ihre Großmutter Edda und ihr Bruder Wigold regelmäßig nach ihr. Edda war ein herzensguter Mensch: Sie nahm sich selbst nicht wichtig und war immer auf das Wohl aller anderen, ganz besonders ihrer Enkel, bedacht. Wenn es sein musste, so konnte sie aber auch sehr energisch sein.

Freya öffnete die Tür. »Irgendwie habe ich mir schon gedacht, dass ihr nicht erst am Abend vorbeischaut. Kommt rein!«, begrüßte sie die Jungen mit auffällig freundlicher Stimme und ihrem entwaffnenden Lächeln. Sie folgten Freya in die Küche.

»Wollt ihr was trinken?«, fragte sie und schenkte beiden ein Glas Apfelsaft ein, ohne auf eine Antwort zu warten. »Ihr könnt auch gerne zum Essen bleiben, ich koche gerade Zwiebelsuppe.«

Auch wenn Kjer wusste, dass Freya aus gutem Grund geschwindelt hatte, war er doch leicht verärgert, immerhin hatte er ihretwegen ein Papier hinuntergewürgt. Aber auch diesmal schaffte er es nicht, dieses Gefühl noch länger aufrechtzuerhalten. »Deine Tränen sahen ziemlich echt aus …«, äußerte er, aber es klang mehr nach einem Kompliment als nach einem Vorwurf.

Aus Freyas freundlichem, versöhnlichem Lächeln wurde ein freches, lebendiges Lachen. »Die Tränen waren ja auch echt … Was meinst du, warum ich Zwiebelsuppe koche?« Sie hob ein Brett mit einer geschnittenen Zwiebel vor ihre Augen und atmete tief ein. Schon fingen ihre Augen an sich zu röten. »Mein armer, armer Bruder«, schniefte sie, musste lachen und schob die geschnittene Zwiebel mit einem Messer in den Kochtopf.

»Na ja, dafür haben wir heute auch etwas über dich in Erfahrung gebracht – aus einer geheimen Quelle … Wolltest du uns nicht vielleicht noch etwas erzählen?«, erwiderte Kjer trocken und freute sich, dass sie noch ein Ass im Ärmel hatten. Kjer und Aiko war klar, dass Freya nun fieberhaft überlegte, was die beiden denn noch von ihr wissen könnten. War da etwa ein Hauch von Verunsicherung in ihrem Gesicht zu erkennen?

»Oh, wenn du so lange darüber nachdenkst, musst du ja sogar mehrere Geheimnisse haben«, merkte Aiko an.

Freya schaute die Jungen eindringlich an: »Es wäre ein komischer Zufall, aber wart ihr etwa bei der städtischen Angestellten, der einen aus Fiskheym …«

»Genau bei der waren wir!«, sagte Kjer herausfordernd.

Jetzt wurde Freya rot im Gesicht. »Eigentlich, es ist so, ähm, also eigentlich wollte ich das heute Abend ansprechen, Wigold hat mir gesagt, es wäre besser, wenn ich morgen ebenfalls die Stadt verlassen würde. Sie wollen in eine neue Phase übertreten. Dieses Mal ist es eine größere Sache, und er meinte, es sei besser, wenn ich dabei eine Zeit lang aus dem Blickfeld der Bruderschaft verschwinden würde. Und da habe ich mich gefragt, ob …«

»Klar kannst du bei uns mit«, unterbrach sie Kjer. Hatte er das wirklich gerade gesagt? Hatte er Freya einfach so zugestanden, auf ihr gemeinsames, lang erträumtes Abenteuer mitzukommen? Ohne Frage, Freya war nett, aber bislang waren die beiden Jungs als Duo unschlagbar gewesen. Er schaute betreten zu Aiko, aber der schien mit Kjers schneller Entscheidung einverstanden zu sein.

»Ja, warum eigentlich nicht?«, meinte er nur. Doch was sollte Aiko auch sonst sagen? In Wirklichkeit hatte er sich sehr darauf gefreut, allein mit seinem einzigen wirklichen Freund diese Reise zu machen.

»Ganz ehrlich, es ist schön, dass du mitkommst«, ergänzte Kjer und bemühte sich, möglichst lässig zu wirken. »Was hat Wigold denn vor?«

»Ich weiß auch nicht mehr, als ich euch erzählt habe. Wirklich. Er hat mir nur gesagt, dass sie die Bruderschaft irgendwie herausfordern und aus der Reserve locken wollen. Wigold erzählt bloß das Nötigste. ›wenn man etwas nicht weiß, muss man auch nicht lügen, wenn man danach gefragt wird‹, sagt er immer. Aber es kann wohl danach richtig Ärger geben, daher will er, dass ich in nichts reingerate und möglichst weit von der Stadt weg bin.«

Aiko trat einen halben Schritt vor: »Wigold meinte auch, dass du noch ein paar Informationen für uns hättest. Bei irgendwas wollte er ja unsere Hilfe.«

»Ich weiß auch da bisher nicht mehr als ihr, aber er wollte heute noch mal vorbeikommen.« Sie schaute auf den Herd, auf dem die Suppe sprudelnd kochte. »Wollt ihr nun einen Teller haben?«

Kjer lehrte sein Glas mit einem Zug aus. »Du, das Angebot mit der Zwiebelsuppe ist echt nett, aber wir haben noch einiges zu erledigen. Komm doch nachmittags bei uns vorbei. Dann können wir noch ein Stück Kuchen essen und gemeinsam die Pferde von der Koppel holen.«

»Ja, gerne. Danke«, erwiderte Freya und sah ihn dabei an, als würde sie noch etwas erwarten, aber Kjer wollte jetzt mit Aiko alleine sein, um die ganze Sache in Ruhe zu besprechen. Er hoffte inständig, dass Freya ihm das nicht ansehen konnte.

»Also dann, komm einfach gegen vier vorbei!« Damit stellte er sein Glas ab, Aiko folgte ihm. »Bleib ruhig bei deiner Suppe, wir finden alleine raus ...«

»Hast du gesehen, wie viele Chilischoten sie reingetan hat?«, fragte Aiko, als sie das Haus verlassen hatten. »Wie kann einem nur so scharfes Essen schmecken?«

Freya konnte gut kochen, aber schon nach manchem Gericht, das die Freunde bei ihr probiert hatten, hatte ihnen der ganze Mund gebrannt. Das war auch der Hauptgrund, weswegen sie das Angebot mit der Zwiebelsuppe ausgeschlagen hatten.

Am Nachmittag trafen sich die drei in Kjers Zimmer, um die Reise fertig zu planen. In seinen Regalen sammelten sich diverse Fundstücke aus der Natur, und aus etlichen Kisten und Schachteln ragte allerlei Kram heraus. Zwischen Schreibtisch und Bett war Platz für einen großen Pflanzenkübel, aus dem sich im Winter ein schräg gewachsenes Olivenbäumchen dem kargen Licht des Fensters entgegenstreckte. Im Sommer schleppte Kjer den Kübel hinaus in den Garten. In der kalten Jahreszeit litt das Bäumchen sehr und verlor so viele Blätter, dass es den ganzen Sommer brauchte, um sich wieder halbwegs zu erholen. Aber Kjer gab die Hoffnung nicht auf, doch noch eines Tages eigene Oliven ernten zu können.

Bald hatte das Trio die Strecke in Tagesetappen eingeteilt. Wegen der hochsommerlichen Temperaturen wollten sie am nächsten Morgen in aller Frühe starten. Aiko hatte bereits eine Herberge in Fiskheym in Erfahrung gebracht. Fast schon selbstverständlich übernahm er die Verwaltung der Reisekasse, die bereits mit etlichen Scheffeln, dem landläufigen Zahlungsmittel, gefüllt war. Dazu kamen noch eine

Handvoll Darien. Darien waren die kleinsten Münzen des Hochlandes, auf die im Lauf der Jahrhunderte unzählige verschiedene Motive geprägt worden waren. Kjer hatte ein Pergament, auf dem alle in den letzten fünfhundert Jahren geprägten Darien abgebildet waren, und die beiden Jungen waren begeisterte Sammler.

Kjer schaute auf den Stand der Sonne: »Lasst uns die Pferde holen! Alles Wichtige ist besprochen, den Rest klären wir unterwegs.«

Die Weideplätze lagen unweit der Stelle, an der Kjer am Vortag in der Wiese gelegen hatte. Schon bald hatten sie ihre Pferde entdeckt. »So ist es fein, Ylvi«, lockte Aiko seine braune Stute heran. Freya holte ihren Rappen Hjuki. Kjers brauner Hengst Aegir war ein gutes Stück größer als die beiden anderen Pferde und damit fast zu groß für Kjer, aber er kam sehr gut mit Aegir zurecht. Die beiden hatten von Anfang an eine ganz besondere Verbindung gehabt, und nur deshalb hatten Kjers Eltern ihm erlaubt, ein so großes Tier zu reiten.

Vor der Stallung trafen sie unvermittelt auf Wigold. »Klar sind wir dabei«, sagte Kjer sofort, als er ihn erblickte. Das hatte ihm schon seit Stunden unter den Nägeln gebrannt, und nun platzte er fast vor Stolz, diese Worte auszusprechen.

Wigold strahlte: »Das freut mich sehr, danke! Dann will ich euch noch ein paar Informationen geben und mich natürlich danach richtig von euch verabschieden.« Freya schaute ihn überrascht und fragend an. »Freya, es tut mir leid, ich komme heute Abend nicht mehr nach Hause. Wir beginnen schon diese Nacht mit unserem Vorhaben. Brauchst du noch irgendetwas?«

»Nein, ich habe alles beisammen, danke«, erwiderte Freya nachdenklich. Kjer musterte sie ganz genau. Sie ließ sich so selten in die Karten blicken, aber jetzt gerade wirkte sie sehr traurig.

Wigold lächelte: »Nehmt Kontakt zu Hakon auf. Er ist für einen wichtigen Auftrag in Fiskheym verantwortlich.« Die drei schauten ihn fragend an. »Ich könnte euch alles im Detail erklären, aber dann stehen wir hier morgen noch. Geht in die Taverne *Im alten Kran* in Fiskheym. Der alte Thorssen betreibt sie. Er kann euch sicher sagen, wo ihr seinen Sohn Hakon findet, der euch dann vor Ort in alles einweiht. Gebt dem alten Thorssen diesen Humpen, dann werdet ihr schon mit ihm ins Gespräch kommen.«

Wigold holte aus einem Leinenbeutel einen massiven Bierhumpen hervor und reichte ihn Kjer. Der Krug war so schwer, dass er Kjers Arm nach unten zog, als Wigold losließ. Auf einer Seite war das Wappen der Stadt Bergaheym abgebildet.

»Alles klar, haben wir uns gemerkt, *Im alten Kran, Hakon, Bierhumpen«,* fasste Kjer Wigolds Anweisungen knapp und lässig zusammen. In Wirklichkeit musste er sich konzentrieren, dass man ihm die Aufregung nicht allzu sehr ansah – geheime Botschaften und mysteriöse Verbindungsmänner: Das Ganze würde ja ein noch viel größeres Abenteuer werden als erhofft. »Wunderbar«, sagte Wigold, »Na dann … Ich wünsche euch eine schöne Reise. Kjer und Aiko, passt mir gut auf meine Schwester auf!«

Freya drückte Wigold kräftig zum Abschied und flüsterte ihm ins Ohr: »Ich glaube, es ist nötiger, dass du auf dich aufpasst. Sei vorsichtig! Bitte! In ein paar Wochen sind wir wieder da!«

Wigold wandte sich zum Gehen und winkte ihnen noch einmal zu, dann war er verschwunden.

»Wir sehen uns morgen früh, Jungs«, verabschiedete sich Freya, »wir wollen ja bei Tagesanbruch starten …«

Als Kjer schließlich im Bett lag, verfiel er wieder ins Grübeln: Was könnte es in Fiskheym, am Ende der Welt, nur für ein wichtiges Projekt geben? Wie es wohl für Freya war, jetzt alleine zu sein, in dem Wissen, dass Wigold irgendetwas vorhatte … etwas so Gravierendes, dass sie nicht in der Stadt bleiben sollte. Vermutlich zog Wigold sich den Zorn der Bruderschaft zu. Und so etwas konnte böse enden.

Schließlich aber schlief er ein. Realität und Traum begannen sich in seinem Kopf zu vermischen …

Kapitel 6: Das Wappen der Sekte

Varg hatte eine Idee. »Wir sind doch an unzähligen zerstörten Verteidigungsanlagen vorbeigekommen. Ich möchte wetten, dass da irgendeine Speerschleuder noch intakt geblieben ist«, sprach er unvermittelt.

»Um die Kreaturen damit anzugreifen, bräuchten wir aber eine freie Schussbahn. Und dazu müssten wir auf hundert Schritte an den Wald ran, sonst ist da immer irgendeine Hügelkuppe im Weg …«, gab Kjertan zu bedenken.

Savant machte mit seinem Arm eine Bewegung nach oben.

»Genau!«, nickte Briga, »Wir können zwar nur gerade zielen, aber die Flugbahn der Speere ist trotzdem gekrümmt. Wir könnten blind schießen …«

Varg sprang auf: »Von dem Baum aus kann ich die Einschläge beobachten! Gebt mir zwei Stunden, dann steht die Speerschleuder an ihrem Platz!« Damit eilte er zu seinem Pferd. »Ich brauche ein paar Freiwillige«, rief er zu den rastenden Kriegern.

Kurze Zeit später war er mit einigen Reitern verschwunden. Savant, Briga und Kjertan ritten derweil zu der Stelle, von der aus sie den einzelnen Baum ungesehen erreichen konnten. Der Wald lag hinter der Hügelkuppe verborgen. Askan wurde unruhig und knurrte. Er spürte die Anwesenheit von Therus. Diesmal schlich Kjertan vor und kletterte auf den Baum. Er beobachtete aufmerksam den Wald. Da nahm er zwischen den dünnen Stämmchen eine Bewegung wahr – tatsächlich, dort wartete der Gegner auf die Dunkelheit. Hoffentlich war Vargs Suche erfolgreich.

Varg brauchte etwas mehr als zwei Stunden, dann aber war er mit den Männern zurück am vereinbarten Platz. Zwischen zwei Pferde hatten sie eine schwere Speerschleuder gebunden, ein weiteres Pferd trug ein knappes Dutzend großer Speere. »Wir mussten lange suchen, um eine intakte Balliste zu finden …«, rechtfertigte er seine Verspätung. »Aber in fünfzehn Minuten ist sie schussbereit!« Kurz darauf stand das Geschoss im Boden verankert und war grob auf den Wald ausgerichtet.

»Ein Brecher sitzt zehn Schritte rechts von dem markanten hohen Baum in der Mitte des Waldes«, meldete ein Bote das von Kjertan ausgemachte Ziel, damit sie es möglichst genau anvisieren konnten.

Klackernd spannten die Männer die dicke Sehne des Geschosses. Varg legte einen Speer ein. Alle Reiter waren aufgesessen und hielten sich bereit. Von hier konnten sie nur die Wipfel der Bäume erkennen. Die unheilvollen Kreaturen waren auf kurzen Strecken schneller als die Pferde, aber sie waren lange nicht so ausdauernd. Sechs Reiter waren um den Wald herum positioniert. Sollten die Bestien ausbrechen, würden sie dies nicht ungesehen schaffen.

Es wurde langsam dunkel und somit höchste Zeit.

Die Speerschleuder zielte mittig auf den Hügel. Mit einem zischenden Geräusch flog der erste Speer los und bohrte sich knirschend in die Hügelkuppe. Die Flugbahn hatte Varg selber beobachten können, daher kurbelte er, ohne ein Zeichen von Kjertan abzuwarten, die Speerschleuder bis zum Äußersten hoch. Savant stand neben ihm. Schweigend griff er in die Kurbel und drehte die Schleuder wieder ein kleines Stück zurück. Varg ließ ihn gewähren.

Der zweite Speer schoss los und flog haarscharf über die Hügelkuppe. Sofort begannen die Männer die Schleuder neu zu spannen. Kjertan beobachtete den Wald. Der Speer war im Unterholz verschwunden, nur wenige Schritte von der anvisierten Bestie entfernt. Im Wald brach Unruhe aus. Ein Brecher brüllte laut. Sie hatten den Speer bemerkt, wohl aber keine Ahnung, wo dieser hergekommen war.

»Acht Schritte nach links«, flüsterte Kjertan. Ein Mann rannte los und brachte Varg die Nachricht. Dieser richtete die Speerschleuder daraufhin unmerklich weiter nach links aus. Savant beobachtete ihn, hatte aber diesmal keine Einwände. Der dritte Speer bahnte sich seinen Weg.

»Volltreffer!«, rief Kjertan, vielleicht ein wenig zu laut. Der Speer hatte tatsächlich eine der Kreaturen erwischt. Aber die Bestien konnten Kjertan nicht vernehmen. Varg hatte diese Wesen schon oft brüllen gehört, und ihre Schreie konnten einem das Mark in den Knochen gefrieren lassen. Doch jetzt klangen sie anders: Es war nicht das übliche todbringende Gebrüll. Es wirkte wütend – und verunsichert. Er nickte zufrieden, während er den nächsten Speer auf die dicke Sehne legte.

Kjertan beobachtete die Schemen im Wald. Therus konnte nicht wissen, wie viele Reiter außerhalb des Waldes auf ihn warteten. Bis zur völligen Dunkelheit würde es noch dauern, aber hier im Wald waren die Bestien nicht mehr sicher. Der nächste Speer kam angeflogen – Varg und Savant zielten weiterhin auf die Mitte, durch die Streuung der alten Speerschleuder wurde so der ganze Wald abgedeckt.

Nachdem der nächste Speer in den Wald geschossen worden war, geschah es: Wie in Panik stürmten die Ungetüme aus dem Wald und flohen vor dem vermeintlich unsichtbaren Gegner. Schnell entfernten sie sich von ihren Verfolgern. »Noch nicht!«, bremste Varg den Eifer der Reiter mit einer energischen Geste, obwohl es niemandem schwererfiel als ihm, noch einen Augenblick zu warten. Denn er hatte Therus auf der vordersten Bestie erblickt. Es war auch bereits merklich dunkler geworden, dennoch mussten sie den Bestien so viel Vorsprung lassen, dass diese sich nicht mehr zurück in den Wald retten konnten.

Sekunden nachdem er den Befehl zur Verfolgung gegeben hatte, war Varg mit Kjertans Pferd unter dem Baum. Kjertan schwang sich direkt von einem Ast in den Sattel, und alle Reiter nahmen nun die Jagd auf. Selbst Savant ritt diesmal mit.

Die erste Bestie fiel bald humpelnd zurück. »Das ist bestimmt der Brecher, den du getroffen hast«, rief Kjertan zu Varg hinüber, während der Abstand zusehends geringer wurde. Schließlich wandte sich das Ungetüm um, stemmte sich auf seine beiden kräftigen Hinterbeine, ergriff mit den nun verfügbaren mittleren Gliedmaßen, die sowohl als Arme als auch als Beine genutzt werden konnten, noch zwei Keulen und stellte sich dem Kampf. Zwei Schwerter und zwei Keulen zur gleichen Zeit schwingend, war es ein furchterregender Gegner. Aber alleine und auf freier Fläche würden die geordneten Formationen der Reiter es zweifelsohne bezwingen können.

Hundert Schritte noch!

»Ibo, Orve, vorbei!«, rief Kjertan, »Brander drauf!« Der größere Teil der Reiter der Bruderschaft wich dem Wesen in einem respektvollen Bogen aus. Brander aber hielt mit seinem Trupp, die beiden großen Lanzen vorangestreckt, direkt auf die Bestie zu.

»Da waren es nur noch drei«, lachte Varg und blickte wieder nach vorne. Die Schatten verblassten zunehmend in der aufziehenden Dämmerung. Die ausgebrannte Ruine einer Verteidigungsanlage kam in ihr Blickfeld. Kjertan und Varg fluchten und trieben ihre Pferde an. Sie wollten Therus stellen, bevor

er sich irgendwo in den Trümmern verbergen konnte. Bis auf fünfzig Schritte waren die Reiter herangekommen. Varg griff hinter sich und zog einen Wurfspeer aus seinem Köcher. Therus saß auf der vordersten Bestie. Mit kalten Augen blickte er sich nach den Reitern um. Sein Umhang war verrutscht und legte seine muskulösen, grauledrigen Arme frei. Dann gab er einen düsteren, kehligen Laut von sich. Schlagartig wendeten die beiden hinteren Ungetüme und liefen direkt auf Briga, Kjertan und Varg zu. Der Wechsel von Flucht zu Angriff war im perfekten Moment erfolgt. Die Kreaturen deckten mit ihren Waffen einen so großen Radius ab, dass sie eine breite Mauer zwischen Therus und dessen Verfolgern bildeten. Varg, Briga und Kjertan rissen mit aller Kraft ihre Pferde zur Seite weg. Ohne Lanzen und unzählige Waffen gleichzeitig waren diese beiden Gegner nicht zu bezwingen. Orve und Ibo stellten mit ihren Trupps die Bestien. Die vordersten Reiter von Orves Trupp waren zu schnell am Gegner angekommen. Bevor sie ihre langen Lanzen einsetzen konnten, wurden sie schon von den Waffen der Bestien getroffen. Varg schleuderte seinen Speer im Vorbeireiten auf eines der Ungetüme, aber der blieb wirkungslos im dicken Lederwams des Brechers hängen. Er konnte in diesen Kampf nicht eingreifen, er musste weiter.

»Savant?«, fragte Briga. Kjertan schüttelte den Kopf. »Er wird schon genug Abstand halten …« Er fühlte sich auch nicht wohl dabei, Savant unbegleitet zu lassen, zumal nicht einmal sicher war, dass Orve und Ibo siegreich sein würden, aber es ging nicht anders.

Briga, Varg und Kjertan ritten so schnell sie konnten. Therus war mittlerweile abgesessen und verschwand unmittelbar vor ihnen durch ein breites ausgebranntes Fenster im Inneren der Ruine. Die große Kreatur zwängte sich hinter ihm durch die Öffnung. Kjertan und Varg sprangen mit Schwertern und leichten runden Reiterschildern von den Pferden, Briga legte einen Pfeil in ihren Bogen ein. »Drei zu zwei«, flüsterte Varg voller Tatendrang.

Höchstwahrscheinlich hätte Savants Erfolgswahrscheinlichkeit abermals anders ausgesehen …

Die drei stiegen durch das Fenster und fanden sich in einem nur schwach von Tageslicht erleuchteten Raum wieder. Seitlich bestand eine Verbindung zu einem weiteren Raum und am anderen Ende schloss sich ein langer dunkler Flur an. Kjertan schritt voran, aber plötzlich ergriff Varg ihn am Handgelenk.

* * *

Kjer schreckte hoch. Der Druck an seinem Handgelenk war echt. Es war seine Mutter, die ihn weckte. Verschlafen rieb er sich die Augen und wandte sich wieder der Wirklichkeit zu.

Bei Sonnenaufgang trafen sich die drei Abenteurer an den Pferdeställen, sattelten Ylvi, Aegir und Hjuki und stopften alles, was noch nicht verstaut war, in ihre Satteltaschen. Besonders Aegir war ausgesprochen neugierig und erkannte, dass die vollen Satteltaschen einen größeren Ausflug bedeuten mussten.

Endlich ging es los! Der kleine Sanddornweg lag in Dunkelheit, aber die Straßenbeleuchtung der Rosenstraße erhellte ihren Weg, als die drei losritten. Die mit Rüböl gespeisten Laternen verbreiteten ein angenehmes warmes Licht.

Es war Sonntag und noch früh am Morgen, trotzdem waren sie, bevor sie auch nur die halbe Strecke zum Tor zurückgelegt hatten, schon von drei Pferdefuhrwerken der Stadtreinigung überholt worden. Eilig holperten die Wagen über das Kopfsteinpflaster. Am Stadttor herrschte große Aufregung, denn auf die Stadtmauer war unzählige Male mit Schablonen das Zeichen der Sekte gemalt worden.

Diese Sekte, so konnte man im Stadtmuseum lernen, war vor etwa fünfhundert Jahren aktiv gewesen und hatte viele Anhänger gehabt. Nachdem sie jahrhundertelang verschwunden schien, stießen die Bewohner der Hauptstadt gelegentlich wieder auf deren Symbole, die an Wände und Mauern geschmiert worden waren.

Auch das Zeichen selbst war sehr alt: Es zeigte ein mächtiges Segelschiff mit drei Masten und darunter drei Wellen. Solch große Schiffe gab es auf dem Hochland gar nicht, hier wurden lediglich Fähren über die Sonderelva und die Fischerboote auf dem Brahnsee genutzt. In der rechten oberen Ecke des Wappens schließlich glänzten sieben Sterne. Verband man diese miteinander, so bildeten sie eine leicht schiefe Krone mit zwei Zacken. Dies war jedoch kein auf dem Hochland bekanntes Sternbild.

Unter den aufgeregten Kommandos der Mitglieder der Bruderschaft, die ebenfalls am Stadttor eingetroffen waren, hatten die Reinigungskräfte begonnen, die Zeichen von den Wänden abzubürsten. Mit aller Kraft schrubbten sie über die mit schwarzer Farbe aufgemalten Bilder, was jedoch nur dazu führte, dass die Farbe auf der Mauer verschmiert wurde, das Zeichen der Sekte aber weiterhin in seinen Konturen erkennbar blieb.

Freya, Kjer und Aiko stiegen ab und führten ihre Pferde an dem Tumult vorbei durch das mächtige Stadttor. Sie hörten, wie ein Wächter der Bruderschaft einem frisch eintreffenden Reinigungstrupp barsch den Befehl gab, gleich zum nächsten, weiter östlich gelegenen Stadttor weiterzufahren. Offenbar waren die Zeichen an mehreren Orten in der Stadt aufgepinselt worden! Der Wächter der Bruderschaft sah ernsthaft besorgt aus und war sehr wütend. Freya schluckte. Auch Aiko und Kjer sprachen nicht, sie alle ahnten – nein, sie wussten –, wer das gewesen war. Aber was sollte das alles?

Noch innerhalb der dicken Stadtmauer stiegen sie wieder auf und ritten in leichtem Trab durch das Tor und aus der Stadt hinaus. »Ich weiß nicht, was ich davon halten soll«, meinte Freya besorgt. »Ich will mir gar nicht ausmalen, was das für Konsequenzen hat, wenn die Bruderschaft die Verursacher in die Finger kriegt.«

»Wigold wird sich schon nicht erwischen lassen«, sagte Kjer entschieden. Er wusste, dass es für Freya keine schlimmere Vorstellung gab, als dass ihrem Bruder etwas zustoßen würde, dass auch noch Wigold aus ihrem Leben verschwinden würde.

»Zumindest macht er seine Sache gründlich. Das ist Teerfarbe«, erläuterte Aiko fachmännisch, »die geht nicht so ohne Weiteres ab. Da haben die lange zu tun, um die Mauer wieder sauber zu kriegen.«

»Wisst ihr was?«, warf Freya ein, »Wir vergessen das Ganze jetzt mal für ein paar Wochen. Ihr habt recht, Wigold ist nicht dumm und weiß genau, was er tut … und am besten sprechen wir gar nicht weiter darüber«

Die gewaltige Mauer ragte hinter den Freunden aus der Hügellandschaft hervor, die Hufe ihrer Pferde knirschten gleichmäßig auf dem breiten, befestigten Sandweg, der durch die Koppeln führte. Eine halbe Stunde später endeten diese. Ab und zu säumten noch Wiesen ihren Weg, dann kamen sie in die offene, wilde Graslandschaft des Westens. Vor ihnen, unweit des Weges, ragte ein hoher steinerner Turm empor. Sein Dach war eingefallen. Die drei beachteten ihn gar nicht, denn diese Türme standen überall im Hochland. Nur im Nordosten, zwischen dem Regeneichenwald und dem Wettergebirge, im Zweiten Bezirk, gab es ein Gebiet, in dem alle Türme umgestürzt waren. Vom Erdboden aus sah man zumeist irgendwo einen einzelnen Turm stehen, wie viele es aber tatsächlich waren, ließ sich erst erkennen, wenn man oben auf einem von ihnen stand. Jeder Turm hatte, in etwa drei Meilen Entfernung, drei benachbarte Türme. So formten alle Bauwerke zusammen ein wabenartiges Muster.

Kjer verspürte eine gewisse Abneigung gegen diese Bauten, denn sie schienen völlig nutzlos zu sein, zumal er viele langweilige Unterrichtsstunden mit ihnen verband. Ständig kamen die Türme in der Schule vor. Ihre geometrische Anordnung verleitete die Mathematiklehrer dazu, Berechnungsaufgaben zu stellen, in Altertumskunde mussten die Namen der wichtigsten Türme auswendig gelernt werden, und selbst in Naturkunde, Kjers absolutem Lieblingsfach, war sein Lehrer Doctorus Thurmvogel nicht darum herumgekommen, die nächstgelegenen Türme zu erforschen, da sich auf ihren Nordseiten verschiedene Pflanzen angesiedelt hatten, die es nur dort gab. »Kinder, merkt euch das, Pflanzen, die nur in einem engen Habitat leben, nennt man endemisch.« Doctorus Thurmvogel war sehr gut darin, in der Erläuterung eines Fachbegriffes mindestens ein weiteres Fremdwort zu verwenden, aber Hauptgrund für das Interesse von Doctorus Thurmvogel an der Vegetation der Türme war, dass sein Ururgroßvater die Unterart eines Mooses an einem der Türme entdeckt hatte, weshalb es nach ihm benannt worden war. Nur leider ließ sich dort mittlerweile nicht mehr viel Neues entdecken, und Moos war einfach langweilig.

Im Wettergebirge gab es dagegen noch große wilde Tiere wie Hochlandbären, und zudem ging die Sage, dass jenseits des Gebirges riesige weiße Eislöwen hausten. Für einen Ausflug dorthin hätte sich Kjer sofort begeistern können, auch wenn diese Eislöwen mit an Sicherheit grenzender Wahrscheinlichkeit wohl ebenso wenig existierten wie Elfen oder Greifen. Aber wenn doch, dann würde Kjer sie finden.

Kapitel 7: Der alte Turm

Gegen vier Uhr nachmittags ritten die drei nach einer längeren Rast weiter. Die Luft war drückend heiß. »Wir sollten zusehen, dass wir in einem der Türme Unterschlupf finden«, mahnte Freya. Fernes Grollen kündigte an, dass es nun wirklich Zeit war, ein trockenes Nachtquartier zu finden. Die Pferde wurden unruhig. Gewitter auf dem Hochland tauchten meist nicht nur urplötzlich auf, sondern waren auch ziemlich heftig.

»Los, kommt, da vorne ist ein Turm«, trieb Kjer die anderen beiden zur Eile an. Wenige Minuten später erreichten sie ihn, aber ausgerechnet dieser besaß ebenerdig weder Tür noch Tor. Erst einige Schritte über der Erde war eine Öffnung zu erkennen, doch die hölzerne Außentreppe, die dorthinauf führte, war längst verrottet. Da der nächste Turm auf einer leichten Anhöhe stand, konnten sie ihn schon in der Ferne sehen, aber die Gewitterfront hing bereits fast unmittelbar über ihm. Im Galopp ritten die Freunde über das trockene Gras. Die Blitze, die nun unaufhörlich zwischen den Wolken zuckten, lieferten sich mit ihnen ein Wettrennen, wer den Turm wohl zuerst erreichen würde.

Je näher das Trio seinem Ziel kam, desto dunkler wurde es. Kjer kam als Erster am Turm an, band Aegir schnell an einem Strauch fest und verschwand im Inneren. »Prima! Wie für uns bestellt! Los, schnell, hier ist sogar Platz für die Pferde«, rief er. Erste Tropfen kündeten den Regen an, der dem Gewitter vorausging. Durch ein paar Scharten im Mauerwerk fiel spärliches Licht in das vielleicht fünf Schritte hohe untere Turmsegment.

Durch die dicken Mauern des Turms war der Platz im Inneren zwar wesentlich geringer, als man von außen vermuten würde, aber die Grundfläche war dennoch in drei Räume unterteilt. Der Boden war aus breiten steinernen Quadern gebildet, die Decke wölbte sich kreuzförmig und war gut erhalten. Die drei Räume waren einst durch Flügeltüren, die zu Teilen auch noch vorhanden waren, miteinander verbunden gewesen, sodass man im Kreis laufen konnte. Im ersten Raum befand sich zudem die Eingangstür, die so breit war, dass selbst Pferde mühelos hindurchpassten. Im Raum links daneben führte eine Treppe in das nächste Stockwerk hoch, von ihr waren jedoch nur noch traurige Reste erhalten geblieben. Der größere Teil hatte den Lauf der Jahrhunderte nicht überstanden. Durch die nächste Tür gelangte man in den dritten Raum, der wiederum mit dem ersten verbunden war.

Kjer war bereits einmal im Kreis gelaufen, hatte kurz überlegt, ob er versuchen sollte, ins nächste Stockwerk zu klettern, sich vernünftigerweise aber dagegen entschieden, und führte nun Aegir in den *Treppenraum.* »Hier stehen die Pferde trocken, im anderen Raum können wir gut übernachten. Versorgt schon mal die Tiere, ich sammle Feuerholz!«

Völlig durchnässt, zwei tote Stämmchen hinter sich herziehend, betrat Kjer wenig später wieder den Turm. »Mach du die klein«, forderte er Aiko auf, »ich geh noch mal raus, hinter dem Turm ist ein kleines Dickicht. Ich bin sowieso schon ganz durchweicht.« Aiko war äußerst froh, dass er im Trockenen bleiben konnte. Nachdem Kjer schließlich genug

Holz geholt hatte, zog er sich bei den Pferden um und ging danach nach nebenan in ihren *Aufenthaltsraum.* Freya hatte bereits mit Schlageisen und Feuerstein etwas Zunder entflammt und ein paar Kerzen entzündet, die sie nun im Raum verteilte.

Die Freunde wollten sich nach dem Essen – es gab Bergaheymer Trockenfleisch mit Kartoffeln und Zwiebeln – gerade ihr Schlafquartier herrichten, als die Pferde plötzlich unruhig wurden und zu schnauben und angstvoll zu wiehern begannen. Kjer sprang auf und hastete in den Nebenraum zu den Tieren. Sie zerrten panisch an den Stricken und wollten sich losreißen. »Was habt ihr denn auf einmal?«, fragte Kjer beunruhigt. Nachdenklich meinte Freya: »Das kann doch nicht am Gewitter liegen. Irgendetwas anderes macht ihnen Angst.«

»Könnte es sein, dass ein Wolf draußen herumschleicht?«, fragte Aiko.

»Ich kann mir nicht vorstellen, dass sich ein Wolf so nah an den Turm heranwagt«, erwiderte Kjer, »Ich gehe nachschauen.«

Draußen prasselte der Regen unaufhörlich. Kjer entzündete eine Fackel und lief barfuß zum Ausgang. Was sollte ihm schon Gefährliches begegnen? Bereits im Türrahmen stehend, sah er schemenhaft den Umriss eines großen Wesens, das sich schnaufend der Turmöffnung näherte. Kjer erstarrte.

»Siehst du etwas?«, fragte Freya.

»Ein Bär«, stammelte Kjer fast tonlos. Er konnte es kaum glauben, aber natürlich wusste er nicht, dass Bergler vor Kurzem den Bärenzaun weit im Osten eingerissen hatten.

»Genau. Weil es hier auch Bären …«, fing Freya an, als plötzlich ein drohendes Brüllen erscholl. Ein riesiger Hochlandbär stand ihnen gegenüber. Er hatte sich bis auf fünfzehn Schritte dem Eingang genähert, und nur die hell lodernde Fackel hielt ihn noch auf Distanz. Kjer wusste, dass er jetzt keinen Schritt zurückweichen durfte, sonst würde der Bär in den Turm eindringen. Hochlandbären zeigten keine Angst vor Menschen, weshalb sie sehr gefährlich waren, nur Feuer hatte schon so manchen Bergler jenseits des Bärenzaunes gerettet.

Drohend machte das Tier einen Satz nach vorne. Kjer blieb unbeweglich stehen. Da kamen Aiko und Freya dazugestürzt. Sie ahnten, dass eine einzelne Fackel den hungrigen Bären nicht lange beeindrucken würde.

»Freya, die Ölflasche! Kjer, komm hierher!«, rief Aiko. Kjer sprang zurück, Aiko entriss ihm die Fackel und warf sie in die Eingangstür. Gedankenschnell schüttete Freya die Flasche mit Speiseöl darüber. Fast unmittelbar vor der weit aufgerissenen Raubtierschnauze schnellte eine helle, heiße Stichflamme empor. Mit gefletschten Zähnen wich der Bär wieder ein paar Schritte zurück. Wie lange würde die Flamme lodern? Dreißig Sekunden? Eine Minute?

»Schnell, wir brauchen ein richtiges Feuer!«, schrie Freya. Kjer leerte den kompletten Zunderbeutel auf die Flamme, um ihr ein bisschen Nahrung zu geben, während Freya die angesengten Hölzer aus der Feuerstelle holte und dazuwarf. Der Qualm und die Flammen des verbrennenden Öls mischten sich mit dem Rauch der Holzscheite. Hastig warfen sie noch weiteres Holz dazu, das im Vorraum lagerte. Die rauchende Feuerwand hielt den Bären fürs Erste fern.

»Was machen wir jetzt?«, fragte Freya. Ihre Stimme klang verzweifelt. Aiko wandte sich zu den Vertiefungen in der Wand, in denen die Treppe verankert gewesen war. Kjer folgte seinem Blick, und in seinen Augen spiegelten sich

Angst und Entsetzen. Er schauderte. Der Gedanke, von oben zuhören zu müssen, wie der Bär über die Pferde herfiel, war unerträglich. »Das können wir nicht tun. Hochklettern und die Pferde dem Bären opfern? Auf keinen Fall!« Aber was konnten sie sonst tun? Sie saßen in der Falle.

»Wir brauchen mehr Zeit«, rief Kjer, »lasst uns alles Brennbare zusammentragen!« Er eilte zu den Pferden, die weiterhin wie verrückt an den Stricken zogen. Er musste aufpassen, dass er nicht von ihnen verletzt wurde, während er die verbliebenen morschen Treppenreste aus der Wand riss.

»Vielleicht verschwindet er von selbst wieder«, hoffte Aiko. Da zuckte erneut ein Blitz über den Nachthimmel, und während er alles erleuchtete, sahen sie den Bären in wenigen Schritten Entfernung vor dem Turm entlangstreichen. Hochlandbären galten als sehr intelligent, und dieser schien einfach abwarten zu wollen, bis das Feuer kleiner würde.

»Der wird nicht verschwinden«, sagte Kjer leise, »Hier in der weiten, offenen Steppe ist die Jagd für ihn viel schwieriger als in den Wäldern, in die er gehört. So eine Chance lässt der sich nicht entgehen …«

»Was wäre, wenn wir eines der Pferde rausjagen? Vielleicht läuft der Bär ihm hinterher und wir können fliehen? Aegir ist doch schnell, er hätte eine gute Chance«, schlug Aiko vor. Der Gedanke, Aegir dem Bären zu opfern, war fürchterlich für Kjer. Er erwiderte nichts.

»Das wird nicht klappen«, antwortete Freya, während sie noch einen Arm Holz auf das rauchende Feuer warf. »Kein Pferd würde freiwillig über das Feuer hinweg zu einem Bären springen.«

»Wir müssen versuchen, ihn zu vertreiben«, sagte Kjer, zog ein brennendes Scheit aus dem Feuer und warf es wütend nach draußen, als der nächste Blitz zuckte. Er hatte den Bären nur knapp verfehlt, aber dieser zeigte sich unbeeindruckt von dem Wurf, zumal das Holz im Regen sofort erloschen war.

»Lass das«, rief Aiko entschieden, »du verschwendest nur Holz. Und jeder, der rausgeht, ist so gut wie tot! Wir müssen da anders herangehen. Wenn wir nicht rauskönnen, solange der Bär draußen ist, dann müssen wir ihn hereinlassen, bevor wir herausgehen ...« Kjer und Freya starrten ihn ungläubig an, aber Aiko schien das ernst zu meinen: »Der Turm hat drei Räume. Wir machen ein Feuer hinter den Pferden und eines vor ihnen. Dann locken wir den Bären in den Aufenthaltsraum, wo alles Essbare als Köder ausliegt und dort sperren wir ihn ein, indem wir hinter ihm ein neues Feuer entfachen.«

»Das wird ihn sicher nicht lange aufhalten, aber hoffentlich lange genug, um uns aus dem Staub zu machen. Es ist unsere einzige Chance«, pflichtete Kjer ihm bei.

Aiko schien zu zögern, auch wenn er selbst den Vorschlag gemacht hatte. War der Bär erst einmal im Turm, würde die Zeit womöglich nicht reichen, um im Notfall ins obere Stockwerk zu klettern. Aber Kjer hatte schon angefangen, die ersten Hölzer hinter den Pferden an den Durchgang zu legen. Es wäre wahrscheinlicher, dass Aiko den Bären mit bloßen Händen niederringen würde, als dass sie Kjer jetzt noch davon überzeugen könnten, diesen riskanten Plan zu verwerfen. Damit war es entschieden.

Sie stopften ihre Ausrüstung hektisch in ihre Satteltaschen und sattelten die Pferde zu zweit, während immer einer am Eingang Feuerwache hielt. Freya und Kjer wurden gefährlich von den Tieren an die Wand gequetscht, die voll Panik an den Stricken rissen und sich nicht beruhigen ließen. Aber die beiden spürten die Blessuren nicht. Bald brannten auch die Feuer in den Durchbrüchen, die hinter den Pferden vom *Stall* zum *Aufenthaltsraum* und vor ihnen vom *Stall* zum *Eingangsraum* führten. Und ein Holzstapel, der mit dem letzten Öl getränkt und mit Kerzenwachs präpariert war, lag am Eingang zum *Aufenthaltsraum,* in den sie den Bären lenken wollten. Alles Holz war damit verbraucht. Einen zweiten Versuch würde es nicht geben.

Um die Pferde zu beruhigen, hatten sie ihnen die Augen verbunden, aber es brachte wenig, zu groß war die Angst der Tiere, die jetzt durch den Rauch der Feuer noch verstärkt wurde. Kjer näherte sich mit einer brennenden Fackel dem vordersten Feuer am Ausgang des Turms. Schemenhaft erkannte er auf der anderen Seite den Bären. Hastig griff er etliche Hölzer und schichtete sie auf das Feuer vor den Pferden um. Aiko trat währenddessen die Glut und Holzreste aus dem Turm hinaus.

Kjer riss Aiko am Arm mit sich, denn auf diesen Moment hatte der Bär nur gewartet. Sofort drang er in den Turm ein und folgte den beiden in den *Aufenthaltsraum.* Als Kjer von dort über den brennenden Feuerstoß zu den Pferden sprang, sah er aus dem Augenwinkel, wie riesig der Bär tatsächlich war. Er konnte die Pferde riechen, doch abermals versperrte ihm ein Feuer den Weg. Wütend brummend machte er kehrt, aber in der Zwischenzeit hatte Freya hinter ihm den letzten Feuerstoß entzündet, und hohe Flammen schlugen nun zu beiden Seiten des *Aufenthaltsraums* nach oben.

Sie traten das Feuer vor den Pferden grob zur Seite, stiegen auf und lösten die Seile, mit denen die Pferde angebunden waren. Sie konnten sich gerade noch festhalten, denn sofort sprangen die verängstigten Tiere mit großen Sätzen über die rauchenden Trümmer aus dem Turm hinaus und jagten in wilder Panik über die Ebene. Die drei Freunde hatten keine Chance, die Pferde zu lenken oder gar zu stoppen, aber das wollten sie ohnehin nicht. Sie klammerten sich nur mit aller Kraft fest, damit sie bei diesem wilden Ritt durchs Gewitter nicht abgeworfen wurden.

So ging es lange, lange vorwärts. Kjer hatte keine Ahnung, wie weit sie geritten waren, als Aegir schließlich abbremste. Freya und Aiko hatten ihm nicht folgen können. Kjer drehte sich im Sattel um. Er konnte sie weder sehen noch hören. Er rief ihre Namen, doch es kam keine Antwort.

Schließlich hörte er Pferdehufe herannahen, und kurz darauf hielten Freya und Aiko neben ihm. Auch ihre Tiere waren völlig erschöpft. Die Freunde sahen sich einen Moment lang an, dann brachen sie in erleichtertes Gelächter aus. Sie waren durchnässt, hatten einen Teil ihrer Ausrüstung und ihre Vorräte verloren und dafür reichlich blaue Flecken abbekommen, und sie wussten nicht, wo sie waren, aber das war erst mal egal. Gerade fühlten sie sich unbeschreiblich gut, wie neu geboren und unglaublich euphorisch.

Sie hatten den Hochlandbären ausgetrickst. Gemeinsam.

»Wenn du dem Bären nicht am Anfang gleich den Weg versperrt hättest, wäre das anders ausgegangen«, sagte Freya und musterte Kjer anerkennend. Kjer schwieg. Hatte er dem Bären wirklich aktiv den Weg versperrt, oder war er nicht *glücklicherweise* vor Angst erstarrt?

»Was wäre gewesen, wenn der Turm nur einen Raum gehabt hätte?«, fragte Freya lachend.

»Dann hätten wir einen anderen Ausweg gefunden«, antwortete Kjer voller gespielter Überzeugung.

Aiko schauderte. Vielleicht lag es daran, dass nicht auszuschließen war, dass der Bär ihnen folgen würde, vor allem aber waren sie komplett durchnässt, auch wenn sich der Sturm mittlerweile gelegt und das Gewitter weitergezogen war.

»Und jetzt?«, fragte er, »Wir können ja schlecht im nächstbesten Turm übernachten, noch mal haben wir vielleicht nicht so ein Glück …«

»Es kann eigentlich nicht weit zum Weg sein, wir hätten ja auch bemerkt, wenn wir ihn überquert hätten«, meinte Freya. Auch ihr war nicht nach einer Fortsetzung der Nacht in einem Turm zumute.

»Dann lasst uns als Erstes den Weg suchen«, schlug Kjer vor, »der Rest findet sich dann …«

Vielleicht waren die Pferde instinktiv in die richtige Richtung geflohen, vielleicht hatten sie auch nur einfach Glück gehabt, aber bald schon konnten sie im aufklarenden Nachthimmel den Weg erahnen, der sich wie ein graues Band durch die Landschaft zog.

»So durchnässt wird das auf alle Fälle eine lausige Nacht, lasst uns lieber weiterreiten«, meinte Kjer unschlüssig, als sie den Weg erreicht hatten. »Essen werden wir ohnehin erst wieder am Brahnsee bekommen …«

Da bessere Ideen nicht vorhanden waren und der Bär immer noch auf ihrer Fährte sein könnte, ritten sie weiter.

»Schaut mal, was wir hier haben«, sagte Freya plötzlich erfreut. Neben dem Weg stand eine halb offene Schutzhütte.

»Die werden wir den Fischhändlern zu verdanken haben«, meinte Aiko. Kurz entschlossen stieg Freya ab. Die rohen Holzbänke waren zu kurz, um sich draufzulegen, aber der sandige Boden war trocken. »Meine Decke ist nicht durchnässt, besser wird's heute wohl nicht mehr.« Kjer und Aiko folgten ihrem Beispiel und saßen ebenfalls ab. Bald lagen sie halbwegs trocken nebeneinander unter dem Holzdach.

»Sollte der Bär wirklich wieder auftauchen, dann werden die Pferde uns schon wecken …«, sagte Aiko noch, und dann waren sie auch schon erschöpft eingeschlafen.

Im ersten Morgenlicht schreckte Kjer hoch. Eine Wagenkolonne rumpelte den Weg entlang. Es waren Fischhändler, die Fisch vom Brahnsee zur Hauptstadt transportierten. Als sie die drei entdeckten, hielt die Kolonne an.

»Was macht ihr denn hier?«, fragte der vorderste Kutscher überrascht.

»Wir sind einem Bären begegnet«, begann Kjer. Er fürchtete, dass die Männer sie auslachen und ihnen die Geschichte nicht abnehmen würden, aber das war nicht der Fall. Es stellte sich heraus, dass der Bär bereits mehrfach gesichtet worden war, und mehrere Reitertrupps den Auftrag hatten, ihn wieder auf die andere Seite des Bärenzaunes zu befördern. Bären waren selten, daher sollte er nach Möglichkeit lebendig gefangen werden, solange kein Mensch zu Schaden gekommen war.

Die Fischhändler überließen ihnen einen Laib Brot, sodass sie bis Trygby, das an den Ufern des Brahnsees lag, nicht hungern mussten – bei den sommerlichen Temperaturen konnte sich die Kolonne keine Rast erlauben, sollte ihre Ware nicht verderben.

Trotz der Hilfe der Fischhändler waren Freya, Kjer und Aiko sehr erleichtert, als sie gegen Mittag das kleine Fischerdorf erreichten, nachdem ihre erste Nacht in der Wildnis anders als erwartet verlaufen war. Endlich wussten sie wieder genau, wo sie waren, und konnten ihre Vorräte auffüllen.

Genau einen Marktstand gab es in der Mitte der kleinen Ortschaft. Als die Verkäuferin, eine ältere Frau mit sonnengegerbtem Gesicht, Aiko das Rückgeld in die Hand legte, starrte dieser erstaunt auf die Münzen. Dann bedankte er sich freundlich und zog Freya und Kjer schnell mit sich um die nächste Ecke. »Schaut mal, was wir bekommen haben!« Triumphierend hielt er den beiden eine abgenutzte 5-Darien-Münze unter die Nase.

Kjer riss sofort die Augen auf: »Zeig mal her, das ist doch nicht die mit dem Eislöwen, oder?«

»Ich glaub schon«, antwortete Aiko begeistert und trat ganz nah an Kjer heran, damit sie die Prägung auf der Münze begutachten konnten.

»Ist das eine Münze, die ihr noch in der Sammlung braucht?«, fragte Freya.

»Ja, die fehlt mir noch«, sagten Kjer und Aiko wie aus einem Mund und schauten sich an. Beide dachten dasselbe: Diese Münze wollten beide unbedingt haben.

»Die ist uralt, davon gibt es wirklich nicht viele«, erläuterte Aiko. Die Jungen schauten sich jede Darienmünze, die sie in die Hände bekamen, genau an.

»Die ist richtig selten«, pflichtete Kjer seinem Freund bei.

»Und was machen wir jetzt mit ihr?«, fragte Aiko.

»Ich hätte nie gedacht, dass man so eine Münze überhaupt noch als Rückgeld erhalten kann«, antwortete Kjer nachdenklich, »vielleicht hat die Frau ja noch andere wertvolle Münzen.«

»Jungs, dann kauft doch einfach noch ein Stück Käse, dann findet ihr es heraus«, schlug Freya geduldig vor. Auf sie war die Begeisterung über den Münzfund nicht wirklich übergesprungen.

»Entschuldigung, wir haben eine Frage«, sprach Kjer nun die alte Frau an. »Wenn wir noch ein Stück Käse kaufen, würden sie uns dann das Restgeld in Darien rausgeben?«

»Braucht ihr denn den Käse?«, fragte die Frau freundlich.

»Na ja, eigentlich geht es uns vor allem darum, noch kleine Münzen zu bekommen.«

»Dann sagt das doch. Ich bin ganz froh, die ganzen kleinen Dinger loszuwerden. Die häufen sich bei mir ohnehin in der Kasse. Wir können tauschen. Ganz ohne Käsekauf.«

Die Frau stellte eine Holzschatulle auf den Verkaufstresen und begann in Windeseile Münzstapel aufzuschichten. Kjer und Aiko hatten Mühe, den Berg kleiner Kupfermünzen in ihren Händen zu halten. Eine ähnlich seltene, alte, wertvolle und schöne Münze wie die Eislöwenmünze war aber nicht dabei. Das Problem um den Besitzer blieb daher bestehen.

»Weißt du was?«, schlug Aiko vor, »Warum spielen wir nicht eine Runde Thaiding um die Münze. Drei Spiele. Jeder gegen jeden.« Thaiding war das bekannteste Kartenspiel des Hochlandes.

»Einverstanden, machen wir«, antwortete Kjer sofort, »wir können die Partie in der Mittagspause spielen.« Freya fragten sie erst gar nicht, da man für Thaiding mindestens zu dritt sein musste.

Aiko schob den Berg Kleingeld vom Tisch in die Reisekasse, die dadurch bedeutend schwerer wurde. Die Eislöwenmünze legte er zwar auch in die Reisekasse, wickelte sie aber noch in ein Blatt Papier ein, das er aus seinem Notizbuch gerissen hatte. Kjer war überrascht – das hatte er noch nie zuvor getan.

Nach einer ordentlichen Mahlzeit ging es am See entlang weiter. Das Ende des Sees war bald schon zu erkennen. Die Sonderelva speiste nicht nur den Brahnsee mit Wasser, sondern floss an dessen nördlichem Ende auch wieder heraus. Breit und gemächlich bahnte sie sich ihren Weg weiter in Richtung Südwesten, bis sie das Ende der Welt erreichte und verschwand. Eine flache hölzerne Brücke, auf steinernen Pfeilern gelagert, überspannte direkt am See den breiten Fluss.

Die lange Brücke mit dem gemächlich dahinströmenden

Fluss stand gleichsam für das Leben im Westen des Hochlandes. So weit entfernt von der Hektik der Hauptstadt, war es nur passend, dass es auch der Strom hier ruhiger angehen ließ. Die Brücke hatte aber noch eine andere Bedeutung. Die Sonderelva verlief nämlich exakt auf der Grenze zwischen dem Hauptstadtbezirk und dem Ersten Bezirk, in dem Fiskheym lag.

Die drei Freunde hielten munter auf die Brücke zu. Kjer scherzte: »Auf Wiedersehen, Hauptstadt, auf Nimmerwiedersehen, Bär!«

Kapitel 8: Der Hinterhalt

Sobald Leif die gestohlenen Pferde zurückgebracht hatte, war er zum Regeneichenwald versetzt worden, Um Patrouille entlang des Waldrands zu reiten. Es gab wenige Dinge, die eintöniger waren, zumal sein Trupp auf nur noch vier Mann, ihn eingeschlossen, geschrumpft war. Alle anderen Reiter waren von der Bruderschaft zu zusätzlichen Waffenübungen beordert worden. Selbst sein Pferd Ve war auf seiner Weide in Bergaheym geblieben, sodass Leif auf einem fremden Tier unterwegs war.

Leif wollte gerade nach dem ersten ereignislosen Tag zum Wachquartier zurückreiten, als er aus dem Augenwinkel auf der freien Fläche, an der sie gerade vorbeigeritten waren, eine Bewegung wahrnahm. Er drehte sich um. Hinter ihnen huschte in gebückter Haltung ein Mann entlang. Offensichtlich wollte sich dieser unbemerkt in den Wald schleichen. als der Fremde sah, dass er entdeckt worden war, ließ er eine große Rolle Seil fallen und verschwand zwischen den Regeneichen.

Im Galopp nahmen sie die Verfolgung auf und ritten, einzelnen knorrigen Ästen ausweichend, in den Wald hinein.

Durch die dichten Kronen der Bäume fiel so wenig Licht, dass zwischen den Stämmen kein Unterholz wuchs. Leifs Augen hatten sich noch nicht ganz an das schummrige Licht gewöhnt, dennoch sah er den Mann, der in zweihundert Schritten Entfernung in eine breite, grabenähnliche Senke hineinlief.

Auf ein Handzeichen Leifs hin verteilten sich die vier Reiter. Irgendetwas hielt ihn davon ab, dem Flüchtigen direkt hinterherzureiten. Leif plante, ihn seitlich zu überholen, um ihm den Weg zu versperren. Zwei Reiter ritten zur rechten, zwei zur linken Seite der Vertiefung. Die Pferde sprangen über die dicken Wurzeln, die sich zwischen den Bäumen auf dem Boden entlangschlängelten. Gleich müssten sie auf der Höhe des Eindringlings sein.

Leif blickte nach vorne, da fiel sein Blick auf einen dünnen Zweig, der unnatürlich aus einem Gebüsch herausragte. »Eine Schnur!«, schoss es ihm durch den Kopf, und instinktiv zog er schlagartig die Zügel an, um sein Pferd zum Stehen zu bringen. Aber da war es schon zu spät. Vor beiden Seiten schwangen angespitzte Baumstämme auf ihn zu. »Stopp!«, schrie er noch seinem Trupp zu, dann wurde sein Pferd mit einer solchen Wucht gerammt, dass es sofort tot zusammenbrach, während Leif aus dem Sattel flog und hart auf dem Boden aufschlug. Der Reiter zu seiner Rechten hatte weniger Glück, ein anderes Holz traf sein Pferd, und er wurde unter dem zusammenbrechenden Tier eingeklemmt.

»Absteigen und sichern«, hörten die übrigen Reiter Leif noch rufen, dann war dieser schon mit seinem Bogen im Wald verschwunden.

Er spurtete ein kleines Stück und sprang dabei über ein weiteres Seil hinweg, das eine ähnliche Falle ausgelöst hätte. Das Unterholz wurde hier zunehmend dichter. Lauschend blieb er stehen. Er sah den Mann nicht, hörte aber ein Rascheln in seiner Nähe. Jemand rannte über den trockenen Laubboden. Leif passte seine Laufrichtung an. Er hastete weiter, dabei legte er einen Pfeil in seinen Bogen. Da sah er den Mann hinter einem Gebüsch hervorkommen.

Leif hielt inne, spannte den Bogen, zielte kurz und schoss. Der Pfeil flog durch die Luft. Er hörte einen Schrei. In dem Moment, als sich die Flugbahn des Pfeils und der Laufweg des Mannes gekreuzt hatten, war der Flüchtende auch schon im nächsten Dickicht verschwunden. Hatte er ihn getroffen?

Leif konnte den Mann nicht mehr sehen. Er zog sein Schwert und ging langsam vor, um nicht in einen weiteren Hinterhalt zu geraten. Auf dem Boden waren Blutstropfen zu sehen. Leif folgte der Spur ein paar Schritte, dann entdeckte er den Mann, der schwer atmend und mit wirrem Blick an einem Baum lehnte. Der Pfeil hatte seinen rechten Oberschenkel durchbohrt und steckte immer noch im Bein. Der Flüchtige hatte das Ende des Pfeils abgebrochen und wollte ihn gerade herausziehen, als Leif dazutrat.

»Das würde ich lieber lassen«, warnte er. »Wenn Ihr das macht, werdet Ihr verbluten.«

»Das ist doch auch schon egal«, erwiderte dieser mit einem unheimlichen Lachen und zog den Pfeil raus, bevor Leif es verhindern konnte. Dunkles Blut quoll aus der Wunde.

Da kam einer von Leifs Reitern dazu. »Nandrud wird wieder«, informierte er Leif knapp über den Gesundheitszustand des verletzten Kameraden.

»Wir müssen den Kerl schnell verbinden«, entschied Leif. Vorsichtig näherten sie sich dem Mann, aber dieser machte keine Anstalten, sich zu wehren. Er hatte aufgegeben. Während Leif seine Hände fesselte und ihm zwei große Messer aus dem Gürtel zog, verband der andere Reiter die Beinwunde.

»Lasst mich doch einfach verbluten«, bat der Mann leise. Er sah erbärmlich aus mit seiner zerfetzten Kleidung und seinen langen, wirr vom Kopf herunterhängenden Haaren, und er stank, als hätte er seit Jahren kein Bad mehr genommen. Nun blickte er Leif direkt ins Gesicht. In seinen Augen spiegelten sich Wut und Wahnsinn wider.

»Dies war meine letzte Chance zu fliehen. Sie werden wiederkommen. Und diesmal gibt es keine Rettung. Glaubt ihr wirklich, dass euch eure Waffen und Kämpfer schützen können?«, schrie er mit jaulender Stimme. »Das hätte euch vor fünfhundert Jahren nicht gerettet, wir haben damals einfach nur Glück gehabt. Ich habe alles gesehen. Diesmal werdet ihr sie nicht mehr überlisten können. Sie haben solch eine Wut, so eine unvorstellbar große Wut.« Plötzlich veränderte sich sein Gesichtsausdruck. Er schaute fast entschuldigend drein, und in seinen Augen spiegelte sich Angst: »Ich wollte einfach fliehen, das ist das Einzige, was einem noch bleibt.«

»Ihr habt uns angegriffen. Das war keine Flucht«, widersprach Leif kühl. »Ihr habt nur Glück, dass niemand von uns ernsthaft zu Schaden gekommen ist, sonst würden wir uns die Arbeit mit dem Verbinden des Beines vielleicht nicht machen.«

»Es war Pech, dass Ihr mich entdeckt habt, bevor meine Fallen fertig waren«, erwiderte der verletzte Mann und lachte wieder irre. »Ich habe es nicht gefunden, aber Ihr wisst doch bestimmt, wo es ist!«

Leif fragte sich, ob der Mann durch den Blutverlust einfach nur wirres Zeug redete oder ob er wirklich wissen konnte, was im Wald versteckt war. Was suchte er hier?

»Ihr haltet mich für böse, nicht wahr? Das bin ich nicht. Die kurze Zeit, die euch ohnehin nur noch bleibt, wäre ein akzeptabler Preis für mein Leben gewesen. Irgendwer muss alle anderen warnen. Wenn sie hier ankommen, ist die ganze Welt verloren.«

»Wovon spricht dieser Mann, was weiß er?«, fragte sich

Leif erneut. Bevor er ihn jedoch konnte, verdrehte er die Augen, sodass man die Pupillen nicht mehr sehen konnte, und verlor das Bewusstsein.

Die Reiter bauten eine Trage und banden ihn auf dieser fest. Bevor sie loszogen, schaute sich Leif noch einmal genauer die Senke an, in welcher der Mann entlanggelaufen war. An einer Stelle schien der Laubboden nach unten durchzuhängen. Leif hockte sich hin und untersuchte den Untergrund. Er entdeckte eine Fallgrube, in die sie zweifelsohne hineingeritten wären. Leif zerstörte die Abdeckung. In drei Schritten Tiefe ragten ihm angespitzte Pfähle entgegen, und unmittelbar hinter der Grube waren weitere Stämme als Fallen in die umliegenden Bäume gehängt worden. Was brachte jemanden nur dazu, so viel Energie in solch ein zerstörerisches Werk zu stecken? Was hatte der Mann hier im Wald vorgehabt? Allein die Grube in dem verwurzelten Waldboden auszuheben, war im wahrsten Sinne des Wortes eine Wahnsinnsarbeit gewesen.

Einer der Reiter ritt zum Wachquartier voraus. Das zweite unversehrte Pferd trug Nandrud, der unter seinem Pferd eingeklemmt worden war. Er hatte diverse schmerzhafte Prellungen, vermutlich ein paar gebrochene Rippen und konnte sein rechtes Bein nicht mehr bewegen. Leif und der vierte Reiter trugen den verletzten Gefangenen. Auf halber Strecke kam ihnen ein voller Trupp Reiter mit zwei zusätzlichen Pferden entgegen, die sie beim Transport ablösten.

Das Wachquartier bestand nur aus einem Fahnenmast, von dem das Wappen der Bruderschaft wehte, fünf hölzernen Baracken und einem etwas größeren Steinhaus, in dem die Reiter ihre freie Zeit verbringen konnten und ihre Mahlzeiten einnahmen.

Der Attentäter lebte, war aber immer noch bewusstlos und wurde zur weiteren Versorgung der Wunde in den Krankenraum gebracht. Zu gerne hätte Leif ihm ein paar Fragen gestellt, er wollte ihn jedoch nicht wecken. Die Befragung konnte auch bis morgen warten. So zog er sich in seine kleine Stube in einer der Baracken zurück und legte sich hin. Ganz unbeschadet hatte er den Sturz vom Pferd nämlich auch nicht überstanden.

Als Leif am nächsten Morgen erwachte, eilte er sofort zum Krankenraum, doch der Gefangene war nicht mehr dort. »Wo ist er?«, fragte er den nächsten Reiter, der ihm begegnete. »Ist er etwa gestorben?«

»Nein«, antwortete der Reiter. »Heute im Morgengrauen kam ein Magistrat und hat ihn gleich mitgenommen. Der Magistrat ist die ganze Nacht durchgeritten, und seine Reiter und Pferde sahen so aus, als könnten sie eine Pause brauchen. Dennoch ist er gleich wieder zurückgeritten mit dem da.«

»Wer war der Gefangene überhaupt?«, hakte Leif nach.

»Keine Ahnung. Das haben sie uns nicht sagen wollen, aber er muss wohl ziemlich wichtig gewesen sein.«

Leif ärgerte sich, denn da er ihn festgenommen hatte, wäre es sein Recht gewesen, ihn zu befragen.

In diesem Augenblick kam ihm der Wächter der Bruderschaft entgegen, der das kleine Wachquartier befehligte, und wandte sich an ihn: »Reiter des Hochlandes Thruster, der Magistrat, der den Gefangenen mitgenommen hat, war sehr dankbar. Ihr sollt euch morgen um zehn Uhr im Hauptquartier der Bruderschaft in der Hauptstadt melden, um dort Bericht zu erstatten.«

»Morgen früh?«, fragte Leif überrascht zurück.

»Morgen früh! Oder schafft Ihr die Strecke nicht bis dahin?«, antwortete der Wächter, als wäre es das Normalste der Welt, obwohl es bis zur Hauptstadt ein ordentlicher Ritt war.

»Natürlich schaffe ich das, ich breche sofort auf.«

»Nicht ganz so eilig. Ihr reitet erst in einer Stunde los. Ihr nehmt nämlich jeden Reiter mit, den wir hier entbehren können. In der Hauptstadt droht eine Unruhe auszubrechen. Wir haben den Befehl erhalten, so viele Reiter wie möglich dorthin zu senden, um die Wachen zu unterstützen.«

Leif wurde nachdenklich. Unruhe durch Bergler kannte er, und Unruhe im Regeneichenwald hatte er gerade kennengelernt. Unruhe in der Hauptstadt war dagegen etwas Neues für ihn. Es gab eine ausgeprägte Konkurrenz zwischen den Wachen innerhalb und den Reitern außerhalb der Mauern, daher missfiel es ihm eigentlich, die Wachen dort unterstützen zu müssen. Dennoch brannte er darauf, mitzuhelfen, auch diese Gefahr für das Hochland umgehend zu beseitigen.

Kapitel 9: Im Ersten Bezirk

Dumpf klang das Klappern der Hufe auf den dicken Holzbohlen, als Freya, Kjer und Aiko über die Brücke ritten. Genau in der Mitte war ein Grenzstein gesetzt. An allen Bezirksgrenzen befanden sich diese drei Schritte hohen steinernen Säulen, auf denen die Wappen der jeweiligen Bezirke in Farbe aufgemalt waren.

Die Freunde kannten das Wappen des Ersten Bezirks bereits aus dem Unterricht, aber so auf den moosbewachsenen Grenzstein gemalt, leicht verwittert und ohne den Geruch von Schulpergamenten, wirkte es ganz anders. Lebendiger und abenteuerlicher. Das Wappen zeigte zwei hohe Kräne, die zwischen Bäumen emporragten und die Wolken durchstießen. Dicke Taue hingen von ihnen herunter. Unterhalb der Kräne standen zwei etwas überdimensionierte geöffnete Holzfässer. Das eine Fass war bis oben mit Salz gefüllt, das andere mit Fisch.

Auf der dem Grenzstein gegenüberliegenden Seite der Brücke stand ein kleines Wachhäuschen, das aber weder mit Wachen noch mit Reitern der Bruderschaft bemannt war.

Neben dem Grenzstein ragte ein Wegweiser in die kahle Landschaft, der ihnen verriet, dass sie bereits fünfundsiebzig Meilen zurückgelegt hatten und noch hundertzehn Meilen bis Fiskheym vor ihnen lagen. Der malerische Ort Trygby, den sie gerade erst verlassen hatten, war nicht für erwähnenswert gehalten worden. Kjer rechnete nach: »Wir sind schneller als gedacht und können es in den nächsten Tagen gemütlicher angehen lassen.«

Und das taten sie, die drei ritten nur noch eine knappe Stunde im Schritt dahin, bis sie entschieden, sich einen Rastplatz zu suchen.

»Schaut mal, da vorne steht eine Regeneiche!«, rief Aiko plötzlich überrascht und begeistert gleichermaßen. »Das ist die erste, die je ich außerhalb der Stadt sehe!«

»Na, dann haben wir ja unseren Platz für die Pause gefunden«, antwortete Kjer und trieb Aegir an.

Sie ließen sich unter den dichten, schattenspendenden Ästen des Baumes nieder. Nun war es an der Zeit, den künftigen Besitzer der Eislöwenmünze zu ermitteln. Wie besprochen wollten sie drei Partien Thaiding spielen. Während Aiko konzentriert und übergründlich die Karten mischte und Freya noch mit ihrer Satteltasche beschäftigt war, ging Kjer um den Stamm herum, bog einen Zweig hinab und musterte ihn. Unter der Rinde dürfte das Holz bereits gelblich sein. Dabei wurde er jedoch das Gefühl nicht los, dass sie beobachtet wurden. Just in diesem Moment fiel ein großer, trockener Ast herab und verfehlte seinen Kopf nur knapp.

»Wag es ja nicht!«, hörte er eine Stimme leise, aber drohend zischen.

»Immer sind sie so neugierig«, murrte vorwurfsvoll eine zweite Stimme.

»Behalt ihn im Auge, Asradiel«, warnte eine dritte.

Erschrocken ließ Kjer den Zweig los und blickte nach oben. Da war nichts. Er schaute zu Aiko. Nein, der konnte den Ast nicht geworfen haben.

»Habt ihr das gehört?«, fragte er. Freya schaute ihn verwundert an. »Was denn?« Kjer nahm einen großen Schluck aus seiner Flasche und schaute noch einmal in den Baum hinauf. Er musste sich das alles eingebildet haben. »Ach egal, ich glaube ich habe einfach zu wenig getrunken oder geschlafen heute …« Er schüttelte den Kopf und ließ sich neben den anderen beiden nieder.

Beim Spiel Thaiding schlüpften die Spieler in die Rolle eines Markthändlers. Je mehr Marktstände man aufbaute, desto mehr Punkte konnte man einfahren. Gleichzeitig durfte man nicht zu gierig werden und musste die Marktstände rechtzeitig abbauen, bevor diese auf die eine oder andere Weise zerstört wurden.

Als Erstes gab Freya die Karten. Kjers Blatt war nicht schlecht. Er tauschte mit Aiko einen Blick. Wie würde er wohl spielen? Kjer entschied sich gegen ein riskantes Spiel. Auch Aiko und Freya setzten erst einmal auf Sicherheit. Als sie merkten, dass Kjer gute Karten hatte und viele hochwertige Stände auf dem Markt platzierte, die ihm jede Menge Gewinn brachten, änderten sie ihre Taktik und versuchten das Spiel möglichst kurz zu halten. Kjer zählte jede einzelne Karte mit. Was war noch im Kartenstapel? Was konnte er noch legen? Als das Spiel zu kippen begann, weil alle Stände von Räubern geplündert wurden (Aiko hatte diese Karte ausgespielt), hatte Kjer seine wichtigsten Marktstände bereits abgebaut und damit einen komfortablen Vorsprung herausgespielt, ganze 120 Punkte hatte er gemacht. Aiko kam lediglich auf 65 Punkte und Freya sogar nur auf 40.

Die zweite Runde war schon kniffliger. Kjer hatte nur wenige gute Karten, und so kam es letztlich auch, trotz aller Gegenwehr, dazu, dass diesmal Aiko gewann. Für Freya lief es dagegen erneut schlecht. Am Ende der Runde hatte Kjer insgesamt 190 Punkte, Aiko war jedoch auf 150 herangerückt, während Freya mit 70 weit abgeschlagen war.

Das dritte und letzte Spiel begann. Kjer dachte nach. Was plante Aiko wohl? Im Grunde sollte es reichen, so zu spielen wie er, dann würde Aiko ihn wahrscheinlich nicht mehr überholen können. Sein Gefühl sagte ihm zwar, dass das Spiel lang werden konnte, aber da Aiko nur vorsichtig anfing, seine Marktstände zu setzen, tat er es ihm gleich. Freya stellte ebenfalls ihre Marktstände auf. Etwas mehr als Aiko und Kjer, aber ihr Spiel sah ziemlich ähnlich aus. Aiko hatte etwas bessere Karten als Kjer, aber dieser rechnete mit und entschied irgendwann, dass es an der Zeit war, die Runde nach Möglichkeit zu beenden, da sein Vorsprung immer mehr schrumpfte. So begann er mit dem Abbau seiner Stände, um sie vor der Plünderung durch die Räuber oder anderen unangenehmen Ereignissen zu schützen. Aiko wartete noch eine Runde, schloss sich dann aber auch an. Jetzt kam es darauf an, dass Kjer die Partie möglichst schnell beenden konnte, damit Aiko mehr Stände verlieren würde. Aiko merkte dies und beeilte sich nun ebenfalls. Es würde sehr eng werden, so viel war klar, denn die eine Runde, die Aiko später mit dem Abbau begonnen hatte, brachte ihm einiges an Punkten ein. Doch nun spielte Kjer seinen Trumpf aus, eine Feuerkarte, um den Marktplatz zu zerstören. Er rechnete damit, dass diese von Freya noch eine Runde abgewehrt werden würde, aber sie tat nichts dergleichen, sondern baute sogar noch zwei weitere Marktstände auf. Aiko wehrte diese Karte natürlich mit aller Kraft ab, denn er hatte zu diesem Zeitpunkt noch viel mehr zu verlieren als Kjer. Bald hatten Aiko und Kjer fast alles abgebaut. Freya aber setzte noch einen weiteren Marktstand.

Kjer und Aiko schauten sich verdutzt an. Sie waren so aufeinander fixiert gewesen, dass sie gar nicht bemerkt hatten, wie Freya klammheimlich eine gewaltige Zahl von

Marktständen aufgestellt hatte. »Ich hätte nicht gedacht, dass ich in dieser Runde noch mit dir zusammenarbeiten würde«, sagte Aiko zu Kjer und legte eine Erdbebenkarte, um den Marktplatz zu zerstören. Kjer legte jetzt natürlich eine entsprechende Karte dazu und baute gleichzeitig seinen letzten Stand ab.

Freya lächelte, während sie einen weiteren Marktstand aufbaute und gleichzeitig mit einer starken Abwehrkarte die Zerstörung des Marktes verhinderte. Das war der Moment, in dem Aiko und Kjer erschraken. Es waren noch nicht viele Abwehrkarten gespielt. Was hatte Freya wohl noch für Karten, wenn sie weiter Stände aufbaute? Aiko zog alle Register, um mit Kartenkombinationen den Markt zu zerstören, Kjer gab sogar zehn gewonnene Punkte aus, um noch ein paar weitere Karten ziehen zu können, aber es half alles nichts. Einen Angriff nach dem anderen wehrte Freya ab. Als sie sich letzten Endes entschied, mit dem Abbau ihrer Stände zu beginnen, hatte sie bereits eine unglaubliche Runde gespielt und schaffte es tatsächlich, fast alle Marktstände wieder abzubauen. Aiko zählte das Spiel zwar noch aus, aber er kannte bereits das Endergebnis. Freya hatte in dieser einen Partie sagenhafte 250 Punkte gemacht und somit das gesamte Spiel gewonnen.

»So war das nicht geplant«, stellte Kjer ernüchtert fest.

»Wir waren aber auch Dummköpfe, wir hätten sie nicht so einen Alleingang machen lassen dürfen«, ärgerte sich Aiko über sich selbst.

»Zugegeben, ein bisschen Glück war auch dabei«, freute sich Freya, »aber dass einer zum Schluss diese Karten hat, war nach den ersten beiden Runden auch nicht ganz unwahrscheinlich.«

Dieser Nachsatz hätte auch von Aiko stammen können.

Aiko holte die Münze aus der Kasse und gab sie Freya. »Da. Bitte«, sagte er und schaute der Münze traurig hinterher.

»Vielleicht werde ich mir ein Eis davon kaufen«, sagte Freya mit einem Augenzwinkern. »Ihr seht so geknickt aus, wisst ihr was, dafür kümmere ich mich jetzt ums Mittagessen«, fügte sie an, da Kjer und Aiko immer noch so dasaßen und anscheinend noch nicht ganz realisiert hatten, was gerade geschehen war.

Kjer legte sich auf den Rücken und blickte in den Baum hinauf. Er wurde einfach das Gefühl nicht los, beobachtet zu werden …

Nach dem Mittagessen und einer längeren Pause im Schatten der Regeneiche ritten sie gemächlich weiter. Nördlich des Brahnsees wurde die Landschaft zunehmend trockener. Richtige Wälder gab es bald keine mehr, und wenn sich in einer Senke dann mal ein See befand, wurde dieser auch ausgiebig von den dreien zum Baden genutzt. Über die Eislöwenmünze verlor niemand mehr ein Wort.

Am Abend des nächsten Tages traf ihr Pfad wenige Hundert Schritte vor der nordwestlichen Station und der kleinen, dazugehörenden Ortschaft auf die Trasse der Seilbahnwagen und führte schnurgerade an dieser entlang. Die Seilbahnwagen waren der ganze Stolz der Hochländer. Wie die Gondeln in der Hauptstadt wurden sie über ein kompliziertes Gebilde und mit der Kraft von Ochsen angetrieben, erreichten jedoch eine Geschwindigkeit, die höchstens ein schnelles Pferd auf kurzen Strecken laufen konnte.

Das Bahnhofsgebäude war ein schmuckes zweistöckiges Fachwerkhaus mit schweren Findlingen, die im Maueransatz verbaut waren. Parallel zur Trasse standen ein Pferdestall und dahinter eine Lagerhalle, in der die Waren aus Fiskheym für die Verladung vorbereitet wurden. Von hier war es noch etwa ein knapper Tagesritt bis zu ihrem Ziel.

An dem Bahnhofsgebäude waren Nachrichten angeschlagen. Gleich die erste Meldung des *Hochlandbotschafters*, des zweiten großen Aushangs neben dem *Hochländer Mittagskurier*, zwang das Trio, anzuhalten und sich das Pergament, das vom Vortag stammte, genauer anzuschauen.

Über dem ersten Bericht des *Hochlandbotschafters* prangte eine große Zeichnung des städtischen Museums. Im zweiten Stock war ein Banner über die Länge mehrerer Fenster gespannt. *Die Bruderschaft lügt* stand dort in großen Lettern geschrieben, und unter jedes Fenster im ersten und dritten Stock war mit Schablonen das Wappen der Sekte gemalt. Eine stärkere Kampfansage konnte man der Bruderschaft wohl nur schwerlich entgegenbringen.

Über der Zeichnung stand der reißerische Titel *Radikale Aufrührer wüten im Museum.*

»So eine hinterhältige, verlogene Meldung«, schnaubte Freya. Tatsächlich kamen ihr Bruder und die anderen in dem Text sehr schlecht weg. Angeblich ginge es ihnen nur um sinnlose Sachbeschädigung, sie handelten sicherlich unter dem Einfluss der halluzinogenen Wirkung von Fliegenpilzen, ihre Taten seien Angriffe auf alle Bürger des Hochlandes … Es war eine Aneinanderreihung wilder Behauptungen, Lügen und Halbwahrheiten. Dazu ein Gespräch mit einem Sonderermittler der Bruderschaft, der versprach, die Täter bald zu fassen und ihrer gerechten Strafe zuzuführen.

»Ich verstehe sehr gut, was dein Vater meint«, sagte Freya zu Aiko gewandt, als sie den Bericht im *Hochländer Mittagskurier* las. Aikos Vater hielt den *Hochlandbotschafter* für nicht lesbar, zumal dieser nur Meldungen veröffentlichte, die ganz auf Linie der Bruderschaft geschrieben waren. Der Text im *Mittagskurier* war dagegen wesentlich ausgewogener und differenzierter. Aus ihm erfuhren die drei Freunde, dass es bereits die dritte nächtliche Aktion gewesen war. Der Grundton war zwar auch kritisch, dennoch war der Bericht fair. So wurde die Frage nach dem Motiv der Täter aufgeworfen, und der Schreiber erwähnte auch, dass im Museum mit Ausnahme der Außenfassade nichts beschädigt worden war, selbst die Tür war völlig unversehrt geblieben. Hier enthielt die Meldung sogar einen Seitenhieb auf die Bruderschaft, die seit Tagen davon sprach, der Täter bald habhaft zu werden, aber nicht einmal erklären konnte, wie die Unruhestifter in das Museum gelangt waren, obwohl die Tür mit einem Sicherheitsschloss verriegelt war.

»Schon die dritte Aktion«, sagte Aiko, nachdem sie beide Berichte gelesen hatten. »Ich hoffe, sie hören rechtzeitig auf und haben noch nicht zu viele Spuren hinterlassen. Es gibt nur zwei Sonderermittler auf dem ganzen Hochland, und einer hat den Fall jetzt zur Chefsache erklärt ...«

Entgegen dem etwas irreführenden Titel *Sonderermittler* waren die beiden Amtsinhaber eigentlich die mächtigsten Personen auf dem Hochland und vornehmlich nicht für die Verbrecherjagd zuständig. Offiziell stand über ihnen in der Hierarchie zwar noch der Hohe Rat der Bruderschaft, doch diese drei zumeist betagten Persönlichkeiten hatten mit den Jahren ihre Macht weitestgehend eingebüßt und nur mehr repräsentative Aufgaben zu erledigen. Beide Sonderermittler verfügten über eine eigene Ermittlungsabteilung, in deren Tätigkeiten sie sich nur gelegentlich einschalteten. Die drei Dutzend Magistrate, die es auf dem Hochland gab und die sämtliche wesentlichen Verwaltungsposten innehatten, waren zu gleichen Teilen den Sonderermittlern unterstellt, sodass diese dadurch zu guter Letzt sämtliche Reiter und Wachen des Hochlandes befehligten.

»Ich verstehe immer noch nicht, was das Ganze soll«, murmelte Freya leise. Kjer merkte, dass die Stimmung zu kippen drohte.

»Wisst ihr noch, was wir uns vorgenommen haben?« Er schaute Freya ins Gesicht. »Dass wir uns keine Sorgen machen und auch du deinem Bruder einfach vertraust, dass er weiß, was er tut. Immerhin ist es jetzt schon dreimal gut gegangen, und ich glaube, dass die Bruderschaft überhaupt keine Ahnung hat, wer oder was wirklich dahintersteckt. Ich meine, mal im Ernst, Fliegenpilze? Das soll erklären, warum die sich so verhalten? Kommt, lasst uns weiterreiten. Hier haben wir alles gesehen.«

Zügigen Schrittes ging es weiter. Über dem ganzen Ort lag ein kräftiger Rindergeruch, denn die Seilwinden, die die Überlandbahn bewegten, wurden von unzähligen Ochsen angetrieben und für jeden arbeitenden Ochsen mussten mehrere als Ersatz zur Verfügung stehen. Unterschiedlich große Zahnräder übersetzten die Ochsenkraft so, dass die kleinen Waggons der Bahn mit hoher Geschwindigkeit von den Seilwinden über die Trasse gezogen wurden.

Gleich hinter der Seilbahnwagenstation begann die Wildnis wieder, auch wenn von hier ein breiter Sandweg bis nach Fiskheym führte. Die Erde war so ausgedörrt, dass die Pferde und Fuhrwerke jede Menge Staub aufwirbelten und die Pflanzen am Wegesrand mit einer grauen Schicht bedeckt waren.

Die Freunde ritten nur noch ein kleines Stück, bevor sie sich einen Platz für die Nacht suchten. Als sie am nächsten Morgen aufbrachen, schlug Freya nach kurzer Zeit vor: »Lasst uns hier den Weg verlassen.« Bevor Kjer und Aiko etwas erwidern konnten, ergänzte sie geheimnisvoll: »Mein Bruder hat mir einen Tipp gegeben …«

Sie folgten Freya schnurstracks nach Norden. Nach einer Weile konnten sie vor sich eine Anhöhe erkennen. Sand und Bodenbewuchs wurden immer wieder von schieferartigen Steinflächen abgelöst. Am Fuß der Anhöhe banden sie ihre Pferde fest und stiegen über flache, verwitterte Steinplatten nach oben. Mittlerweile war die Stille einem leisen, fernen Rauschen gewichen.

Der flache Hügel lief in alle Richtungen gleichmäßig aus, auf drei Seiten von sandigen, mit Grasinseln bewachsenen freien Flächen umgeben, aber unmittelbar vor ihnen ging es in die Tiefe. Senkrecht. Und ganz weit unten lag das Meer und glitzerte weiß im Licht der Sonne. Es sah wunderschön aus.

Die etwa zwei Meilen hohe Klippe setzte sich nach Norden und Süden fort, ohne je niedriger zu werden. Das gesamte Hochland war auf diese Weise vom Meer umgeben, aber niemand hätte es als Insel bezeichnet. Eine Insel hat Bezug zum Wasser, den die unüberwindbare Klippe jedoch verhinderte. Niemand war je vom Hochland hinuntergekommen, und niemand war je hinaufgelangt. Außerdem bedeutete eine Insel auch, dass es woanders Festland gab, denn nur durch das Vorhandensein größerer Landmassen wurde eine Insel doch zu einer Insel. Aber gab es denn überhaupt noch mehr Land außer dem Hochland?

Einen Moment lang schwiegen sie ergriffen.

»Danke, dass ihr mich mitgenommen habt«, flüsterte Freya dann.

»So ein Blödsinn!«, erwiderte Kjer fast entrüstet. »Schön, dass du mitgekommen bist!« Tatsächlich empfand er Freyas Anwesenheit als große Bereicherung. Trotz der verlorenen Münze.

In der Tiefe konnten Freya, Kjer und Aiko Vögel erkennen, die majestätisch über dem Wasser kreisten und offenbar in der steilen Klippe brüteten. Sie mussten sehr groß sein, sonst hätten die Freunde sie auf diese Entfernung nicht so gut erkennen können. Solche Vögel gab es auf dem Hochland nicht. Auch war noch nie einer von ihnen bis zum Hochland aufgestiegen. Sie lebten in einer völlig anderen Welt.

»Ich glaube einfach nicht, dass wir die einzigen Menschen auf der Welt sind oder dass es nicht zumindest irgendwo da draußen noch Leben gibt. Das Meer ist so endlos weit …« Kjer führte seinen Satz nicht zu Ende. Über dieses Thema hatten sie schon so oft gesprochen. »Glaubt ihr, dass wir Antworten finden können, wenn wir uns auf die Suche danach machen?«, fragte er stattdessen.

Freya und Aiko antworteten nicht. So zuversichtlich sie auch gewesen waren, dass man vielleicht irgendwie die Welt jenseits des Hochlandes erkunden könnte, so verschlug ihnen dieser Abgrund doch die Sprache. Die Klippe war einfach schrecklich hoch.

Kapitel 10: Die Qual der Wahl

Gegen sieben Uhr morgens erreichte Leif mit fünfunddreißig Reitern die Hauptstadt. Bis auf eine kurze Zwangspause, um die Pferde zu wechseln, waren sie die Nacht durchgeritten. Die Müdigkeit war den Reitern anzusehen, als sie unmittelbar hinter der Stadtmauer ihre Kaserne ansteuerten.

Dort herrschte reger Betrieb. Die Pferdeställe und Wohnblöcke waren bereits wegen der vielen in die Stadt gerufenen Reiter bis an den Anschlag gefüllt. Dazu kamen noch die Übungseinheiten, die alle Reiter seit Neuestem zu absolvieren hatten und für zusätzliche Unruhe sorgten.

Nachdem Leif sich gewaschen hatte, blieb ihm noch eine halbe Stunde, bis er die Gondel zum Stadtgebäude nehmen musste. Er ging zum Übungsgelände, denn er hoffte, seine beiden jüngeren Brüder zu treffen. Jerrik war gerade erst zum Oberen Reiter befördert worden, und ihr jüngster Bruder Roald war ebenfalls Reiter.

Über dem Trainingsgelände hingen große Staubwolken, und die Luft schmeckte erdig. Tatsächlich entdeckte er dort Roald, aber dieser war viel zu beschäftigt, um auf seine Umgebung achten zu können. Auf einer geraden Bahn lief, von unterirdischen Seilen gezogen, ein großes Trainingsungetüm hin und her. Jeweils zwei Trupps trainierten gemeinsam, diesen mechanischen Gegner zu besiegen. Gerade versuchte Roald mit einem beherzten Sprung den Hals des

Ungetüms mit seinem Schwert zu erreichen, nachdem sie es mit langen Speeren fixiert hatten. Aber es riss sich mit einem Ruck nochmals los, zwei Speere brachen ab, und Roald sah einen Holzprügel auf sich zuwirbeln, den er gerade noch mit seinem stumpfen Trainingsschwert abwehren konnte. Dennoch schleuderte ihn der Schlag des Holzes zur Seite, und er landete unsanft im Staub.

Auf Befehl der beiden Reiter des Hochlandes, welche die Trupps anführten, formierten sich sämtliche Kämpfer neu, aber Leif hatte keine Zeit mehr, um sich den nächsten Angriff anzuschauen.

Kurz vor zehn Uhr betrat er das Stadtgebäude durch einen großen Seiteneingang. Hier war das Hauptquartier der Bruderschaft untergebracht. Nachdem er seinen Namen genannt hatte, bekam er die so freundliche wie bestimmte Anweisung, sich direkt beim Sonderermittler Rodor Thoostedt im obersten Stockwerk zu melden.

Leif nahm nicht den offenen Fahrstuhl, der kontinuierlich rauf- und runterfuhr, sondern die Treppe.

Was war an dem von ihm im Regeneichenwald gefangen genommenen Mann nur so wichtig, dass er direkt vom Sonderermittler empfangen wurde? Vielleicht bestand ja die Möglichkeit, dass er hier ein paar Antworten erhielt.

Er klopfte und trat ein. Der Sonderermittler sprach gerade mit einem kleinen, dunkel gekleideten Mann. Ohne Leif weiter zu beachten, verließ dieser den Raum. »Gut, dass Ihr da seid«, sagte Rodor Thoostedt, ohne einen Gruß abzuwarten. Schon auf den ersten Blick war er Leif zutiefst unsympathisch. Der Sonderermittler blickte ihn mit kalten Augen an, dann sprach er mit bemüht freundlicher Stimme: »Ihr habt mit diesem Irren ja einen schönen Fang gemacht.

Das ist ein ganz ordentlicher Erfolg für Euch. Sicherlich habt Ihr noch ein paar Fragen. Selbstverständlich sollt Ihr mir auch möglichst genau berichten, was er euch erzählt hat.«

Leif schilderte im Detail, was der Mann gesagt hatte. Der Sonderermittler hörte aufmerksam zu. Als Leif alles erzählt hatte, begann Rodor Thoostedt zu sprechen: »Ihr wisst sicherlich, dass das alles Blödsinn ist. Der Mensch ist einfach krank. Das heißt, er war krank, er hat die letzte Nacht nicht überlebt.«

Leif schaute überrascht. Er hatte noch am Morgen vor seiner Abreise mit dem Arzt des Wachquartiers gesprochen, und dieser hatte ihm mitgeteilt, dass die Verletzung des Gefangenen nicht lebensbedrohlich gewesen war.

Ohne Unterbrechung fuhr der Sonderermittler fort: »Aber Ihr müsst euch da keine Gedanken machen, Ihr habt gut gehandelt und eine Gefahr ausgelöscht. Der Mann ist schon einmal ausgebrochen. Bevor er damals im Regeneichenwald verhaftet werden konnte, tötete er drei Reiter. Beim nächsten Mal könnt Ihr ruhig gleich höher zielen, um solche Elemente ist es nicht schade.«

Leif öffnete den Mund, entschied sich aber nichts zu erwidern. Was sollte er denn darauf antworten? Diesen Sonderermittler wollte er sich nicht grundlos zum Feind machen.

Sein Gegenüber schien bemerkt zu haben, dass Leif nicht ganz zufrieden mit dem Gespräch war. »Wollt Ihr noch etwas sagen?« Die Frage klang lauernd, und der Blick von Rodor Thoostedt hatte etwas Aggressives an sich.

»Nein«, antwortete Leif mit fester Stimme.

»Dann ist ja alles geklärt. Die Bruderschaft dankt Euch, dass Ihr einen geisteskranken Mörder festgenommen haben. Gebt den Dank auch an Euren Trupp weiter. Wir werden dies natürlich lobend in Euren Unterlagen vermerken.«

Leif verabschiedete sich höflich. Er hatte gerade das Treppenhaus betreten, als sich ihm eine Frau mittleren Alters in den Weg stellte. Es war eine Magistratin der Bruderschaft. »Urda Thudor mein Name«, stellte sie sich unvermittelt vor und musterte Leif freundlich. »Der Sonderermittler will Euch sprechen.«

Leif war überrascht. »Ich bin soeben beim Sonderermittler gewesen«, antwortete er.

»Ihr wart bei Rodor Thoostedt. Ich rede von Sonderermittler Gerdis Thoosten.«

Leif runzelte irritiert die Stirn. Als Reiter der Bruderschaft hatte man mit höheren Beamten für gewöhnlich äußerst wenig zu tun. Heute hatte er sich nun schon mit einem Sonderermittler und einer Magistratin unterhalten und sollte anscheinend auch den zweiten Sonderermittler kennenlernen.

»Hier entlang«, sagte die Magistratin, ohne noch eine Antwort von Leif abzuwarten.

»Wo bin ich da nur reingeraten?«, fragte sich Leif, während er ihr folgte. Irgendetwas stimmte an der ganzen Sache nicht. Er wusste schon, warum er sich nicht für die bequemere Laufbahn als Wache in der Stadt entschieden hatte, sondern als Reiter in die Bruderschaft eingetreten war: Politik war ihm zuwider.

Kurz darauf stand er dem anderen Sonderermittler der Bruderschaft, Gerdis Thoosten, gegenüber. Er war bereits ein älterer Mann mit grauem Haar und strahlte eine tiefe innere Ruhe und dennoch Tatendrang aus. »Setzt euch bitte«, forderte er Leif freundlich auf, nachdem er ihn eingehend gemustert hatte, und zeigte auf eine Sitzgruppe in der Ecke seiner Schreibstube. Von hier oben hatte man einen tollen Blick über die Stadt. Auch die Magistratin und der Sonderermittler nahmen Platz.

»Zum Glück hat Magistratin Thudor Euch noch angetroffen, sonst hättet Ihr hier ein weiteres Mal vorbeikommen müssen«, eröffnete der Sonderermittler die Unterredung. »Mich interessiert alles, was Doctorus Thirvelt Euch erzählt hat. Ich weiß, dass Ihr dies bereits dem anderen Sonderermittler berichtet habt, aber ich lege auf andere Details wert.«

Es war das erste Mal, dass Leif den Namen des Verrückten hörte, was diesen irgendwie menschlicher machte. Leif schilderte also erneut ausführlich, was sich zugetragen hatte, und dabei stieg Ärger in ihm hoch. Was sollte das alles? Gleichzeitig hatte er bei Gerdis Thoosten jedoch ein anderes Bauchgefühl als beim Gespräch zuvor. »Herr Sonderermittler, darf ich offen sprechen?« Gerdis Thoosten und die Magistratin tauschten einen Blick aus, dann nickte er.

Leif entschied sich für eine vorsichtige Formulierung. »Es fällt mir schwer zu glauben,« er räusperte sich, »dass sich gleich beide Sonderermittler für einen geisteskranken Mörder interessieren, der obendrein schon tot sein soll.« Leif fiel auf, dass es doch eine recht offensive Aussage geworden war, aber was sollte schon passieren.

Der Sonderermittler und die Magistratin tauschten erneut einen Blick aus, dann begann die Magistratin zu sprechen: »Doctorus Thirvelt lebt. Und es ist sehr wichtig für uns, dass er überlebt hat. Mittlerweile ist er leider unzurechnungsfähig. Phasenweise ist er nicht mehr er selbst, und in solchen Momenten wäre er zu allem fähig. Auch deshalb haben wir nicht damit gerechnet, dass er lebend gefangen werden kann.«

»Wir hatten Glück«, antwortete Leif bescheiden.

»Vielleicht auch«, erwiderte der Sonderermittler, »aber wir haben uns Eure Akte etwas genauer angeschaut, und anscheinend habt Ihr ziemlich oft Glück gehabt. Ich kann

Menschen brauchen, die in einer Weise Glück haben, dass niemand dabei zu Schaden kommt, und die trotzdem entschieden vorgehen. Ich möchte, dass Ihr direkt für uns arbeitet!«

Leif fühlte sich überrumpelt. Mit diesem Angebot hatte er nicht gerechnet. Er räusperte sich verlegen: »Es ist eine Ehre für mich, dass Ihr mich in Eurem engeren Umfeld haben wollt, aber mir ist es wichtig zu wissen, wofür ich kämpfe. Wenn ich Pferde von den Berglern zurückhole, weiß ich es, aber hier …« Er zögerte, gleichzeitig blieb sein Blick an einem Reiterschwert hängen, das an einer Wand in der Schreibstube aufgehängt war.

Der Sonderermittler schien es zu bemerken. »Ich verstehe euch. Auch ich habe einmal ähnlich gedacht. Das freie Leben als Reiter außerhalb der Mauern war das Größte für mich. Mal ein paar Bergler und gelegentlich einen Bären fangen und vielleicht bei Hochwasser ein Dorf evakuieren. Ich weiß noch genau, wie es für mich war, als ich zum Magistrat befördert wurde und mein Reiterleben endete. Ich habe versucht, immer noch aus der Stadt zu kommen, aber damit war dann sehr schnell Schluss.« Der Sonderermittler hielt kurz inne, dann fragte er: »Abgesehen von all den Abenteuern, die zweifelsohne reizvoll sind, warum seid Ihr Reiter geworden?«

»Weil ich das Hochland beschützen will«, antwortete Leif, ohne zu zögern. Ihm ging es wirklich nicht um eine Karriere in der Bruderschaft, auch wenn das Reiterdasein ein guter Start dafür sein konnte.

»Wenn Ihr wirklich das Hochland schützen wollt, dann entscheidet euch für einen Wechsel zu uns. Zur Ermittlungsabteilung von Magistratin Thudor. Das, was wir gerade in der Stadt erleben, ist erst der Anfang. Es wird noch unruhiger werden, wir müssen unbedingt noch eine Zeit lang für Ruhe sorgen. Dies ist existenziell wichtig. Dafür brauche ich Mitstreiter, die dies ohne rohe Gewalt schaffen, die nicht das Schwert gegen die eigenen Leute richten, die Opfer vermeiden«, er legte eine weitere kurze Pause ein, »und denen ich innerhalb der Bruderschaft vollends vertrauen kann. Ich schätze auch Euren Vater sehr.«

»Hat Doctorus Thirvelt die Wahrheit gesagt? Werden wir bald von irgendetwas angegriffen?«, fragte Leif nun direkt. Von seiner Absicht, nur vorsichtige Fragen zu stellen, war endgültig nichts mehr übrig geblieben.

»Niemand kann die Zukunft vorhersagen, so viel steht fest«, erwiderte der Sonderermittler entschieden, aber ausweichend. »Wir bestimmen unser Schicksal selbst. Ihr habt jetzt frei. Hiermit genehmige ich euch zwei Tage Sonderurlaub. Für so eine wesentliche Entscheidung braucht man Zeit. Besucht Eure Familie und schlaft Euch aus. Wenn Ihr ein freier Reiter bleiben wollt, so meldet Euch übermorgen wieder in Eurer Kaserne, wenn Ihr aber wirklich etwas bewegen und Antworten erhalten wollt, so kommt zu uns. In diesem Fall erwarte ich Euch übermorgen um acht Uhr in der Früh im neunten Stock zur Einsatzbesprechung.«

Leif stand auf, bedankte sich und verließ das Stadtgebäude. Er wusste, dass er in den nächsten Nächten nicht viel Schlaf finden würde, die Entscheidung war schwer …

Kapitel 11: Fiskheym

Freya, Kjer und Aiko saßen immer noch wie gebannt am Ende der Welt. Eine ganze Weile betrachteten sie die Vögel in der Tiefe und hörten auf das ferne Rauschen des Meeres, dann jedoch rissen sie sich los und liefen zu ihren Pferden zurück. Aegir schnaubte freudig, er wollte weiter. Im zügigen Trab ritten sie zurück auf den Hauptweg. Freya trieb Hjuki etwas an, bis sie direkt neben Aegir und Kjer waren.

»Was schaust du so ernst?«, fragte sie ihn. Tatsächlich hatte er, seit sie aufgebrochen waren, kein Wort mehr gesprochen.

»Keine Ahnung, ich denke einfach nach. Mich stört es, nein, mich ärgert es, dass wir nichts unternehmen, um rauszufinden, was es jenseits der Klippe gibt. Es ist doch zum Verzweifeln! Vielleicht müsste man einfach ein Boot ins Wasser lassen und das Hochland verlassen, in der Hoffnung, dass da schon irgendwas kommen wird.«

»Das Risiko würde ich nicht eingehen. Gegen die starke Strömung kommt kein Schiff an, da kann man nicht einfach umdrehen«, gab Freya mit nachdenklichem Tonfall zu bedenken. »Auf dieser Seite des Hochlandes ist die Strömung so stark, dass man gegen den Felsen gedrückt würde – man würde im besten Falle unbeschadet am Hochland vorbeitreiben, aber ohne wirkliche Kontrolle über das eigene Boot zu haben und ohne anhalten zu können. Auf der anderen

Seite würde man dann aufs offene Meer hinausgetrieben werden.«

»Nein, so ohne Weiteres würde ich mich natürlich auch nicht in ein Boot setzen,« relativierte Kjer seine Aussage, »aber man könnte auch Hunderte Boote zu Wasser lassen, unbemannt und mit einem kleinen, stabilen Segel, und schauen, ob nicht eines nach einer Weltumrundung zurückkommt. Oder aber man bindet ein Floß an ein ganz langes Tau, um es zurückziehen zu können. Damit würde man weiter kommen, als man blicken kann, und vielleicht herrscht ja schon in einer Meile Entfernung zum Hochland eine ganz andere Strömung. Mit dem richtigen Willen könnte man so viel ausprobieren. Aber wir machen gar nichts.«

Immer wieder kamen ihnen nun Kutschen, Reiter und Pferdefuhrwerke entgegen, die ihre Waren so knapp und damit so frisch wie möglich vor der Abfahrt der nächsten Seilbahnwagen zur Station brachten. Das letzte Wegstück war zu hügelig, als dass es ohne Weiteres möglich gewesen wäre, die Trasse der Seilbahnwagen bis nach Fiskheym zu verlängern.

Die Sonne brannte mittlerweile wieder kräftig auf die drei Reiter hinab. Bis auf eine halbe Meile hatten sie sich Fiskheym genähert, als sie noch einmal auf der Kuppe eines Hügels anhielten, denn von dort aus konnten sie auf die Stadt hinabblicken, die direkt an der Klippe lag.

Fiskheym war komplett schachbrettartig angelegt und damit völlig anders als die verwinkelte Hauptstadt. Keine Stadtmauer versperrte den Blick auf die Häuser. Geradezu berauschend war aber der Anblick der Vegetation entlang der Klippe. In einer nur etwa zweihundert Schritt breiten Linie zog sich ein dicht bewaldeter tiefgrüner Streifen an der Klippenkante entlang und hob sich deutlich von der an ihn angrenzenden verdorrten Graslandschaft ab, die sonst das prägende Landschaftsbild dieses Teils des Hochlandes war. Dahinter glitzerte das endlose blaue Meer.

»Das tut den Augen richtig gut, dieses kräftige Grün anzuschauen«, freute sich Freya, während Hjuki im staubigen Untergrund scharrte. Die Vegetation an der westlichen Kante der Klippe war tatsächlich grüner und frischer als alles, was sie in letzter Zeit gesehen hatten. Bei den Lehrstunden zu Ökologie und Klimakunde des Hochlandes hatten sie auch den Grund dafür kennengelernt: Der Wind wehte so gut wie immer von Westen und drückte Luftmassen vom Meer nach oben. Die Luft kühlte dabei nicht so stark ab, wie es aufgrund des Höhenunterschiedes zu erwarten gewesen wäre. Dafür sorgten nicht nur ein stabiles Hochdruckgebiet, sondern auch die vielen kleinen Höhenzüge und Hügel an den Rändern ihrer Welt. Die Sonne erwärmte das Hochland und damit auch die bodennahe Luft, und die Höhenzüge verhinderten ein Vermischen der warmen Luft mit den kälteren Luftmassen, die das Hochland umgaben.

Wenn der Luftstrom Wolken mit nach oben drückte, so bildeten diese an der Kante der Klippe einen Wirbel. Dieser Wolkenwirbel versorgte die Pflanzen an der Klippe mit Feuchtigkeit, bevor die Wolken dann weiter nach oben gedrückt wurden, über das Hochland zogen, um letztlich an den Bergen des Wettergebirges abzuregnen. So kam es, dass der Südosten des Hochlandes zwar wesentlich regenreicher war als der Westen, aber alle Wolken, die über das Hochland zogen, passierten zuerst einmal den Grünen Gürtel und versorgten diesen wie ein dichter, feuchter Nebel mit dem lebenspendenden Wasser.

»Von hier oben muss der Maler des Fiskheymer Wappens geblickt haben«, staunte Aiko, »es fehlen nur die Wolken …«

»Los, kommt«, drängte Freya die beiden Jungs weiterzureiten, »ich will den Staub runterkriegen und einmal wirklich frischen Seefisch essen.« Während Kjer und sie sich wieder in Bewegung setzten, starrte Aiko noch immer gebannt auf die Silhouette der Stadt. Das Spektakuläre, was ihn so faszinierte, befand sich am Rande der Stadt an der Klippenkante. Denn dort hoben sich die gewaltigen Kräne über die Stadt empor. Nur ihretwegen bestand Fiskheym überhaupt, da es mit diesen möglich war, an zwei wertvolle Handelsgüter zu gelangen: Salzwasser und Seefisch.

Auf säuberlich verlegtem Kopfsteinpflaster ritten sie schließlich in die Stadt ein. Ihre Wunschherberge *Zur grünen Klippe* lag, wie der Name schon vermuten ließ, recht nahe, aber gerade noch außerhalb des Grünen Gürtels.

Kjer spürte, wie sich eine freudige Anspannung bei ihm einstellte, als sie an der Herberge ankamen. Diese sah zwar ziemlich alt aus, aber sie machte trotzdem einen viel besseren Eindruck, als die drei es sich vorgestellt hatten. Es war ein dreistöckiges Haus, in der unteren Etage aus Steinen gemauert und ab dem ersten Stock aus Holz gebaut. Vor dem Haus war eine kleine Rasenfläche mit Sitzgruppen, die durch eine Hecke von der Straße abgetrennt wurden, und links neben dieser Grünfläche stand der Pferdestall.

»Hoffentlich passt das wirklich mit den Preisen«, sagte Aiko.

»Und hoffentlich ist noch etwas frei«, ergänzte Freya. Unter einem schattenspendenden Schrägdach banden sie ihre Pferde an einem Querbalken an.

Die Herberge machte zwar auch von innen einen sauberen und gepflegten Eindruck, aber sämtliche Einrichtungsgegenstände waren doch sichtlich in die Jahre gekommen.

Links von der Tür standen ein paar abgewetzte Ledersessel. Die bodenlangen schweren Vorhänge vor den Fenstern waren zusammengerafft, und dazwischen waren große Kübel mit Zierpflanzen aufgestellt. Wirklich zierend waren die Pflanzen aber nicht, auch wenn sie penibel abgestaubt waren. Die krummen Stämmchen waren kahl, nur oben wuchsen noch grüne Blätter. Lange Luftwurzeln hingen herab und schlängelten sich den Boden entlang. Die Herberge hatte ohne Frage ein paar Modernisierungswellen und Entwicklungen bezüglich der Innenausstattung nicht mitgemacht.

»Solche Vorhänge hat nicht mal mehr meine Großmutter Edda bei sich hängen«, flüsterte Freya den Jungs zu.

»Guten Tag, wie kann ich euch helfen?« Aiko und Kjer tauschten einen Blick. Der junge, freundlich und vielleicht ein wenig neugierig blickende Mann an der Rezeption hatte den gleichen markanten Dialekt wie die Angestellte im Stadtgebäude. Freya machte einen Schritt nach vorne: »Ja, also, wir brauchen zwei günstige Zimmer, erst einmal für eine Woche, was könntest du uns denn anbieten?«

Schnell einigten sie sich auf einen Preis für die Zimmer und die Unterbringung der Pferde.

»Eure Zimmer sind im obersten Stock«, ergänzte der Mann und zeigte auf das Treppenhaus. »Eigentlich sind diese Zimmer teurer, weil man auf das Ende der Welt schauen kann. Aber nicht im Sommer«, er lächelte entschuldigend, »da ist es unten angenehmer.« Die Freunde bedankten sich und gingen die Holztreppe hinauf. Der grobfaserige Läufer auf der Treppe war so wie alles andere im Haus: sauber, aber abgenutzt. Genau so setzte es sich in den extrem stickigen Zimmern fort.

»Macht ja nichts, wir schlafen hier eh nur«, meinte Kjer, warf sich auf ein Bett und musterte den weißen Putz, der guter Dinge war, großflächig von der Wand zu fallen, während Aiko die Fenster aufriss.

Zur Herberge gehörte ein kleines Schwimmbecken mit Salzwasser. In Badesachen und mit Handtüchern ausgestattet gingen die drei kurz darauf in die kleine Gartenanlage. Wie gewohnt trugen Freya und Aiko zusätzlich noch ein Hemd, um etwas mehr Schutz vor der Sonne zu haben. Neugierig gingen sie zum Beckenrand.

Freya schlüpfte aus einer ihrer Sandalen und hielt den Fuß vorsichtig ins Wasser. »Es ist wärmer als …« Weiter kam sie nicht, Denn Kjer gab ihr einen kräftigen Stoß, sodass sie samt Strohhut, Sandale und Handtuch ins Wasser stürzte und komplett untertauchte. Mit funkelnden Augen kam Freya wieder an die Oberfläche und versuchte, die beiden nass zu spritzen. »Dir ist schon klar, dass ich mich dafür rächen werde?«, rief sie Kjer zu. Sie fischte Strohhut, Sandale und Handtuch aus dem Wasser und warf es nach Kjer, der auswich, indem er sich mit einem rettenden Sprung ebenfalls in das Schwimmbecken stürzte.

»Was ist eigentlich dein Problem?«, fragte er unschuldig, nachdem er an der anderen Ecke des Beckens wieder aufgetaucht war, »Du legst doch immer so großen Wert darauf, deine Haut vor der Sonne zu schützen …«

»Irgendwie ist es ja ohnehin komisch, in so einem wertvollen Gut zu baden«, meinte Freya, als nach einer wilden Wasserschlacht wieder Frieden eingekehrt war und die drei sich faul von dem salzigen Wasser tragen ließen.

»Na ja, Salz ist ja vor allem wertvoll, weil es knapp ist und weil es getrocknet werden muss. Aber im Winter kann nicht so leicht Wasser verdampft werden, und es lassen sich in Fiskheym nur geringe Mengen Salzwasser lagern. Bevor sie die Kräne ganz abstellen, gibt es das Meerwasser dann so günstig zu kaufen, dass man damit sogar Schwimmbecken füllen kann. Salzwasser ist auf der Welt ja nicht wirklich knapp, sondern nur bei uns auf dem Hochland«, erläuterte Aiko.

Schließlich spazierten sie durch die Pforte hinter dem Schwimmbad in den im Grünen Gürtel gelegenen kleinen Park, der bis an die Klippe reichte.

Sie folgten einem schmalen Kiesweg, der halbwegs in die Richtung der Klippe führte. Die Luft war feucht und warm, wie in dem Gewächshaus des botanischen Gartens der Hauptstadt. Nur ohne beengendes Glas. Ein großer Schwarm Grünfinken saß zwitschernd im Gebüsch. Alles blühte üppig. Immer wieder gab es kleinere naturbelassene Baum- und Pflanzeninseln zwischen den gepflegten Teilen des Parks. Alle Baumstämme waren dick mit Moos überzogen.

Hinter einem blühenden Rosenbusch traf der Kiesweg unvermittelt auf einen gepflasterten Pfad, der an der Klippenkante entlangführte.

Um zu verhindern, dass man über den Rand der Klippe stürzte, war an der Kante eine Mauer errichtet worden, auf deren Oberkante ein gusseisernes Gitter eingelassen war. Unter Freyas kritischem Blick schwang sich Kjer auf die Mauer und beugte sich über das Gitter, um besser an der Klippe entlangschauen zu können. Unweit von ihrem Standort ragte ein großer Fischereikran weit über die Klippe hinaus. Ein gewaltiges Tau hing in die Tiefe. Innerhalb Fiskheyms waren mehrere solcher Kräne am Klippenrand verteilt, die wie riesige Angeln mit einer Vielzahl von Haken auf Fischfang gingen.

»Es sieht so aus, als würde das Tau im Nichts verschwinden«, meinte Kjer staunend.

»Es wird ja auch tatsächlich nach unten hin immer dünner, der Abschnitt mit den Haken ist dann nicht mehr viel dicker als eine Schnur, und die einzelnen Angelleinen sind genauso dünn wie deine«, wusste Aiko zu berichten, der sein Gesicht an das Gitter presste, um ebenfalls möglichst weit über die Kante hinwegblicken zu können. »Und dass die Taue durch ihr Eigengewicht nicht in die Tiefe stürzen, funktioniert auch nur, weil die Fasern der Regeneiche enorm reißfest sind.«

Mittig in der Ortschaft konnten Freya, Kjer und Aiko noch drei weitere, etwas größere Kräne erkennen, die kontinuierlich mit Eimern Salzwasser schöpften. Diese Kräne ragten bei Weitem nicht so weit über die Klippenkante hinaus, da durch das große Gewicht des ohne Unterbrechung geschöpften Salzwassers nicht die Gefahr bestand, dass die Eimer vom Wind gegen die Klippe gedrückt wurden und sich dort verhakten.

Kjer beugte sich noch etwas weiter über das Gitter hinweg: »Eigentlich müsste die Taverne *Im alten Kran* direkt neben diesen Kränen liegen, aber ich kann sie nicht sehen.«

»Die neuen Kräne sind wesentlich größer, die müssen die Taverne komplett verdecken. Das sehen wir uns morgen aber ohnehin genauer an.« An Freyas Tonfall und ihrem Blick konnte Kjer erkennen, dass es sie störte, dass er so am Geländer herumturnte, auch wenn sie es nicht aussprach.

Er sprang von der Mauer hinunter. Vielleicht hatte es wirklich an Freyas Blick gelegen, sicherlich aber auch daran, dass Kjer noch immer nichts Richtiges gegessen hatte und sein Magen ihn mit einem grimmigen Knurren daran erinnerte. »Wollen wir nicht noch ein Stück an der Kante entlanggehen? Wir müssen ja noch was essen. Da wird sich doch bestimmt irgendwas finden.«

Die Sonne hatte mittlerweile das Wasser erreicht und schien dort zu versinken. Sie stießen auf einen kleinen Stand, an dem gebratener Seefisch mit Kartoffeln verkauft wurde. Mit Blick auf den orangenen Abendhimmel aßen sie ihre erste warme Mahlzeit in Fiskheym. Freya schaute auf das Meer hinaus. »Ich kann einfach nicht verstehen, dass so viele Menschen aus der Hauptstadt niemals hierherkommen …« Kjer und Aiko stimmten Freya zu. Die Abendstimmung war unbeschreiblich. Das Meer wurde in einem Streifen, der fast bis zur Klippe reichte, von der Sonne orange eingefärbt. Die großen Vögel, die man eben noch erkennen konnte, schienen zu verblassen und sich in Luft aufzulösen, weil das Auge sie in der Tiefe nicht mehr erkennen konnte.

Mit der Dämmerung und dem Abendessen schlug die Müdigkeit so richtig bei ihnen zu. Selbst Kjer musste sich überwinden, noch einmal nach Aegir zu schauen, als sie im letzten Abendlicht wieder bei ihrer Unterkunft ankamen. Zu viel Neues hatten sie heute erlebt. Hjuki, Ilvy und Aegir sahen ganz zufrieden aus. So gingen Freya, Kjer und Aiko direkt auf ihre Zimmer. Alle drei waren trotz der Wärme bereits Sekunden nachdem sie sich hingelegt hatten, eingeschlafen.

Kapitel 12: Der alte Thorssen

Varg hielt Kjertan am Handgelenk fest. »Der dicke Brecher hatte einen Speer bei sich … So stabil ist dein Schild nicht!« Er drängte sich nach vorne, sprang unvermittelt in den angrenzenden dunklen Flur und in der gleichen Bewegung zurück in den Raum. Kaum stand er wieder im verkohlten Türrahmen, flog schon ein riesiger Speer an der Tür vorbei den Gang entlang und verfehlte ihn nur knapp. Mit großer Wucht knallte das Wurfgeschoss am Ende des Flurs gegen die Mauer.

»Mehr Wumms haben unsere Speerschleudern auch nicht«, fluchte Varg und sprang erneut in den Flur. Diesmal aber blieb er stehen. Wie eine Mauer stand das Ungetüm am Ende des Gangs und versperrte ihnen den Weg.

»Worauf wartet es?«, fragte Varg hoch konzentriert, »Das ist mehr als ungewöhnlich!« Denn das Wesen machte keine Anstalten, sich von der Stelle zu bewegen und sie anzugreifen. Wie versteinert blickte es sie an und gab knurrende Laute von sich.

»Der Flur ist zu eng für die Bestie«, flüsterte Kjertan, »Ich denke, sie verteidigt das Treppenhaus!«

»Ich glaube nicht, was wir hier tun, aber das haben wir gleich«, flüsterte Briga und schoss der etwa fünfzig Schritt entfernt stehenden Kreatur einen Pfeil entgegen. Das dicke Lederwams war für Pfeile undurchdringbar, deswegen zielte sie auf den Kopf, aber das Wesen wehrte das Geschoss mit seinem riesigen gehörnten Schild ab. Wütend brüllte es den dreien entgegen.

Der Schrei war im engen Flur so laut, dass er in den Ohren schmerzte.

»Gebt acht«, flüsterte Kjertan, »der kann sich nicht mehr lange beherrschen …« Vorsichtig näherten sie sich der Bestie. Alle paar Schritte gingen weitere Türen vom Flur ab.

Varg schleuderte einen Speer, und im gleichen Moment schoss Briga den nächsten Pfeil ab. Der Speer blieb im Schild stecken, aber der Pfeil traf diesmal den Kopf des bösartigen Wesens. Dann bebte der Boden. Wutentbrannt kam die Bestie ihnen entgegengestürmt. Der Flur war für sie so eng, dass sie auf beiden Seiten mit den Schultern an der Mauer entlangschrammte und sich nicht vollends aufrichten konnte.

Varg zog einen weiteren Speer aus dem Köcher und machte sich zum Wurf bereit. Er wartete. Als die Bestie sie fast erreicht hatte, schleuderte er den Speer auf den Hals des Gegners, Briga schoss einen weiteren Pfeil ab, dann sprangen sie alle nach rechts und links in zwei angrenzende Räume. Bis das Ungetüm vollends abgebremst hatte, war es bereits an ihnen vorbeigestürmt. Der Flur war einfach zu eng für die Bestie, um ihre Kampfkraft voll zur Geltung bringen zu können.

»Ich muss weiter«, rief Kjertan seinen Gefährten zu und sprang unmittelbar hinter der Bestie wieder auf den Flur. Varg balancierte bereits den nächsten Speer in seiner offenen Hand.

»Bist du ein hässliches Mistvieh, ich kann mir nicht vorstellen, dass deine Mutter dich lieb gehabt hat!«, hörte Kjertan hinter sich noch, wie Varg die Aufmerksamkeit der Kreatur auf sich zog, während ein Zischen in der Luft ihm verriet, dass Briga den nächsten Pfeil losgesandt hatte. Dann erreichte Kjertan das Treppenhaus. Ohne zu zögern, stieg er hinab. Hier war es völlig dunkel.

Hoch konzentriert und seinen Schild vor sich haltend, denn selbst die verhältnismäßig kleine Bestie Therus war noch fast einen Kopf größer als er, ging er weiter. Aus dem hintersten Raum drang ein unheimliches rotes Licht auf den Flur, und er hörte eine bösartig zischende Stimme. Kjertan wusste, wer ihn erwartete. Entschlossen betrat er den Raum. Therus trug seinen Umhang wieder so, dass dieser seinen Körper verdeckte, und auch sein hässlicher Kopf war unter einer ausladenden Kapuze verborgen, sodass man ihn fast für einen großen Menschen halten konnte. Aber nur fast. In den Händen der beiden unteren Arme lag der rot glühende Kristall, und Therus schien sich mit jemandem zu unterhalten. Gespenstische Schatten huschten über die Wand. Einen Augenblick schauten sich Therus und Kjertan in die Augen.

»Es macht keinen Unterschied. Ihr seid chancenlos. Sieh selbst!«, zischte Therus und hielt Kjertan den Kristall entgegen. Kjertan konnte seine Augen nicht davon abwenden, aber er nahm wahr, wie Therus mit einem der beiden oberen Arme einen mächtigen Krummsäbel zog. Kjertan spürte, dass er am ganzen Körper zitterte. Sein Schild begann sich zu senken. Er merkte, dass ihm die Sinne schwanden. Da sah er plötzlich ein kleines Wesen vor sich. Das Bild war zu verschwommen, um es genau zu erkennen. Das Geschöpf war in eine grüne Kutte gehüllt und bewegte sich auf ihn zu. Im Hintergrund erkannte er die Stämme mehrerer alter roter Regeneichen. Kjertan wusste, dass dies nicht real war, dass es Bilder waren, die irgendwie dem Kristall entsprangen. Das kleine Wesen stemmte seine Arme in die Hüften und schien dicht über dem Boden zu schweben. Es sah nicht gefährlich aus, obgleich es Kjertan vorwurfsvoll anblickte. »Das ist nicht optimal, was du machst«, schimpfte es. »Immer seid ihr Menschen so dumm. Immer müsst ihr so dumme Sachen machen. Niemand guckt freiwillig in das rote Licht.«

»Asradiel, die Menschen sind einfach hoffnungslose Fälle«, seufzte ein zweites Wesen mit noch höherer Stimme theatralisch

aus dem Hintergrund. Dann verlagerte sich die Perspektive, und Kjertan sah für einen kurzen Augenblick den Regeneichenwald von oben, bevor das Bild sich aufzulösen begann.

Kjertan hatte die Warnung verstanden. Mit aller Kraft bäumte er sich nun gegen die Wirkung des Kristalls auf, schaffte es unter Schmerzen, den Blick von diesem abzuwenden, hob sein Schwert und sprang blind und halb betäubt auf Therus zu. Einmal schlug er zu, dann taumelte er zurück. Therus schrie auf. Der Kristall rollte auf den Flur hinaus, immer noch von einer Klaue Therus' umklammert, die Kjertan mit dem Schlag abgetrennt hatte.

Ein paar Schritte stolperte Kjertan rückwärts, dann ging er in die Knie. Er nahm noch wahr, wie Therus mit einem bösartigen Lachen langsam in den Flur trat und seinen Säbel zum Schlag erhob. Kjertan hatte keine Kraft mehr, sich zu wehren. Er fühlte sich, als würde er in zwei Welten gleichzeitig stehen. Alles drehte sich. Wie im Zentrum eines Strudels sah er die verschiedenartigsten Wesen.

Da schoss ein Pfeil über ihn hinweg und bohrte sich in Therus. Und schon kam ein Wurfspeer hinterhergeflogen.

Aus unendlicher Entfernung schien eines der beiden Wesen, die ihn gewarnt hatten, noch etwas zu rufen, ein weiteres Mal blitzte das Bild der Regeneichen auf, dann wurde er bewusstlos.

* * *

»Ist schon spät, wir sollten bald losgehen!«, rief Aiko Kjer zu und verschwand auf dem Flur. Wie gerädert blieb Kjer noch einen Augenblick liegen. Als sie wenig später bei Freya an die Tür klopften, um sie zum Frühstück zu holen, öffnete sie nicht. »Wahrscheinlich ist sie schon unten«, schlussfolgerte Kjer, und so gingen sie in den Essenssaal. Tatsächlich saß

Freya dort bereits mit einem Gerstenkaffee und las ein Buch aus dem Foyer.

»Gott sei Dank kommt ihr endlich«, sagte sie sichtlich erleichtert und klappte das Buch zu. »Das ist wahrscheinlich das langweiligste Buch, das ich je gelesen habe, aber da gibt es nur fünf Stück und die anderen waren auch nicht besser.« Kjer schaute auf den Einband: *Eis konserviert alles – Eine kleine Anleitung zum Konservieren von Seefisch.*

»Wusstet ihr zum Beispiel, dass Thunfisch länger gekühlt werden muss, bevor er verpackt werden darf, weil er mehr Wärme in seinem Körper gespeichert hat als andere Fische?«, fragte Freya, um zu verdeutlichen wie viel unnützes Fachwissen das Buch enthielt.

»Ja wirklich, total spannend«, sagte Kjer und verschwand in Richtung Buffet. Freya und Aiko folgten ihm. Es gab dort alles, was bei einem guten Frühstück nicht fehlen durfte. Zudem schien die Sonne vom wolkenlosen Himmel, die Vögel zwitscherten, genau so hatten sie sich ihre Sommerferien vorgestellt.

Gesättigt verließen sie die Herberge und gingen in den Park, um von dort auf dem kürzesten Weg zur Klippe zu gelangen. Kjer hatte den schweren Bierhumpen eingepackt, den Wigold ihnen für den alten Thorssen mitgegeben hatte.

Für die Wegstrecke zum alten Kran brauchten sie keinen Stadtplan. Es galt nur, möglichst nah an der Klippe zu bleiben. Immer wieder gab es kleinere Wegstücke, an denen sie direkt am Abgrund entlanggehen konnten, dann wieder mussten sie besonders stattliche Häuser umlaufen, die direkt an der Kante lagen, und zweimal mussten sie die Arbeitsfläche von Fischereikränen queren. Beim zweiten Kran war der Fang des Morgens gerade abgenommen worden, und die Haken wurden wieder mit neuen Ködern versehen. Der intensive Geruch von Fisch überdeckte sogar den Rindergeruch, denn neben den Kränen sorgten abermals unzählige Ochsen für die benötigte Kraft zum Heben der Angelleinen.

Ein Kranfischer kam mit einem Eimer, der randvoll mit Fischköpfen gefüllt war, auf sie zu. Als er sah, wie das Trio die Angelleine anstarrte, blieb er stehen und wandte sich ihnen zu. Trotz der Wärme trug er wasserabweisend imprägnierte Lederstiefel und lange Hosen. Aus seinem wettergegerbten Gesicht stachen freundliche Augen hervor.

»Ihr kommt nicht von hier, richtig? Ihr seht mir nicht so aus, als hättet ihr so einen Kran in eurem Leben schon einmal gesehen.« Mittlerweile hatten sich die drei an den Fiskheymer Dialekt gewöhnt.

»Das ist richtig«, sagte Freya, »Wir sind aus der Hauptstadt.«

»Na dann schaut mal lieber, dass ihr euch die Schuhe nicht schmutzig macht«, erwiderte er mit einem Schmunzeln, »Ihr müsst wissen, hier an der Klippe wird noch richtig gearbeitet.« Aiko überlegte kurz, ob er widersprechen sollte – von wegen, harte Arbeit kannten sie auch in der Hauptstadt –, aber das hätte sicher nichts gebracht und wahrscheinlich meinte der Kranfischer das auch gar nicht ernst.

Kurze Zeit später erreichten die Freunde den Salzplatz, den Ursprungsort allen Salzes des Hochlandes. Die Zahl der Ochsen, die hier ihren Dienst verrichteten, war gewaltig. Die mit Wasser gefüllten Eimer liefen an einer Kette über eine haushohe, bis zum Boden reichende Rolle, wodurch ihr Inhalt in große Fangtrichter entleert wurde. Im Anschluss liefen die Eimer im Kreis und wurden dann gleich wieder in die Tiefe befördert. Von den Fangtrichtern gelangte das Wasser über ein Rohr an den Stadtrand, wo es in großen Becken in der Sonne verdampfte, damit nur das Salz übrig blieb.

Die metallischen Bereiche der Türme, die mit Salzwasser in Berührung kamen, waren mit einer dicken Rostschicht überzogen. »Das sind ja gar keine Taue wie bei den Fischereikränen, sondern Eisenketten! Was die alleine wiegen müssen!«, stellte Kjer ehrfürchtig fest.

»Ganz besonderes Eisen, mit Kohle und anderen Metallen versetzt, nur so ist es möglich, dass die Ketten trotz der schweren Glieder nicht reißen«, murmelte Aiko. Er war gerade anderweitig beschäftigt.

»Was machst du, Aiko?«, fragte Kjer einen kurzen Augenblick später, da dieser immer noch auf den Kran starrte und dabei seine Lippen bewegte.

»Ich zähle, wie viele Eimer Salzwasser pro Minute gefördert werden. Das sind ja gewaltige Mengen …«, antwortete Aiko, während er sich Notizen in sein Buch machte.

»Riecht ihr das auch?«, fragte Freya unvermittelt, und nun atmeten Kjer und Aiko ebenfalls die Luft tief durch die Nase ein. »So riecht also der Rest der Welt …«

»Ich finde, es riecht nach Freiheit«, meinte Kjer. Es roch nach Meer, ein Geruch, den es nirgendwo anders auf dem Hochland gab. Die leicht faulige Duftnote, die in Meeresluft immer mitschwingt, steuerten die Siebe der Auffangtrichter bei, in denen sich Algen, Schlick und sogar ab und zu kleine Lebewesen wie Muscheln und junge Fische sammelten, die mit dem Salzwasser in den Eimern nach oben befördert wurden.

Am Rande des Salzplatzes standen zwei niedrigere Kräne, die nicht mehr in Betrieb waren. Diese beiden stillgelegten Fischereikräne hatten eindeutig Modell gestanden, als das Wappen des Ersten Bezirks erstellt worden war. Der hintere Kran war komplett von der Natur übernommen worden. Um ihn herum war das Pflaster aufgerissen, und kleine

Bäumchen schoben die Steine immer weiter auseinander. Ebereschen und Birken wuchsen auf Kanten an den Außenwänden und in der Regenrinne auf dem Dach. Von den Außenwänden war wenig zu sehen. Knöterich, Efeu und wilder Wein wetteiferten miteinander, während sie gemeinsam das Gebäude einhüllten. Selbst die eiserne Fachwerkkonstruktion des Kranarmes war zu großen Teilen bis hoch oben mit Rankpflanzen bewachsen.

Der vordere stillgelegte Kran beherbergte die Taverne *Im alten Kran*. Von außen war der Kran mit dunklem, fast schwarzem Holz verkleidet. Die kleinen quadratischen Fenster bestanden aus je vier kleinen Scheiben, die grob gezimmerten Rahmen waren mit leichten Wellen verziert, und die Fenster waren ganz offensichtlich um den einen oder anderen Frühjahrsputz herumgekommen. Rechts und links über der Eingangstür hingen die Schädelknochen eines Schwertfisches und eines Sägefisches, deren Waffen so schräg nach oben wiesen, dass beide auf den gleichen Punkt oberhalb der Tür zeigten. Dort befand sich ein riesiges, aufgerissenes Gebiss. Die Kiefer waren so weit geöffnet, dass sie eine kreisrunde Öffnung bildeten, und mit lauter großen dreieckigen Zähnen besetzt.

»Was ist das denn für ein Tier?«, fragte Freya mit ähnlich weit aufgerissenen Augen wie das Gebiss des Ungetüms.

Aiko legte seinen Kopf schief, als würde er etwas ausmessen. »Da würde man locker mit seinem Kopf oder dem ganzen Oberkörper reinpassen«, sagte er mit einem leichten Schauder in der Stimme.

»Dass es im Meer große Fische gibt, das ist ja vorstellbar, aber so groß?«, meinte Kjer und blickte fasziniert auf das Gebiss. »Und unsereins ist stolz, wenn man mal einen Hecht fängt …«

»Kommt, lasst uns reingehen«, entschied Freya. Kjer umfasste den Stoffbeutel mit dem Humpen fester und trat hinter ihr in die Taverne. Die Tür knarrte, als sie hinter ihnen wieder ins Schloss fiel, und auch wenn ihre Augen eine Weile brauchten, um sich an das schummrige Licht zu gewöhnen, so sahen sie schon auf den ersten Blick, dass Kinder und Jugendliche nicht zu den üblichen Gästen gehörten.

Vordergründig roch es nach einem merkwürdigen Gemisch aus Fischsuppe und Schweinebraten, tiefer und fester hing in der Taverne aber der Geruch von altem Holz und Rum. An den Wänden gab es eine Vielzahl unbekannter Wesen zu bestaunen. Tiere, die mit den Kränen zum Hochland emporgezogen und nicht als handelsübliche Ware in die Hauptstadt transportiert wurden, fanden oftmals ihren Weg zur Taverne. Die Freunde bestaunten fünfzackige sternförmige Wesen, igelartige stachelige Kugeln und besonders große Muscheln. Über der Bar hing ein Tier, das wie eine Spinne aussah, nur mit ewig langen Beinen und zwei Zangen.

»Los kommt, lasst uns nicht so doof rumstehen«, flüsterte Freya und schob die beiden sanft an. »Der Tisch da vorne sieht doch gut aus.« Sie setzten sich an den von Freya vorgeschlagenen Platz vor einem Fenster.

Auf der nackten Tischplatte stand nur eine einzelne brennende Kerze, die auf eine kleine Flasche aufgesetzt war. Die Flasche war unter erstarrtem Wachs, das aus unzähligen Kerzen herabgetropft und -geflossen sein musste, bereits fast vollständig verborgen.

»Soll ich den Krug rausholen?« Kjer schaute Freya und Aiko fragend an.

»Warte noch einen Moment«, sagte Aiko.

Kaum dass sie saßen, kam ein stämmiger Mann auf sie zu

und sprach sie mit tiefer, kräftiger Stimme an: »Meine Gäste hier werden tatsächlich immer jünger … Seit ich vor ein paar Jahren die Kerzen aufgestellt habe, fürchten meine Stammgäste, dass aus meiner Taverne bald noch eine Familiengasthof wird. Ihr müsst aber wissen, dass die Speisenauswahl sehr begrenzt ist und die Getränkeauswahl auch, das heißt, für euch ist die Getränkeauswahl begrenzt. Eigentlich kann ich euch nur einen Gerstenkaffee oder Wasser anbieten.«

»Ich glaube, bei dem Wetter hätten wir gerne einen Krug Wasser«, sagte Kjer überlegt und musterte den Wirt. Der Mann mochte vielleicht Mitte fünfzig sein. Er war sehr groß, kräftig und bärtig, auf seinem rechten Unterarm hatte er einen blauen Kran eintätowiert. Trotz seines etwas bedrohlichen Erscheinungsbildes hatte er eine sehr sympathische Ausstrahlung. Er war der Typus, den man gerne als Nachbarn hatte, selbst wenn man wahrscheinlich nicht viele Gemeinsamkeiten mit ihm besaß.

»Die Fischsuppe ist kräftig und gut. Wollt ihr die dazuhaben?«

»Ja, gerne«, antwortete Freya.

»Ich bringe sie euch gleich.« Der Mann nickte und verschwand in einem Raum, der hinter dem Tresen lag. Kjer blickte ihm hinterher und überlegte: »Sollte ich mal in eine der berüchtigten Schlägereien zwischen Kranfischern und Salzarbeitern geraten, will ich den aber auf meiner Seite haben. Der hat ja Pranken wie ein Bär.«

Freya blickte gedankenversunken aus dem kleinen Fenster. Diese Taverne passte überhaupt nicht auf das Hochland, es wirkte alles wie aus einer anderen Welt oder zumindest einer anderen Zeit.

»Habt ihr gehört? Er bringt uns das Essen und das Wasser selbst. Hol mal jetzt den Krug raus. Dann können wir sehen, wie er reagiert, wenn der dasteht«, schlug Aiko vor. Kjer fasste in den Stoffbeutel und nahm den schweren Humpen heraus.

Wenige Momente später kam der Wirt an den Tisch zurück. »Drei Becher und einen Krug Wasser, bitte sehr, die Suppe folgt gleich.« Während er sprach, fiel sein Blick auf den Humpen, und er geriet fast ins Stocken, gewann aber schnell die Fassung zurück. »Ich hätte nicht gedacht, dass ich meinen alten Krug noch einmal wiedersehe, rutsch mal ein Stück rüber«, sagte er zu Aiko, der alleine auf einer Bank saß. Aiko konnte gerade noch zur Seite rutschen, da hockte der Wirt auch schon neben ihm. »Thorssen mein Name, aber das wisst ihr wahrscheinlich ohnehin. Mit wem habe ich die Ehre?«

»Freya Thareet, Kjertan Thavalt« sagte Aiko und zeigte auf Kjer – »Kjer reicht«, fügte dieser leise hinzu –, »und ich bin Aiko Thruster«, beendete Aiko seinen Satz.

»Thareet heißt du?«, fragte der alte Thorssen zu Freya gewandt. »Interessant … Also, dann erzählt mal, wie seid ihr zu dem Krug gekommen?«

»Das ist eigentlich nicht so spektakulär. Wigold, das ist Freyas Bruder, hat ihn uns überreicht und gesagt, dass wir ihn Euch geben sollen«, berichtete Kjer. Der alte Thorssen musterte Freya interessiert. »Du bist Wigolds Schwester?« Freya wurde unter seinem eindringlichen Blick nervös. »Dein Bruder ist ein feiner Kerl. Einer von den Guten. Hakon würde für ihn durchs Feuer gehen.«

»Aber was ist an dem Krug eigentlich so besonders?«, fragte Aiko neugierig.

Unter dem Bart des alten Thorssen entstand ein breites, freundliches Lächeln. »Ich habe den Krug einmal gewonnen«, antwortete er. Dabei nahm er ihn in die Hand und drehte ihn so, dass er auf das Wappen der Stadt Bergaheym schauen konnte. In seiner Hand wirkte der Humpen nicht mehr ganz so riesig. Für einen Moment schien der alte Thorssen sich an ein vergangenes Erlebnis mit dem Gefäß zurückzuerinnern, denn er machte eine kurze Pause in seiner Erzählung. »Irgendwann hat mein Sohn mich gefragt, ob er den Humpen haben kann. Ich hätte nicht gedacht, dass er ihn weitergibt. Aber jetzt ist er wieder hier, das ist die Hauptsache. Ich hole euch erst einmal eure Suppe.« Er stand auf, nahm den Humpen und verschwand in Richtung Küche.

Kjer war ein wenig enttäuscht. »Was an dem Krug so besonders sein soll, hat er jetzt aber noch nicht erzählt.«

»Ich denke, wir sollten da nicht mehr nachfragen. Wenn er es nicht erzählen will, dann erfahren wir es eh nicht. Ich glaube, er hat noch ganz andere Informationen für uns.« Freya hatte zwar »wir sollten da nicht mehr nachfragen« gesagt, meinte aber damit ganz klar »*Kjer* sollte da nicht mehr nachfragen«. Denn dieser hatte schon auf der Reise immer wieder gerätselt, was es mit dem Humpen auf sich haben könnte.

Bald kam der alte Thorssen zurück und stellte jedem eine Schüssel Suppe nebst Löffel hin. »Damit könnte man Tote ins Leben zurückholen«, dachte sich Kjer, nachdem er den ersten Löffel probiert hatte. Die Suppe war gut. Zweifelsohne. Große Stücke frischer Fisch, der nicht verkocht war, Gemüse und ein paar Würfel Kartoffeln. Aber für seinen Geschmack war die Suppe so scharf wie der Reißzahn eines Hochlandbären. Kjer schaute zu Aiko. Dieser hatte Tränen in den Augen und zog die Luft beim Atmen seltsam ein. Freya dagegen schien mit der Suppe besser zurechtzukommen.

»Passt die Suppe für euch, oder wollt ihr noch nachwürzen? Die ist diesmal recht mild geworden, die Kranarbeiter mögen es kräftiger, aber ich kann gerne noch Gewürze aus der Küche holen«, bot der alte Thorssen an. *Mild?*, schienen Aikos Augen Kjer zuzurufen. »Äh, nein danke, ist schon in Ordnung so«, sagte Kjer schnell. Er merkte, wie ihm durch die Suppe heiß wurde.

Freya schaute Kjer eindringlich ins Gesicht, dabei setzte sie ein diabolisches Lächeln auf: »Ach, ich weiß nicht, wie schaut's aus, Jungs, wollen wir uns nicht noch ein paar Gewürze bringen lassen?« Aus ihrem Lächeln war ein breites Grinsen geworden.

»Das ist mal eine richtige junge Dame und nicht so ein Zuckerpüppchen«, zeigte sich der alte Thorssen hocherfreut. Wie der Wind war er in der Küche verschwunden.

»Du glaubst doch nicht, dass ich kneife?«, sagte Kjer zu Freya.

»Werden wir sehen, Zuckerpüppchen«, antwortete Freya mit zuckersüßem Lächeln und aß betont genüsslich einen weiteren Löffel. Der alte Thorssen kam mit einer kleinen Schüssel Chilipaste zurück. »Die Chilis habe ich selbst gezogen«, sagte er stolz, »die sind nicht so mild.«

Freya nahm sich einen möglichst kleinen Löffel davon. »Und Kjer, willst du auch? Du bist doch auch nicht aus Zucker ...«

»Gerne doch«, erwiderte dieser, nahm sich ebenfalls einen kleinen Löffel und schob die Schüssel weiter zu Aiko.

Der lehnte jedoch ab. »Nein danke, der Fisch ist so gut, so guten Fisch haben wir bei uns in der Hauptstadt nicht, da esse ich die Suppe lieber etwas milder.« Das war zwar vielleicht eine ganz gute Entschuldigung für den alten Thorssen, aber jetzt zu kneifen wäre für Kjer nicht infrage gekommen. Diese Genugtuung würde er Freya ganz sicher nicht gönnen.

»Wie viel schlimmer kann es denn jetzt noch werden«, dachte sich Kjer, rührte den kleinen Löffel gut in die Suppe ein und probierte erneut. Oh doch, es konnte sehr viel schlimmer sein, und es war sehr viel schlimmer! Seine Augen begannen zu tränen. Sein Mund brannte wie Feuer, und sobald er den ersten Löffel geschluckt hatte, brannte selbst sein Bauch von der Schärfe. Seine Nase lief, und er merkte, dass er nach jedem Löffel zu seinem Becher mit Wasser griff. Eisern aß er seine Suppe weiter. Freya hörte gar nicht mehr auf zu grinsen. Wenigstens hatte Kjer den Eindruck, dass jetzt auch Freya an ihre Grenzen gekommen war, auch wenn sie sich nicht wirklich etwas anmerken ließ. Irgendwann hatte auch Kjer seine Suppe geschafft.

»Willst du noch einen Nachschlag?«, fragte Thorssen ihn, als er mit einem Tablett leerer Schüsseln wieder bei ihnen vorbeikam. Freya grinste wieder, aber sie sagte nichts.

»Nein danke, ich bin satt«, röchelte Kjer nur, während er sich seinen fünften Becher Wasser einfüllte.

»Nun gut, ich freue mich wirklich sehr, dass ich mein Trinkgefäß wiederhabe, aber das wird wohl kaum der einzige Grund eures Besuches sein«, sagte der alte Thorssen schließlich.

Ohne große Umschweife erklärte Kjer nun, warum sie hier waren: »Wir haben den Krug von Wigold bekommen, damit Ihr uns sagt, wo Hakon ist. Um ehrlich zu sein, wissen wir auch nicht genau, warum. Aber Hakon weiß das wohl, und Wigold hat uns darum gebeten.«

»So ist das also«, antwortete der alte Thorssen nachdenklich. »Ihr müsst wissen, dass Hakon Nachforschungen anstellt, die ihm große Probleme bereiten würden, wenn die Bruderschaft davon Wind bekommen sollte!« Für einen kurzen Moment bildeten sich Sorgenfalten auf seiner Stirn.

»Anscheinend schlagen Hakons Nachforschungen ja schon Wellen bis zur Hauptstadt …«

»Was macht Hakon denn genau?«, fragte Aiko.

Der alte Thorssen musterte das Trio mit durchdringendem Blick, als ob er ein letztes Mal prüfen wollte, ob er ihnen auch wirklich trauen könnte. »Er sucht Antworten«, begann er schließlich zu erzählen, »Antworten auf Fragen, die sich eigentlich jeder stellen müsste. Wenn ihr eine Antwort auf eine beliebige Frage erhalten könntet, welche Frage würdet ihr stellen?«

»Da gibt es sogar mehrere …«, begann Aiko zögerlich.

»So, jetzt mal Butter bei die Fische, welche Frage würde jeder von euch stellen?«, forderte der alte Thorssen resolut.

»Ich denke, ich würde wissen wollen, was vor fünfhundert Jahren tatsächlich geschehen ist und warum die Bruderschaft versucht, das um jeden Preis geheim zu halten«, meinte Aiko. Streng genommen waren das zwei Fragen.

»Und ich würde wissen wollen, ob es wirklich keine Welt jenseits der Klippe gibt«, sagte Freya.

Alle schauten nun auf Kjer. »Ich würde gerne eine Antwort auf die Frage haben, wie man das Hochland verlassen kann.«

»All diese Fragen hängen irgendwie miteinander zusammen, denke ich«, sagte der alte Thorssen nachdenklich. »Trotzdem. Zumindest eine Frage kann ich wohl beantworten, und zwar die Frage der tapferen jungen Dame. Was ich euch jetzt zeige, davon erzählt ihr niemandem, hört ihr? Wer es sehen muss, der bekommt es von mir gezeigt. Niemand anders wird je davon erfahren!«

Kjer schluckte. »Völlig klar, von uns erfährt niemand etwas«, stammelte er.

»Dann kommt mal mit.« Der alte Thorssen erhob sich

wieder und ging auf die Küchentür zu. Freya, Kjer und Aiko folgten ihm. Als er die bulläugige Küchentür aufgedrückt hatte, drehte er sich noch einmal um und blickte in die Taverne, als wollte er sich vergewissern, dass sie nicht beobachtet wurden. Dann betraten sie die Küche, gingen am Koch vorbei und eine schmale Treppe hinauf in das obere Stockwerk des Krans.

Vom Flur gingen mehrere grob gezimmerte Türen ab. »Als mein Ururgroßvater die Taverne eröffnet hatte, hat er begonnen, besondere Meereslebewesen zu sammeln. Mein Urgroßvater, mein Großvater und mein Vater haben diese Sammlung noch erweitert«, erzählte Thorssen und schloss eine Tür auf, hinter der sich ein kleiner Lagerraum befand. In den Regalen lagen jede Menge Kram und merkwürdige Gegenstände herum und dazwischen verschiedene Fundstücke aus dem Meer wie Muscheln, unterschiedliche Exemplare dieser mehrzackigen Wesen oder getrocknete Algen.

Der Blickfang des Raumes war jedoch das in natürlicher Haltung zusammengesetzte Skelett eines Vogels, der mit ausgebreiteten Flügeln auf einem Regal stand. Der Vogel war einen Schritt groß und hatte eine Flügelspannweite von fast zwei Schritten. Daneben stand ein Glas mit etlichen weißen und ein paar dunkelgelben Federn und ein weiteres Glas, in dem große weiße und schwarze Schwungfedern standen. Gebannt schaute Kjer auf das Skelett. Dieser Vogel konnte nicht vom Hochland stammen! Der alte Thorssen sah seinen Blick: »Als der in unsere Sammlung kam, war ich noch ein Kind. Mein Großvater hat ihn bei einem Fischereikran bekommen. Der arme Kerl hatte sich in einer Angelleine verfangen. Er war schon tot, als er hier oben ankam. Wenn ihr über die Klippe schaut, könnt ihr diese Vögel über dem Meer gleiten sehen.«

»So groß sind also die Vögel, die da unten fliegen«, dachte sich Kjer, was ihm noch einmal verdeutlichte, wie hoch die Klippe war, »und wir haben nicht einmal einen Namen für sie.«

»Wenn ihr wollt, könnt ihr euch eine Feder mitnehmen«, bot der alte Thorssen an und entfernte das Glas mit den Schwungfedern aus dem Regal. Freya, Kjer und Aiko war klar, dass dies eine große Sympathiebekundung sein musste. Während sich jeder eine Feder aus dem Glas zog – Freya und Kjer entschieden sich für eine weiße und Aiko für eine schwarze –, fuhr der alte Thorssen fort: »Der Vogel ist aber nicht der Grund, weswegen wir hier oben sind.« Er stellte das Glas wieder an seinen Platz, griff in ein staubiges Regal, holte ein altes Kochbuch mit dem Titel *Großmutters Fischrezepte* hervor und öffnete es. Das Buch war ausgehöhlt. Darin lag etwas, das in ein altes Tuch gewickelt war. »Hier habe ich ein Objekt, das ich im Schankraum nicht ausstellen kann.« Behutsam wickelte der alte Thorssen den Gegenstand aus, und zum Vorschein kam das unterarmdicke Bruchstück eines Astes, der über und über mit Muscheln bewachsen war.

»Was seht ihr hier?«, fragte er.

»Einen Ast mit Muscheln«, antwortete Freya.

»Das reicht nicht. Was seht ihr noch?«

»Es sind Miesmuscheln, die leben nur in Salzwasser«, ergänzte Kjer. Es kam immer wieder mal vor, dass diese Muscheln aus dem Meer gehoben wurden. Manchmal, bei starkem Westwind, kratzten die Salzwassereimer an der Klippe entlang und lösten dort ein paar Muscheln ab.

»Das reicht immer noch nicht für die volle Punktzahl. Was sagt euch das?«, hakte der alte Thorssen nach.

»Das bedeutet, dass das Holzstück längere Zeit im Salzwasser gelegen haben muss«, antwortete Aiko, dem ein Licht aufgegangen war, »und da die Strömung hier auf die Klippe trifft, kann es nicht vom Hochland stammen!«

Der alte Thorssen nickte: »Ganz genau! Die Strömung und die Wirbel sind so stark dort unten, dagegen sind die Stromschnellen der Sonderelva ein Kinderspiel. Das Wasser ist dort so reißend, dass ein Stück Holz, selbst wenn es am äußersten Zipfel der Klippe ins Wasser fiele, sofort an den Salzwasserkränen vorbeigetrieben wäre. Dieses Stück Holz wurde aber von einem Salzwasserkran nach oben befördert. Irgendwo da draußen gibt es noch mehr Land.«

»Aber das wäre ja eine unglaubliche Erkenntnis für alle. Warum bringt Ihr das Stück nicht in die Hauptstadt und lasst es untersuchen?«, fragte Aiko.

»Ich habe auch schon darüber nachgedacht. Seht ihr an dem Holz die frische Bruchkante? Als mein Vater dieses Stück bekommen hat, da hatte es bereits einen Sprung, und er hat es in zwei Teile gebrochen. Den einen hat er hier oben gelagert, den anderen hat er unten im Schankraum an die Wand gehängt. Dem einen oder anderen Gast fiel es auch durchaus auf. Nach zwei Tagen betraten ein paar Bruderschafter die Taverne. Sie stellten die Glaubwürdigkeit meines Vaters infrage und meinten, er sei einem Betrüger aufgesessen, als er das Stück einem Kranfischer abgekauft habe. Möglicherweise habe man das Holz an einem Seil lange Zeit im Wasser gehalten, aber eigentlich könne man ja ohnehin erkennen, dass die Muscheln nachträglich angeklebt worden seien. Auf alle Fälle wollten sie meinem Vater Schwierigkeiten bereiten, wenn er seine Gäste weiter täuschen und für Unruhe sorgen würde. Das war jedoch alles Blödsinn. Mein Vater kannte den Kranfischer, der das Stück gefunden hatte. Es ist völlig ausgeschlossen, dass das irgendwie gefälscht wurde. Mein Vater konnte ziemlich dickköpfig sein, daher war er nicht bereit, das Holzstück von der Wand zu nehmen und verwies die Bruderschafter aus seiner Taverne. In der übernächsten Nacht ist bei uns eingebrochen worden. Es wurde nur die Tageskasse gestohlen, und was, denkt ihr, fehlte noch?« Der alte Thorssen machte eine kurze Pause.

»Das Holz mit den Muscheln«, antwortete Aiko gebannt.

»Exakt. In den fast einhundert Jahren, die die Taverne damals schon bestand, wurde hier kein einziges Mal eingebrochen, aber keine zwei Tage nach dem Ärgernis mit der Bruderschaft … Ich glaube nicht an Zufälle.«

Im Lagerraum war es plötzlich ganz still. Vielleicht war dem alten Thorssen die Stille unangenehm, auf alle Fälle wechselte er plötzlich das Thema: »So, genug davon, eigentlich wolltet ihr ja Hakon treffen.« Fein säuberlich wickelte er das Holzstück wieder in das Tuch ein. »Kommt, wir gehen wieder runter, dann können wir uns bei einem Gerstenkaffee weiter unterhalten. Etwas Zeit habe ich noch, der nächste Schichtwechsel an den Kränen ist erst in einer Stunde, dann wird es hier richtig voll.«

Jeder ließ sich gleich in der Küche eine Tasse mit Gerstenkaffee einschenken, dann setzten sie sich wieder an ihren Tisch. »Wo übernachtet ihr denn in Fiskheym? Hakon ist nämlich nicht hier, aber ich werde veranlassen, dass er euch trifft. Ich erwarte ihn heute Nacht zurück«, sprach der alte Thorssen, sobald sie wieder saßen.

»Wir übernachten in der Herberge *Zur grünen Klippe*«, antwortete Freya.

»Dann werde ich ihm ausrichten, dass er euch da morgen früh treffen kann. Ich möchte euch aber noch mal warnen! Hakon ist schon ein Stück älter als ihr. Ich werde gar nicht erst versuchen, euch auszureden, dass ihr weiter diesen Weg beschreitet, aber unterschätzt bloß nicht, was es bedeutet, den falschen Leuten die falschen Fragen zu stellen. Und vergesst nicht: Was ihr hier gesehen habt, braucht niemand zu wissen, dem ich es nicht selber zeige.«

Die Freunde nickten und tranken schnell ihren Gerstenkaffee aus.

»Was sind wir Euch eigentlich für die Suppe schuldig?«, fragte Aiko.

Der alte Thorssen lächelte gutmütig: »Du hast heute schon bessere Fragen gestellt, mein Junge. Die geht natürlich aufs Haus. Außerdem habt ihr mir meinen Humpen zurückgebracht. Ich fürchte, ich muss mich nun verabschieden, der dritte Salzwasserkran ist erst vor einem Jahr in Betrieb gegangen, seitdem hab ich mehr als genug zu tun. Bislang ist immer jeder satt geworden, der meine Taverne betreten hat, und das soll sich ja heute nicht ändern. Ich muss daher jetzt in der Küche helfen«, schloss er das Gespräch mit einem Augenzwinkern ab. »Ich habe aber das Gefühl, dass wir uns noch einmal über den Weg laufen werden.«

Freya, Kjer und Aiko verließen die Taverne. Freya lächelte Kjer an: »Die Suppe war gut, oder? Mein Lieber, jetzt sind wir quitt. Du solltest dich besser nicht noch mal mit mir anlegen …«

»Das denkst auch nur du …« Eine bessere Antwort fiel Kjer gerade nicht ein. Abermals musste Freya grinsen.

Die Sonne warf ein grelles Licht auf sie herab, sodass die drei die Augen zusammenkneifen mussten, als sie aus der schummrigen Taverne auf den Salzplatz traten.

»Lasst uns einen Platz finden, an dem wir uns in Ruhe unterhalten können, ich hab echt Gesprächsbedarf«, schlug Aiko vor.

»Ich will auch noch einen Aushang lesen«, beschloss Freya unvermittelt, nachdem sie eine Weile schweigend nebeneinanderher gelaufen waren. Ohne lange suchen zu müssen, fanden sie am Rand des Salzplatzes eine Wand, an der sowohl der *Hochlandbotschafter* als auch der *Hochländer Mittagskurier* aushingen. Zwar waren beide wieder vom Vortag, damit aber dennoch zwei Tage neuer als die Exemplare, die sie an der Seilbahnwagenstation gelesen hatten.

Der *Hochlandbotschafter* hatte in dicken Buchstaben die Frage abgedruckt, wann denn die Terrorbande wieder zuschlagen würde. »Offenbar haben sie sich in den letzten Tagen ruhig verhalten, vielleicht ist es schon vorbei ...«, hoffte Freya. Tatsächlich stand im *Hochlandbotschafter* nicht viel Substanzielles und nichts wirklich Neues. Anwohner aus der Nachbarschaft wurden gefragt, ob sie sich denn noch sicher fühlen würden, und dabei druckten sie wirklich jede noch so dumme Antwort ab. Eine alte Dame äußerte die Sorge, dass ihr Hund von diesen Bösewichten geklaut werden könnte. Was dies mit der beschmierten Fassade zu tun haben könnte, blieb allerdings unbeantwortet.

Der *Hochländer Mittagskurier* hatte jedoch ein Gespräch mit dem Sonderermittler Gerdis Thoosten abgedruckt.

Hochländer Mittagskurier: »Herr Sonderermittler, Eure Aufklärungsquote spricht für sich. In Eurer zehnjährigen Amtszeit als Sonderermittler der Bruderschaft habt Ihr sämtliche Fälle lösen können. Warum ist es diesmal so schwierig, die Täter zu ermitteln?«
Gerdis Thoosten: »Für gewöhnlich können die Täter bei meinen Fällen in zwei Gruppen geteilt werden. Da sind zum einen die geistig Verwirrten. Die begehen relativ bald Fehler, denn sie gehen nicht intelligent und gezielt vor. Dann gibt es als Zweites die größere Gruppe der Täter, die bewusst Straftaten begehen. Bei deren Hand-

lungen kann man für gewöhnlich den möglichen Täterkreis einengen, indem man schaut, wem die Tat genutzt hat, wer also ein Motiv haben könnte, und bei Wiederholungstätern lassen sich dadurch auch Vorhersagen treffen, wo sie wieder zuschlagen werden.«

Hochländer Mittagskurier: »Zu welcher der beiden Gruppen gehören die Täter denn in diesem Fall?«

Gerdis Thoosten: »Das ist eine gute Frage. Ursprünglich habe ich tatsächlich gedacht, dass irgendwelche Chaoten in geistiger Umnachtung Unruhe verbreiten wollen. Dass sie irgendwie zu der ersten Tätergruppe gehören. Aber dafür gehen sie viel zu geplant und, das muss ich anerkennen, zu gerissen vor. Wir haben mittlerweile aus allen Bezirken jede verfügbare Wache und jeden verfügbaren Reiter in der Hauptstadt zusammengezogen. Wir kontrollieren in der Nacht jede Straßenkreuzung. Leider kennen wir aber bislang nicht das genaue Motiv hinter den Taten. Das erschwert es uns, die Täter zu ergreifen, auch wenn wir uns ihnen schon ein gutes Stück genähert haben. Aber sie machen es uns wirklich nicht leicht.«

Hochländer Mittagskurier: »Das klingt ja fast so, als hättet Ihr Bewunderung für die Täter übrig?«

Gerdis Thoosten: »Nein, das ganz sicher nicht, da habt Ihr mich falsch verstanden. Das, was diese Personen tun, ist falsch, und sie werden dafür zur Rechenschaft gezogen werden. Ich möchte nur um Verständnis dafür werben, dass wir immer noch keine Schuldigen ermittelt haben.«

Hochländer Mittagskurier: »Gibt es denn schon erste Ermittlungserfolge? Ihr habt ja angemerkt, dass Ihr euch den Tätern bereits genähert habt?«

Gerdis Thoosten: »Ihr werdet verstehen, dass ich aus ermittlungstaktischen Gründen dazu nicht viel sagen kann. Nur so viel, dass es sich um eine Gruppe von vier bis sechs Personen handelt, voraussichtlich junge Männer, eventuell Studenten.«

Hochländer Mittagskurier: »Woher wisst Ihr das?«

Gerdis Thoosten: »Wir haben unsere Methoden, wir sind personell sehr gut aufgestellt, und die Bruderschaft nimmt diese Straftaten sehr ernst. Jeder Fahndungserfolg, den ich in den letzten Jahren hatte, war eine Gemeinschaftsleistung etlicher unserer besten Köpfe. Ganz besonders hervorheben möchte ich an dieser Stelle die Magistratin der Ermittlungsabteilung, Urda Thudor. Ich versichere hiermit, dass wir zeitnah wieder Ruhe und Ordnung in der Hauptstadt hergestellt haben werden. Dennoch bitten wir alle Bürger des Hochlandes weiterhin, die Augen offen zu halten.«

Hochländer Mittagskurier: »Herr Sonderermittler, vielen Dank für das offene Gespräch.«

»Das ist nicht gut«, fasste Aiko den Inhalt des Gesprächs treffend zusammen. Respekt einflößend war auch die Zeichnung des Sonderermittlers, die daneben abgedruckt war. Mit wachem Blick saß er an seinem Schreibtisch, leicht vorgebeugt mit einer Schreibfeder in der Hand, als wollte er gleich das Verhaftungsdokument für Wigold unterschreiben.

Kjer war von der Zeichnung beeindruckt. »Der sieht wie ein ernst zu nehmender Gegner aus. Das ist kein durchschnittlicher Bruderschafter …«

»Warum sagt er, dass er aus ermittlungstaktischen Gründen nichts sagen könne, erzählt dann aber doch, dass es sich wahrscheinlich um eine Gruppe männlicher Studenten handelt?«, fragte Freya. Sie schauderte.

»Es könnte ja sein, dass das nur geraten ist. Ist es richtig, erhöht es gewaltig den Druck auf die Gruppe, damit sie mit ihren Aktionen aufhört, und ist es falsch, könnte er immer noch behaupten, dass er das bloß gesagt hat, damit sich die Täter in Sicherheit wiegen. Vielleicht hat der nicht den geringsten Schimmer, wer hinter den Taten stecken könnte«, wollte Aiko sie beruhigen.

Kjer sprang ihm bei: »Das Einzige, was aus dem Bericht hervorgeht, ist, dass sie Wigold bislang nicht erwischt haben und dass der Sonderermittler eingesteht, dass es nicht leicht ist, ihn zu schnappen.« Dies schien bei Freya schon eher zu verfangen. Abermals schaffte sie es ganz gut, ihre Sorgen abzustreifen.

Sie schlenderten noch durch das Reepschlägerviertel, das sich deutlich von den anderen Stadtvierteln in Fiskheym unterschied. Die Häuser waren hier so eng aneinandergebaut, dass nur die Gebäude an den großen Straßen über kleine Vorgärten verfügten, während die weiter im Inneren des Viertels gelegenen Häuser nur durch schmale, verwinkelte Gassen erreicht werden konnten und so eng aneinanderstanden, dass man manchmal nur seitlich zwischen ihnen hindurchgehen konnte.

»Die Gebäude passen zur Taverne *Im alten Kran*«, stellte Kjer fest.

Aiko nickte: »Die kommen auch aus der gleichen Zeit. In dem Viertel wurden ursprünglich die Taue für die alten Salzkräne hergestellt.«

»Da vorne ist ein Laden. Vielleicht finden wir etwas, das wir als Erinnerung mitnehmen können«, sagte Freya erfreut und steuerte ein verstecktes kleines Geschäft an, das sich in einem Eckhaus zweier enger Gassen befand. Den beiden zugestellten Fenstern nach zu urteilen, schien es hier vor allem das zu geben, was früher zum Herstellen der Seile und

Taue verwendet wurde, wie Strangdrehgeschirre, Kurbeln, Kämme, Messer und Scheren. Ruckzuck war Freya im Inneren verschwunden. Kjer und Aiko folgten ihr.

Der Innenraum hielt, was die Fenster versprachen. Der enge Verkaufsraum war mit allerlei Krempel zugestellt, kein noch so kleiner Fleck an der Wand war freigeblieben, und es roch nach altem Holz und Lederfett.

Freya nahm ein stumpfes Messer mit abgenutztem Griff aus Tierknochen in die Hand. »Das sieht doch toll aus«, entschied sie sich, »das bringe ich meinem Vater als Brieföffner mit.« Kjer dagegen hatten es die Seile angetan, die säuberlich aufgerollt an einer Wand lagerten und als Einziges neu zu sein schienen. Nachdem der Verkäufer, ein hagerer Mann mittleren Alters, Freya das Messer verkauft hatte, trat er an Kjer heran, der immer noch vor den Rollen mit Seilen stand.

»Du wirst nirgendwo auf dem ganzen Hochland Stricke finden, die mehr Belastung aushalten«, versprach der Verkäufer mit Stolz in der Stimme. »Seit mehr als zehn Generationen stellt meine Familie die schon her. Alle enthalten Fasern der Regeneiche.«

Kjer überlegte. Ein Seil würde gut in die Sammlung nützlicher Dinge passen, die er in seinem Brotbeutel immer bei sich trug. »Würde mich dieses hier halten?«, fragte er den Verkäufer ein wenig skeptisch und zeigte auf ein ziemlich dünnes Exemplar.

»Ganz sicher«, antwortete der Verkäufer und strich bedächtig mit der Hand über die Rolle. »Das ist beste Qualität, wir können es aber auch gerne testen.«

Kjer schaute den Verkäufer an. Er sah vertrauenserweckend aus. »Nein, ist schon gut«, erwiderte er, »ich nehme zwanzig Schritte davon.«

»Eine ausgezeichnete Wahl!«, freute sich der Verkäufer.

Zu guter Letzt gingen sie noch quer durch die Stadt zu den Salzgärten. Hier endete die Wasserleitung, die das Salzwasser von den Kränen abtransportierte. Das Wasser verdampfte in künstlich angelegten Becken in der Sonne. Aiko betrachtete die Salzfelder interessiert und machte sich abermals ein paar Notizen in sein Büchlein. »Vielleicht verrechne ich mich auch total, aber ich habe mir das alles hier kleiner vorgestellt. Mir scheint es so, als würde viel mehr Salz produziert, als von uns verbraucht wird«, murmelte er abwesend. In der Ferne tauchten zwei Wachen der Bruderschaft auf. Es waren die ersten Bruderschafter, die sie in Fiskheym bislang gesehen hatten, und auf eine Begegnung mit ihnen hatten sie gerade überhaupt keine Lust, deswegen gingen sie zu ihrer Herberge zurück.

»Ich will nur noch in mein Bett«, gähnte Freya. Auch Kjer und Aiko gingen auf ihr Zimmer. Durch das geöffnete Fenster konnten sie Fledermäuse beobachten, die auf der Jagd nach Insekten durch die Abenddämmerung flitzten.

Aiko konnte noch nicht schlafen, ihn beschäftigte etwas: »Kjer, warum machen wir das alles?«

»Was meinst du?«

»Na ja, warum warten wir darauf, dass uns irgendeine unbekannte Person etwas zeigt oder uns irgendwelche Informationen gibt, wenn es doch sowieso nichts ändert. Warum geht Wigold so ein Risiko ein, indem er alles infrage stellt, was unsere Ordnung ausmacht. Ich meine, wir haben doch eigentlich ein tolles Leben …«

»Das meinst du jetzt nicht ernst, oder? Gerade du willst doch immer alles ganz genau wissen«, erwiderte Kjer etwas überrascht.

»Ich weiß auch nicht. Ich habe nur einfach die Befürchtung, dass wir vieles mit anderen Augen sehen werden, wenn wir noch tiefer graben. Und dass sich trotzdem nichts ändert.«

Jetzt richtete sich Kjer in seinem Bett auf. Ihn hatten zwar in den letzten Tagen recht ähnliche Fragen gequält, aber trotzdem spürte er, dass sie an etwas Wichtigem dran waren. »Was heißt denn, dass sich nichts ändert? Hat nicht deine Oma, die du doch so gerne zitierst, mal gesagt, dass man alles erreichen kann, was man sich vornimmt? Hat sie nicht gesagt, dass ein starker Wille Berge versetzen kann? Und dass dies schon immer das Motto aller echten Hochländer gewesen ist? Ich habe wirklich das Ziel, eines Tages das Hochland zu verlassen. Natürlich weiß ich noch nicht, wie, aber das hat auch noch Zeit. Man muss ja nicht für alles sofort eine Lösung haben. Anfangs dachte ich, es wäre ein großes Abenteuer, eines Tages heimlich ein Stück Holz aus dem Regeneichenwald zu holen. Auch das will ich bald machen. Dabei ist das doch nur deshalb ein Abenteuer, weil wir überhaupt keine Ahnung haben, warum man gerade da nicht hindarf.«

Einen kurzen Moment kehrte Stille ein.

»Du hast schon recht, Kjer«, antwortete Aiko schließlich leise. »Danke! Vielleicht mache ich mir zu viele Gedanken. Ich will es tatsächlich ja auch wissen. Aber das wollten bestimmt auch schon viele vor uns. Dennoch hast du recht. Nur aus der Angst heraus, zu versagen, etwas nicht zu beginnen, ist total bescheuert.«

»Wer spricht denn von versagen? Ich meine das ernst. Warum sollten wir beide nicht einmal auf einem Schiff über das Meer segeln, wirklich, warum sollte das nicht möglich sein? Eigentlich ist es ja auch nicht so, dass schon Hunderte vor uns daran gescheitert sind, sondern eher so, dass es überhaupt noch niemand probiert hat. Wir beide, du und ich, wir werden mal auf einem Schiff über das Meer segeln und uns unseren Seefisch selber fangen. Bislang haben wir immer geschafft, was wir uns vorgenommen haben. Vielleicht war die Zeit einfach noch nicht reif dazu, vielleicht ist sie es jetzt aber. Ich habe ein sehr gutes Gefühl.«

»Ich bin wirklich sehr gespannt, was wir von Hakon erfahren, vielleicht müssen wir wirklich einfach alles auf uns zukommen lassen … Danke, Kjer! Jetzt kann ich, glaub ich, einschlafen …«

»Gute Nacht, Aiko!«

Während Aikos regelmäßige Atmung verriet, dass er tatsächlich umgehend eingeschlafen war, lag Kjer noch länger wach. Hatte seine gespielte Zuversicht wirklich ausgereicht, um Aiko seine Sorgen zu nehmen? Und hatte nicht Aiko mit seinen Zweifeln in Wirklichkeit recht gehabt? Sie mussten aufpassen, dass ihnen die ganze Sache nicht über den Kopf wuchs, dass es nicht außer Kontrolle geriet, falls es dafür nicht schon zu spät war …

Kapitel 13: Der Beobachtungsposten

Der nächste Morgen begann wesentlich hektischer als der Tag zuvor. Aiko wurde als Erster wach und spürte einen schwachen kühlen Windhauch in seinem Gesicht. Er stand auf und schaute aus dem Fenster. Dort, wo man am Vortag noch in der Ferne unterhalb der Klippe das Blau des Meeres gesehen hatte, war nun alles weiß. Aiko wusste, was das bedeutete. »Kjer, aufstehen, jetzt! Wolken!«, rief er und stürmte auf den Flur. Kjer konnte hören, dass er Freya mit ähnlichen Satzfetzen, unterstützt von lautem An-die-Tür-Hämmern, weckte. Keine zwei Minuten später eilten die Freunde der Klippe entgegen. Ein kühler Wind zog scharf über die Klippenkante hinweg. Diesmal kletterten auch Aiko und Freya auf die Mauer. Immer größer werdend und offenbar auch immer schneller, dabei aber völlig geräuschlos, schossen die Wolken von unten auf sie zu. Dann erreichte die sich drehende und verwirbelnde Wolkenfront die Klippe. Binnen weniger Sekunden war es nicht mehr warm und sonnig, sondern kühl und nass.

»Das ist wie im tiefsten Nebel«, stellte Kjer fasziniert fest. Kurz standen sie noch auf der Mauer und atmeten die kalte, feuchte Wolkenluft ein.

»Ich friere«, sagte Freya schließlich. Sie kletterten von der Mauer und gingen durch den Park auf die Herberge zu.

Das Gras war nass, von allen Ästen fielen Wassertropfen,

die Moose und Flechten auf dem Boden und an den Bäumen saugten sich voll wie Schwämme. Dann aber, als Freya, Kjer und Aiko den Park halb durchschritten hatten, wurde der Wind bereits merklich schwächer, und einzelne Buschgruppen hoben sich wieder aus dem weißen Grau hervor. Mit jedem Schritt wurde es heller, und als sie bei ihrer Herberge ankamen, waren die Wolken verschwunden. Genauer gesagt waren sie nicht verschwunden, sondern zogen unmittelbar über ihren Köpfen weiter nach oben.

Ihre Kleidung war klamm, als sie auf der anderen Seite der Unterkunft auf die Straße traten. Die Luft jedoch war trocken, es war wieder deutlich wärmer, und ohne die dicht über der Herberge nach oben strebenden Wolken hätte man es nicht für möglich gehalten, dass es auf der anderen Seite des Gebäudes völlig anders aussah.

Eine Viertelstunde später saßen sie bereits beim Frühstück. »Ich glaube, Hakon ist schon da!«, sagte Aiko plötzlich. Er hatte einen jungen Mann von vielleicht sechzehn Jahren entdeckt, der auf einer Sitzbank vor der Herberge saß. Die Ähnlichkeit zum alten Thorssen war unverkennbar. Hastig beendeten die drei ihr Frühstück, verließen das Haus und gingen zielsicher auf den Jungen zu.

Dieser erhob sich von der Bank: »Ich bin Hakon, wie ihr euch wahrscheinlich schon gedacht habt.« Sein Händedruck war enorm kräftig. »Eure Namen habe ich bereits in Erfahrung gebracht. Wer von euch Freya ist, kriege ich auch noch hin, aber ihr beide müsst mir noch mal bei der Zuordnung helfen«, sagte er und schaute dabei freundlich zu Aiko und Kjer.

»Er ist Aiko, und ich bin Kjer«, erläuterte Kjer.

»Nun denn, schön, dass wir uns kennenlernen. Es ist gar nicht so einfach, die neuesten Nachrichten in die Hauptstadt zu bringen, ohne Verdacht zu erwecken, und man kann die Strecke nicht immer selbst zurücklegen.« Hakon schaute sich um. »Ich glaube, hier sind wir ungestört genug. Freya, was dein Bruder in der Stadt leistet, ist wirklich unheimlich hilfreich für uns. Sag ihm das bitte«, bat er sie dann.

»Was macht er denn?«, fragte Freya sichtlich überrascht. Sie wusste natürlich, dass ihr Bruder an verschiedenen Aktionen beteiligt war, aber nicht, welchen tieferen Sinn das haben sollte oder dass dies anscheinend sogar auf Fiskheym Einfluss haben könnte.

Hakon schaute jetzt selbst etwas verwundert, er hatte erwartet, dass die drei bereits etwas mehr wüssten. »Wigold und die anderen sorgen dafür, dass wir hier unsere Ruhe haben. Vor einer Woche hätten wir uns nicht so ohne Weiteres einfach in der Öffentlichkeit treffen können, und die Geschehnisse hier sind viel wichtiger als alles, was in der Stadt vor sich geht.« Hakon sah die verdutzten Gesichter von Freya, Kjer und Aiko. »Na, die Bruderschaft natürlich«, fuhr er fort, »Habt ihr hier in der Stadt irgendwelche Mitglieder der Bruderschaft gesehen?«

»Gestern bei den Salzgärten«, berichtete Kjer.

»Ja. Da hängen die immer rum, das ist offenbar besonders interessant für die, aber Hauptsache, sie kommen uns an der Klippe nicht in die Quere und belästigen uns nicht in unserer Taverne.«

»Es stimmt«, stellte Aiko fest, »das ist mir noch gar nicht bewusst aufgefallen, aber in der Stadt haben wir tatsächlich noch keine Bruderschafter gesehen.«

»Genau das meine ich«, bestätigte Hakon. »Bis vor Kurzem war hier noch alles voll von denen. Je länger jedoch die *Unruhestifter und Chaoten*, wie sie uns nennen, frei in der Hauptstadt herumlaufen und die nächtlichen Aktionen dort weitergehen, desto nervöser werden sie. Die wollen unbedingt die Störungen in der Hauptstadt beenden.« Er blickte auf Freya, die ganz still geworden war. »Freya, dein Bruder ist ziemlich geschickt, und das Risiko sei es allemal wert, meinte Wigold. Wir brauchen einfach noch mehr Messpunkte, und seit dein Bruder in Aktion getreten ist, können wir uns hier komplett ungestört bewegen.«

»Was meinst du mit *ungestört bewegen*? Und was für Messpunkte braucht ihr?«, fragte Aiko nach.

Hakon musterte die drei Freunde erneut. »Etwas Großes geschieht an der Klippe, etwas Unheimliches – aber wenn ihr das nicht wisst, dann solltet ihr es euch am besten selber anschauen. Morgen Abend geht es los«, entschied er, ohne die drei überhaupt nach ihren Plänen zu fragen.

»Morgen Abend passt uns perfekt«, erwiderte Kjer genauso entschieden. Aiko und Freya nickten zustimmend. Kjer war sehr froh, dass Aiko trotz seiner Bedenken vom Vorabend nicht mehr gezögert hatte.

Hakon lächelte und stand auf: »Auch wenn ich nicht damit rechne, dass wir gesehen werden oder dass ich beschattet werde, sollten wir dennoch nicht gemeinsam die Stadt verlassen. Reitet gegen vier Uhr nachmittags einfach hinaus, als wolltet ihr zurück in die Hauptstadt. Ich werde euch außerhalb der Stadt einholen. Ihr braucht kein Essen mitzunehmen, nur eure persönlichen Sachen für zwei oder drei Tage, aber so verpackt, dass ihr sie auch ein paar Meilen tragen könnt. Habt ihr noch Fragen? – Ich meine, habt ihr noch Fragen, die jetzt beantwortet werden müssen? Gut, also dann …« Erneut blickte er in drei fragende Gesichter. »Wir könnten uns jetzt noch weiter unterhalten, aber meine Zeit in Fiskheym ist sehr begrenzt. Glaubt mir, wir werden die nächsten Tage noch mehr als genug Zeit dafür haben. Im

Notfall könnt ihr euch an meinen Vater wenden, aber wirklich nur im Notfall. Und jetzt genießt noch mal den Tag in Fiskheym …« Hakon zwinkerte ihnen noch einmal zu und verließ die drei stadteinwärts, ohne sich noch einmal umzuschauen.

Freya sah immer noch sehr nachdenklich aus. »Es bringt ja nichts«, meinte sie schließlich gedankenversunken, »Wigold weiß, was er tut, aber mich nervt, dass wir nie alle Informationen kriegen. Was heißt denn *Sachen packen, dass wir sie auch tragen können*? Wir haben ja keine Rucksäcke dabei. Brauchen wir eine Zeltbahn? Schlafen wir draußen?«

Kjer schaute sie an: »Beschwerst wirklich *du* dich, dass andere dir nicht alle Informationen geben? Ich erinnere mich noch gut daran, dass du selbst vor ein paar Tagen ganz gut darin warst, Informationen zurückzuhalten, als du uns den Zettel für Wigold übergeben hast.«

»Das war ja wohl etwas völlig anderes«, erwiderte Freya und rollte mit den Augen.

»Kommt ganz auf die Perspektive an … Wie auch immer. Wir schnitzen uns einfach ein paar Wanderstöcke und hängen die Sachen dran«, schlug Kjer vor.

»Und ich gehe gleich mal zur Rezeption. Vielleicht können wir die bereits bezahlten Tage ja hinten dranhängen, falls wir wieder herkommen«, entschied Aiko, stand auf und ging in die Herberge. »Glaubst du, dass wir noch mal hierher zurückkehren?«, fragte Kjer, erhielt aber keine Antwort.

Am Nachmittag verließen sie wie geplant mit ihren Pferden und ihrer gesamten Ausrüstung Fiskheym. Die Wolken hatten sich verzogen, als die Freunde auf einem Hügel unweit der Stadt hielten, um sich ihre Wanderstöcke zu schnitzen. Das ferne Meer glitzerte wieder, und die Kräne erhoben sich wie eh und je am Rande der Stadt, die eingebettet in den Grünstreifen einfach wunderschön anzusehen war. Weit und breit war von Hakon nichts zu sehen.

Als sie sich gerade aus einer Buschgruppe die Wanderstöcke schnitten, stand er jedoch plötzlich unmittelbar vor ihnen. Genauer gesagt saß er auf seinem Pferd.

»Wo bist du so plötzlich hergekommen?«, fragte Aiko, der sich sicher war, dass Hakon vor einer Sekunde noch nicht in der Nähe gewesen sein konnte.

»Ich bin euch seitlich des Weges ein Stück gefolgt. Es ist hier draußen wichtig, dass man lernt, sich zu bewegen, ohne entdeckt zu werden.«

Die drei Freunde saßen auf und ritten zusammen mit ihm auf dem Weg weiter. Nach einer knappen Meile blickte Hakon sich prüfend in alle Richtungen um und lenkte sein Pferd vom Weg hinunter Richtung Norden. »Wir reiten jetzt noch ein paar Meilen querfeldein«, erklärte er. »Dort ist ein kleiner Einsiedlerhof, bei dem wir die Pferde unterstellen können. Sobald es Nacht ist, geht es von dort zu Fuß weiter.«

Kjer und Aiko waren ein wenig zurückgefallen. Kjer schaute zu seinem Freund. »Hast du eine Ahnung, wo wir hinreiten?«

»Wenn wir grob die Richtung halten, müssten wir wieder auf das Ende der Welt stoßen. Nur eben etwas weiter westlich von Fiskheym.«

»So wirklich eine Richtung kann ich nicht erkennen, schau mal, jetzt biegt Hakon schon wieder ab«, erwiderte Kjer. »Insgesamt reiten wir nach Nordwest, aber Hakon nimmt jede Buschgruppe mit, reitet immer an den tiefsten Punkten. Ich glaube, er weiß wirklich, wie man unentdeckt bleibt.«

Nach einer Weile – es fing bereits an zu dämmern –

erreichten sie ein in einer Senke verborgen gelegenes, kleines Gehöft. Zwei große Hunde begrüßten sie bellend. Das Bellen klang tief und warnend. Das Gehöft bestand nur aus einem kleinen, grob gezimmerten Haus und zwei kleinen Stallgebäuden. Haus und Ställe waren mit einem Palisadenzaun eingefriedet. Innerhalb dieses Zaunes liefen ein paar Hühner umher, und davor meckerten einige Ziegen. Hinter dem Haus entdeckte Kjer eine Schafherde, die gerade von einem kleinen Jungen an einen Weiher getrieben wurde, der sich ebenfalls in der Senke befand. Das Gehöft hatte die Bezeichnung Einsiedlerhof wahrlich verdient, Kjer konnte keinen Weg erkennen, der zu den Gebäuden führte. Wenn man nicht wusste, wo der Hof lag, konnte man sicherlich lange suchen, um ihn zu finden.

Hakon stieg ab und führte sein Pferd auf einem sich langsam herausbildenden Trampelpfad auf den Zaun zu. Die drei folgten seinem Beispiel, und bald standen die Pferde mit gesenkten Köpfen im Gatter und rupften das Gras vom Boden ab. »Der ist wirklich nicht gerade gesprächig«, befand Kjer leise, als Hakon wortlos seine gesamte Ausrüstung zusammenraffte und auf das Haus zuging. Die Freunde taten es ihm gleich, griffen sich ihre Satteltaschen und betraten das Haus. Es bestand nur aus zwei Räumen, nämlich einer großen Stube und einer Küche.

Kjer schaute sich um. In der kleinen, karg eingerichteten Küche lagen weiße Käselaibe auf dem Tisch. »Ziegenkäse?«, fragte er. Hakon nickte. »Die Bauern sind noch in Fiskheym und verkaufen eine Ladung Käse. Heute Nacht treffen wir Solveigh. Sie ist die große Schwester des Ziegenjungen, den ihr vorhin gesehen habt.«

Er holte noch einmal tief Luft, dann begann er endlich zu erzählen: »Vor vier Jahren, da war ich etwas jünger als ihr heute, bin ich einmal hier rausgeritten, um für die Taverne Ziegenkäse zu kaufen. Auf dem Rückweg habe ich gedacht, ich könnte doch querfeldein zur Klippe reiten und dann an dieser entlang zurück nach Fiskheym. Die Ecke hier ist abgesehen von diesem Hof ansonsten vollkommen unbewohnt, müsst ihr wissen. Ich bin jedoch nicht weit gekommen. Als ich mich dem Grünen Gürtel und damit der Klippe genähert habe, sind mir Reiter der Bruderschaft entgegengekommen. Die wollten mich nicht durchlassen. Ich habe das erst für einen schlechten Scherz gehalten, aber die haben nicht mit sich spaßen lassen. Als ich nicht sogleich umgekehrt bin, haben sie mich ziemlich rüde weggejagt und sind mir sogar noch hinterhergeritten, bis ich wieder auf der Hauptstraße war. Ich hab das damals überhaupt nicht verstanden. Gleichzeitig war mir aber auch vom ersten Moment an klar, dass ich mir das Ganze jetzt erst recht genauer anschauen musste. Daher habe ich kehrtgemacht und versucht, ohne Pferd an einer anderen Stelle bis zur Klippe zu kommen. Aber da waren ebenfalls Wachen der Bruderschaft. Ich war chancenlos. Ich hatte nur Glück, dass es nicht die gleichen Wachen waren. So konnte ich so tun, als hätte ich mich verlaufen, und sie ließen mich einfach umkehren.

Dass man den Regeneichenwald nicht betreten darf, war mir ja bekannt, aber dass es hier, in unmittelbarer Nähe zu Fiskheym, ebenfalls eine Verbotszone gibt, davon wusste ich nichts und auch sonst niemand. Ich hatte erkannt, dass ich auf den geeigneten Zeitpunkt warten musste, dass ich etwas Geduld brauchte, wenn ich es ungesehen zur Klippe schaffen wollte.

Zwei Tage später zogen Wolken auf. Ich schlich mich also nach Einbruch der Nacht ein weiteres Mal an die Klippe heran und bin dann im Schutze der Dunkelheit und des

Wolkenwirbels bis in den Grünen Gürtel gelangt. Ich lag erst einmal eine Weile an der Klippenkante und schlief dort ein, denn in der Dunkelheit konnte ich ohnehin nichts erkennen. Am nächsten Tag wollte ich die Klippe erforschen, denn irgendwas musste hier ja irgendwo versteckt sein, dachte ich. Doch dann wurde ich mitten in der Nacht schlagartig wach, denn es gab plötzlich einen ziemlich lauten Knall. Irgendetwas schlug direkt unterhalb von mir in die Klippe ein. Ich lag lautlos auf den Boden gedrückt da und hörte noch zwei weitere Einschläge. Ich konnte nicht ganz einordnen, was passiert war, hatte aber genug gesehen oder, besser gesagt, gehört, zumal es doch ziemlich unangenehm war, stundenlang im Wolkenwirbel zu liegen. Daher bin ich noch in der Nacht auf demselben Weg zurückgeschlichen und hierher zurückgelaufen, hab mein Pferd gesattelt und bin zügig nach Hause geritten.

Am nächsten Vormittag standen Wachen der Bruderschaft bei uns in Fiskheym vor der Haustür und haben mich mitgenommen. Sie haben versucht, mir gehörig Angst einzujagen. Haben mich drei Tage eingesperrt. Ich wusste nicht einmal, wie sie herausgefunden hatten, dass ich an der Klippe gewesen war, denn vom Einsiedlerhof hätte mich bestimmt niemand verraten, und ich habe es den Bruderschaftern auch nicht erzählt und alles abgestritten. Sie wollten wissen, was ich gesehen hatte. Ich hatte aber wirklich nichts gesehen. Gar nichts. Irgendwann haben sie mich laufen lassen und mir gesagt, dass ich in die Nervenheilanstalt käme, wenn ich mich weiter so auffällig verhalten würde. Die Klippe sei an der Stelle einsturzgefährdet, und deshalb sei das Betreten des Grünen Gürtels dort verboten. Es hat aber überhaupt nicht so geklungen, als ob dort etwas eingestürzt wäre.

Glücklicherweise habe ich mir die Gegenfrage gespart, warum sie dann nicht einfach Warnschilder aufstellen würden. Im Anschluss haben sie auch mit meinen Eltern geredet. Wenn sie nicht künftig besser auf mich aufpassten, würden sie ja ganz offensichtlich ihrer Aufsichtspflicht nicht nachkommen, sagten sie. Dann haben sie meinem Vater noch gedroht, dass sie sich vielleicht seine Schanklizenz einmal genauer anschauen müssten. Meine Mutter war tatsächlich eingeschüchtert, aber meinen Vater hat das ziemlich kaltgelassen. Er hat mir nur gesagt, dass er mich unterstützt, wenn ich da noch mal hinwill. Ich dürfe mich nur nicht noch einmal erwischen lassen.«

»Diese Reaktion passt zum alten Thorssen«, dachte sich Kjer, und fragte: »Aber wie haben sie dich denn erwischt?«

»Ich bin bis heute davon überzeugt, dass sie nicht sicher wussten, dass ich es gewesen bin, sondern dass sie es nur stark vermutet haben. Aber genau das habe ich mich damals auch gefragt, und anfangs hat mich das wirklich stark gebremst, denn wenn die mich noch einmal erwischt hätten, dann hätte das wohl ziemliche Konsequenzen gehabt. Haben sie aber nicht.« Hakon grinste. »Ich habe mich dennoch irgendwann ganz vorsichtig der Klippe genähert, diesmal bei Tageslicht, und da erkannte ich es: Entlang des Grünen Gürtels, dort, wo man die Einschläge hören konnte, also auf einer Länge von einigen Meilen, haben sie vor dem Dickicht einen sieben Schritte breiten, geharkten Erdstreifen angelegt. Da sieht man jede noch so geringe Spur. Und ich bin im Dunkeln natürlich voll durchgetrampelt. In diese Region kommt sonst ja niemand. Es war also schon recht naheliegend, dass ich es gewesen war, der da hindurchgegangen ist, weil sie mich ja erst wenige Tage zuvor abgefangen hatten.«

»Also haben sie dich nur aufgrund einer Vermutung mehrere Tage eingesperrt?« Freya schluckte. Man konnte sich ausmalen, was passieren würde, sollten sie Wigold erwischen.

»Wir gehen heute Nacht an die gleiche Stelle, richtig?«, fragte Aiko unsicher.

»Richtig«, antwortete Hakon, »aber natürlich nur, wenn ihr wollt. Ihr müsst wissen, es gibt Dinge, die muss man sich einfach selbst anschauen, sonst glaubt man sie nicht.«

Aiko sah Kjer erschrocken an, und dieser verstand den Blick seines Freundes. Auch in Freyas Augen spiegelten sich Bedenken. Ursprünglich hatte das Abenteuer nur aus einer Reise zum Ende der Welt bestehen sollen, zusätzlich eine Nachricht zu überbringen, sollte nicht wirklich riskant sein. Aber jetzt ging es darum, in ein Sperrgebiet der Bruderschaft einzudringen. »Ich will es sehen«, sagte Kjer dennoch. Freya und Aiko widersprachen nicht.

Hakon sah das Unbehagen der drei Freunde und lächelte beruhigend. »Vor ein paar Wochen hätte ich euch noch nicht mitgenommen. Aber auch in dieser Sperrzone ist jetzt viel weniger los. Es sind zwar immer noch einige Wachen unterwegs, allerdings sind von dort ebenfalls etliche Trupps in die Hauptstadt abkommandiert worden, und die Patrouillen sind jetzt wesentlich seltener. Wir haben ein Versteck an der Klippenkante. Im letzten Winter sind wir nur tageweise und nicht durchgehend da gewesen. Es war einfach zu kalt, als dass man dort lange hätte bleiben können, und man kann auch nicht ständig zurückschleichen. Sonst wird man irgendwann halt doch erwischt. Wir haben die letzten Tage genutzt, um das Versteck winterfest auszustatten. Man kann dort nun drinnen liegen und die Klippe beobachten. Um Mitternacht brechen wir immer von hier aus auf, im Normalfall dauert eine Schicht drei Tage. Wir wollen, dass die Klippe möglichst immer beobachtet wird, um alles lückenlos dokumentieren zu können.«

»Was beobachtet ihr denn dort?«, fragte Aiko jetzt direkt. Seine Neugierde war stärker als seine Angst.

»Irgendetwas schlägt in dic Klippe ein. Mit unglaublicher Geschwindigkeit«, antwortete Hakon. »Aber das werdet ihr alles selbst erleben. Übermorgen früh rechne ich mit dem nächsten Ereignis. Kochen ist im Versteck nicht möglich, und wenn einer von euch denkt, dass er krank werden könnte, müsste er hierbleiben. Im Versteck sind wir zwar vor Blicken geschützt, aber die Wachen der Bruderschaft patrouillieren in nur hundertfünfzig Schritten Entfernung. Da wäre es ungünstig, wenn einer husten muss. Packt eure Sachen so, dass nichts klappert, indem ihr Lumpen zwischen die Gepäckstücke stopft. Hier findet ihr jede Menge davon.« Er zeigte auf eine Kiste in der Ecke. »Es darf auch nichts Metallisches sichtbar sein, das reflektieren könnte. Und zieht warme Kleidung an. Wasser braucht ihr für drei Tage, Essen nehme ich mit. Wenn ihr mit dem Packen fertig seid, zeigt mir euer Gepäck.«

Hakon deutete auf eine Leiter, die unter das Dach führte. »Oben rechts ist ein Raum, in dem ihr euch noch ausruhen könnt.«

Sie packten ihre Sachen, aber es dauerte eine ganze Weile, bis Hakon zufrieden war. Immer wieder klapperte noch etwas, nachdem Hakon am Gepäck gerüttelt hatte. Gegen elf Uhr waren sie dann endlich fertig. Hakon legte sich noch für eine Stunde hin, aber für die drei Freunde war an Schlaf nicht zu denken. Kjer ging an die frische Luft, er wollte zu Aegir. Als dieser ihn hörte, kam er angetrabt, stieß ihn mit seinem Kopf an und schnaubte. Er spürte, wie unruhig Kjer war. Kjer beneidete Hakon, wie lässig und furchtlos er an die ganze Sache heranging. Dass er jetzt wirklich schlafen konnte! Er selbst würde es sich nie anmerken lassen, aber er hatte Angst. Er konnte sie vielleicht überwinden und rannte in brenzligen Situationen nicht gleich davon, aber die Angst war trotzdem da. Wigold und Hakon dagegen ruhten ganz in sich selbst. Sie wirkten völlig unangreifbar.

»Na, mein Braver«, sprach er zu Aegir, »du wirst hier gut versorgt, und in drei Tagen bin ich wieder da.« Eine Zeit lang sprach er noch auf Aegir ein, der ihm aufmerksam zuhörte, dann kehrte Kjer wieder um. Ein Zurück gab es nicht mehr. Als er die Stube betrat, sah er, dass Freya und Aiko ebenfalls sehr angespannt wirkten. Da setzte Kjer ein verschmitztes Lächeln auf und sagte: »Mir ist langweilig. Wollen wir uns noch kurz schlafen legen oder eine Runde Karten spielen?« Er wollte sich seine Angst nicht anmerken lassen. Er war für seine Freunde immer der Unerschrockene gewesen, und das würde sich heute nicht ändern.

Als Hakon um Mitternacht die Leiter herunterstieg, packte Kjer das Kartenspiel ein. Hakon verteilte gestrickte schwarze Wollmützen und drückte den dreien geflochtene, grobfaserige Matten in die Hand. Er selbst setzte einen großen Rucksack auf und hielt eine Harke wie einen Wanderstock in der Hand. »Wir haben fünf Meilen vor uns. Denkt dran, wir reden kein Wort. Wenn ich mich hinhocke, hockt ihr euch auch hin, wenn ich laufe, lauft ihr auch. Alles klar?« Er wartete kurz, bekam aber keine Antwort. »Gut, dann geht es los.«

Der Mond stand nur als Sichel am Himmel, zum Glück spendeten die Sterne noch ein wenig Licht. Ohne diese hätte Kjer völlig die Orientierung verloren. Mal ging die Gruppe nach rechts, dann wieder nach links und immer die Senken entlang.

»Wie weit mögen wir schon gekommen sein?«, fragte sich Kjer nach einer Weile. »Vielleicht drei Meilen, vielleicht vier?«

Mit der Zeit wurde Hakon langsamer. Immer wieder hockten sie sich nun hin und lauschten in die Dunkelheit. Es war absolut still. In der Ferne war eine schwarze Linie zu erkennen – der Grüne Gürtel. Sie kamen immer näher und näher heran. Plötzlich bedeutete Hakon ihnen, sich hinzuhocken. Langsam kroch er vor und legte sich flach auf den Boden. Sie konnten ihn gerade noch erkennen. Waren da Stimmen zu hören? Kjer war sich nicht sicher, er merkte, wie sein Herz pochte. Dann ging es weiter. Wenig später hielt Hakon erneut an und deutete auf einen dunklen Streifen, der sich in fünfzig Schritten Entfernung vor ihnen auf dem Boden abzeichnete. Er ließ sich alle Matten geben, dann krochen sie auf allen vieren bis an den Erdstreifen heran. Hakon legte die erste Matte aus und kroch weiter. Dann kam die zweite Matte, die dritte und die vierte. Sie krochen ihm hinterher. Hier auf der freien Fläche anzuhalten und nur äußerst langsam voranzukommen, fühlte sich falsch an, doch sie mussten vermeiden, den Erdboden zu berühren. Selbst durch die robuste Matte hindurch konnten sie bei jeder Bewegung spüren, wie sich die weiche Erde verformte.

Endlich war das Hindernis überwunden. Hakon bedeutete ihnen, noch ein Stück weiter zu kriechen. Schemenhaft konnten sie erkennen, wie er lautlos auf den Matten bis zur ersten zurückrobbte und sie dann alle wieder einsammelte. Hinter jeder Matte harkte er die Längsfugen penibel glatt. Es dauerte eine gefühlte Ewigkeit, bis er wieder bei ihnen war.

Sie hatten tatsächlich den Grünen Gürtel erreicht! Hakon ging ein paar Schritte aufrecht, um sich dann sogleich wieder flach hinzulegen und unter einem dornigen Gebüsch durchzukriechen. Kjers Gedanken begannen wieder zu kreisen. Was wäre, wenn sie jetzt entdeckt würden? Er wusste nicht, wo sie waren, und hier im Unterholz war es völlig finster. In seinen Gedanken stellte er sich vor, wie er davonlief und über die Klippenkante stolperte. Sein Kopf stieß an Freyas Schuhe, und von hinten drückte Aiko. Dann richtete sich Hakon wieder auf. Erleichtert stellten sie fest, dass sie das Gebüsch durchquert hatten. Nun konnten sie wieder aufrecht stehen. Kjer spürte, dass sich ein Kratzer durch sein Gesicht zog.

Schon verschwand Hakon im nächsten Dickicht, stand aber nach wenigen Schritten erneut auf. »Wir sind da«, verkündete er mit gedämpfter Stimme. Ein flacher Holzverschlag war unmittelbar vor ihnen auf dem Boden zu erkennen, aus dem sich nun ein dunkler Schatten herausschob. »War alles ruhig. Wie erwartet«, flüsterte eine weibliche Stimme, und der Schatten verschwand hinter ihnen im Unterholz.

»Das war wohl Solveigh«, dachte sich Kjer.

»Hier kann man sitzen, und da unten ist es eigentlich ganz gemütlich. Sobald es hell ist, wird es leichter für euch sein, euch zu orientieren«, erklärte Hakon, immer noch mit gedämpfter Stimme, aber nicht mehr ganz so leise. Das Rauschen des Meeres drang von fern an ihre Ohren. Von Solveigh war dagegen nichts mehr zu sehen oder zu hören. Wahrscheinlich konnte sie sich genauso lautlos bewegen wie Hakon. Kjer merkte, dass er plötzlich sehr müde war. Die größte Anspannung war von ihm abgefallen, umgeben von dem Gebüsch fühlte er sich wesentlich sicherer als auf der freien Fläche. Drei Stunden waren sie in der Nacht unterwegs gewesen. Gefolgt von Freya und Aiko kroch er in den Verschlag, dessen Boden mit Stroh bedeckt war. Er legte seine Wachsjacke unter den Kopf und schloss die Augen.

Kapitel 14: Auf Verbrecherjagd

Seit Leif das Angebot des Sonderermittlers erhalten hatte, waren ein paar Tage vergangen. Nach Ablauf der Zweitagesfrist war er frühmorgens in die Reiterkaserne zurückgekehrt, durch die Ställe geschlendert und hatte noch einmal tief die Stallluft eingeatmet. Dann aber war er mit der Gondel zum Stadthaus gefahren, er hatte sich entschieden.

Der Sonderermittler Gerdis Thoosten hatte ihn zum Wächter der Bruderschaft befördert und ihm drei Trupps unterstellt, die bunt gemischt aus Reitern und Wachen zusammengesetzt waren. Leifs Aufgabe war es nun, die Aufrührer dingfest zu machen.

Mittlerweile betrat Leif wie selbstverständlich jeden Morgen den Besprechungsraum im neunten Stock. Ein weiterer Anschlag hatte sich in den letzten Tagen ereignet, aber erwischt hatten sie die geheimnisvollen Unruhestifter noch immer nicht. Doch dies schien Gerdis Thoosten nicht sehr zu beunruhigen. Er hatte sich in den letzten Tagen stets überzeugt gezeigt, dass sie die Täter bald schnappen würden, und tatsächlich waren sie in jeder Besprechung ein kleines Stück vorangekommen. Leif bewunderte, wie akribisch die Magistratin Urda Thudor alle Informationen zusammentrug und wie gut Gerdis Thoosten und die Magistratin auch kleinste, unbedeutend erscheinende Fakten als Mosaiksteinchen für die Lösung nutzen konnten.

Jeden Tag konnten sie die Liste der Verdächtigen etwas reduzieren, die mittlerweile von etwa tausend Verdächtigen auf hundert mögliche Täter geschrumpft war. »Sollen wir nicht die verbliebenen Verdächtigen einfach beschatten?«, hatte am Vortag jemand vorgeschlagen. Aber das wollte Gerdis Thoosten nicht: »Die sind nicht dumm. Wenn sie sich beobachtet fühlen, dann tauchen sie unter oder hören vorerst mit ihren Aktionen auf. Ich will das ein für alle Mal beenden, und wir werden sie bald auf frischer Tat erwischen.«

Gerdis Thoosten ging das Ganze wie ein komplexes Strategiespiel an, und heute schien er besonders gut gelaunt zu sein, als er um acht Uhr die Besprechung eröffnete: »Seit dem letzten Anschlag können wir mit Sicherheit sagen, dass sie ihre Ziele sehr sorgsam auswählen und auskundschaften. Die Bande hat bislang nur Gebäude mit vielen Fluchtmöglichkeiten attackiert, und sie hat diesmal tatsächlich an einem Ort zugeschlagen, den wir absichtlich weniger bewacht haben. Erstmalig haben wir sie dahin gelenkt, wohin wir sie haben wollten. Wir haben jetzt alle verfügbaren Kräfte des Hochlandes in der Stadt zusammengezogen, seit gestern sind alle Straßenecken und potenziellen Angriffsziele unter ständiger Beobachtung. Sie werden sich daher ein Gelände aussuchen, das sie gut kennen. Das wird die Höhere Baumeisterische Lehranstalt sein! Die Art und Weise, wie sie vorgehen, die Farben, die sie anscheinend selber mischen können … Ich bin überzeugt, dass es Studenten sind. Genau dieses Gebäude haben wir deshalb die letzten Tage weniger streng bewacht, und der *Hochlandbotschafter* hat gestern wie gefordert eine Meldung veröffentlicht, dass morgen noch einmal zweitausend weitere Wachen und Reiter zur Sicherung der Innenstadt aus Bergaheym ankommen. Die Bande wird daher heute Nacht zuschlagen, bevor die Überwachung noch enger wird, und wir werden sie in Empfang nehmen.«

»Wenn es Studenten sind, warum haben sie dann das Lehranstaltsgebäude nicht schon früher ausgewählt?«, hakte einer in der Runde nach.

»Bislang war der Druck noch nicht so hoch und die Bewachung noch nicht so feinmaschig, weswegen sie sich an spektakulärere Ziele wie das Museum oder den Therusturm herangewagt haben, zumal die Lehranstalt ja Protestaktionen eher gewohnt ist. Die werden sie sich als weniger riskantes Ziel für später aufgehoben haben. Und später bedeutet heute Nacht.«

Leif hörte gespannt zu. Bislang hatte der Sonderermittler mit allen Mutmaßungen recht gehabt, warum also nicht auch jetzt?

Nur eine halbe Meile vom Stadthaus entfernt lag die Höhere Baumeisterische Lehranstalt. Am Abend spazierte Leif noch ein letztes Mal in Alltagskleidung über den Innenhof. Im Gegensatz zu den letzten Zielen der Unruhestifter schien es ihm auch ein Leichtes, hier einen Anschlag zu verüben. Hinter dem repräsentativen Haupthaus mit langer Fassadenfront standen einzelne kleinere Gebäude, die über parkähnliche Grünflächen miteinander verbunden waren. Von dort aus konnte man in vielen verwinkelten Nebenstraßen verschwinden.

Eine stämmige Putzfrau zog einen Handkarren mit Reinigungsutensilien von einem Nebengebäude zu einem anderen, ansonsten begegnete ihm niemand.

Ab elf Uhr nachts wurden die Patrouillen in der Stadt weniger. Gerdis Thoosten hatte dies so bereits vor mehreren Tagen verfügt, um die Aufrührer auch zeitlich steuern zu können. »Wenn du deine Gegner dazu bringst, dass sie tun, was du willst, ohne dass sie dies merken, dann gewinnst du. Und zwar egal, wie mächtig und stark dein Gegner ist.« Es leuchtete Leif schon ein. Warum sollte man sich auch vor elf Uhr sehen lassen, wenn es danach offensichtlich ungefährlicher wurde? Aber war es wirklich möglich, Menschen auf diese Weise zu manipulieren? Er würde es bald erfahren.

Gegen zehn Uhr bezogen daher, durch eine Nebenstraße kommend, etwa zweihundert Bruderschafter in kleinen Grüppchen ihre Posten in der Lehranstalt. Leifs Trupps waren im Hauptgebäude, und er selbst wartete mit dem Sonderermittler in einem Raum mittig im zweiten Stock. Hier war die Wahrscheinlichkeit am größten, dass die Unruhestifter auftauchen würden.

»Wir haben nur diese Chance, es darf uns keiner entwischen«, stellte der Sonderermittler klar.

»Sobald es losgeht, stehen wir alle in fünf Sekunden auf den Fluren«, antwortete Leif entschieden, »aber das Gebäude hat gute Schlösser …«

»Keine Sorge, die finden einen Weg hier rein, die haben selbst Sicherheitsschlösser knacken können«, erwiderte der Sonderermittler mit verhaltener Bewunderung. »Die verstehen ihr Handwerk …«

Alle saßen leise in den von innen verschlossenen Räumen und bewegten sich nicht. Auf einmal hörten sie ein leises Knacken vom Flur. Dann waren Schritte zu vernehmen: Leise, huschend, fast geräuschlos, aber eben nur fast.

Von ihnen konnte es keiner sein. Jenseits der Tür auf dem Flur mussten sich die Unruhestifter befinden. Aber wann würden sich alle Aufrührer im Gebäude befinden? Sie durften nicht zu früh zuschlagen. Unweit ihrer eigenen Tür hörte Leif das leise Quietschen eines Fensters. Er hatte lang genug gewartet, geräuschlos erhob er sich. Ein Reiter stand bereits an der Tür und hatte die Hand an den Schlüssel gelegt. Er schaute ihn an. Alle anderen Reiter und Wachen saßen sprungbereit auf ihren Stühlen. Leif griff das Horn, das an seinem Gürtel hing, holte tief Luft und blies kräftig hinein.

Innerhalb von Sekunden erwachte die gesamte Lehranstalt zum Leben.

»Hier sind sie!«, hörte Leif die Männer rufen, die an ihm vorbei auf den Flur stürmten. Da gab es einen gewaltigen Knall, und dichter, beißender Rauch breitete sich im Flur aus. Leifs Augen tränten. Die Aufrührer hatten noch einmal für Verwirrung gesorgt, aber nur Sekunden später waren die ersten Lichter auf den Fluren entzündet, und auf dem Boden lagen, von mehreren Männern überwältigt, drei Gestalten. Einer blutete am Kopf, er hatte wohl einen Schlag abbekommen oder war auf den Boden geknallt.

Durch die weit aufgerissenen Fenster zog der Rauch schnell ab. Sie hatten drei erwischt. Waren das alle? Die jungen Männer sahen anders aus, als Leif sie sich vorgestellt hatte. Freundlich und ordentlich und nicht verrückt oder gewalttätig.

»Wer ist euer Anführer?«, herrschte er die Gestalten am Boden an. Die Gefangenen tauschten Blicke aus. Leif beobachtete sie. Es schien ihm, dass sie nicht wussten, was zu tun war. Da durchzuckte es ihn. »Wir haben den Kopf der Bande noch nicht erwischt«, rief er, »er muss hier noch irgendwo sein!«

Leif schaute sich um. In der Wand entdeckte er eine Luke, die einen kleinen Spalt geöffnet war. Er riss sie auf, es war ein Zugang zum Schornstein. Leif beugte sich vor und blickte nach oben. Erkennen konnte er nichts, aber feiner schwarzer Ruß rieselte auf ihn hinab. Irgendwer kletterte im Schornstein nach oben. Mit ein paar Männern hastete Leif die nahe gelegene Treppe hoch. Er riss ein Fenster im Dachgeschoss auf und kletterte vorsichtig auf das Dach hinaus. Eine lose Schindel, und er könnte in die Tiefe stürzen. Eilig stieg er zum Dachfirst auf. War der letzte Täter bereits aus dem Schornstein hinausgeklettert? In diesem Moment erblickte er eine dunkle Gestalt, die auf dem Dachfirst entlanglief. Zum Nachbarhaus waren es mehr als zehn Schritte, aber die Person bremste nicht ab. »Halt an, es ist zwecklos«, rief Leif. Der Flüchtende hatte das Ende des Dachfirsts erreicht, beugte sich vor und verschwand aus seinem Blickfeld. Leif erschrak. War der Unbekannte wirklich in die Tiefe gesprungen?

Aber im nächsten Moment sah er ihn über den Abgrund zum nächsten, etwas tiefer gelegenen Nachbardach schweben. Leif erreichte jetzt auch das Ende des Daches. Auf der Straße standen unzählige Wachen und Reiter. »Hier ist ein Seil gespannt, rauf aufs nächste Dach!«, rief er ihnen zu. Die Reiter unten hatten ihn verstanden. Dutzende strömten ins benachbarte Haus.

»Der entkommt uns nicht«, dachte Leif, packte das Seil und stellte dabei fest, dass es eine Seilbahn war. »Kein schlechter Fluchtweg«, ärgerte er sich, als er sich auf das Seil legte, um dem Flüchtenden über den Abgrund hinweg zu folgen. Schließlich schwang er sich ebenfalls auf das andere Dach.

Fünfzehn Schritte vor ihm stand ein Dachfenster offen. Er eilte hin und wollte schon hineinsteigen, als er instinktiv zögerte. Von unten konnte er die Wachen und Reiter schon das Treppenhaus emporpoltern hören. Immer noch strömten weitere Männer aus dem ersten Haus hinüber in das zweite. Das erste Dach dagegen wirkte dunkel und verlassen. Da sah er aus dem Augenwinkel, dass sich neben einem Schornstein direkt hinter ihm ein Schatten erhob und zurück zum Seil huschte. »Das darf doch nicht wahr sein«, entfuhr es Leif. »Zurück aufs andere Dach!«, brüllte er nach unten. Auf der Straße herrschte plötzlich völliges Chaos. Die einen liefen zu dem zweiten Gebäude, andere wiederum hasteten zum Hauptgebäude der Lehranstalt zurück.

Sekunden später kletterte Leif dicht hinter dem vermeintlichen Anführer der Bande am Seil zurück aufs erste Dach. Fast hätte er den Gejagten noch am Bein erwischt. Aber dieser schwang sich geschickt aufs Dach und steuerte nun auf das Fenster zu, das Leif geöffnet hatte. Sollte er es hinter sich schließen, würde Leif ziemlich dumm dastehen … Das durfte nicht passieren. Leif bremste nicht ab und just in dem Moment, in dem der Flüchtige ins Gebäude hineinspringen wollte, erwischte er ihn im vollen Lauf. Doch der Schwung war zu viel, um das Gleichgewicht zu behalten. Die beiden jungen Männer knallten aufs Dach und kamen ins Rutschen. Dachschindeln gaben unter ihnen nach, und sie sausten dem Abgrund entgegen. Beide drehten sich auf den Bauch, um mit Fußspitzen und Händen bremsen zu können. Mit einer Hand hielt Leif sich in der Kleidung des anderen fest. So schlitterten sie hinab.

Sie bremsten etwas, aber es würde nicht reichen. Gleich würden sie abstürzen. Da rutschten ihre Schuhe schon über die letzte Reihe der Dachschindeln hinweg. Für den Bruchteil einer Sekunde hatten ihre Füße keinen Kontakt mehr zum Boden. Dann verhakten sich vier Schuhe gleichzeitig in der Regenrinne. Die Rinne knackte unter der Belastung, aber sie hielt.

Es war aus. Aus mehreren Fenstern kletterten jetzt Reiter und Wachen aufs Dach. Der Aufrührer machte keine Anstalten, sich zu wehren. Leif zog ihm die Kapuze vom Kopf und sah in das ruhige Gesicht eines normalen jungen Mannes – wie ein gesuchter Verbrecher sah er nicht gerade aus.

»Wie heißt Ihr?«, fragte Leif etwas überrascht.

»Ich heiße Wigold Thareet.«

Kapitel 15: Doppelt schlechte Nachrichten

Als Kjertan wieder zu sich kam, ging bereits die Sonne auf. Die Reiter hatten ein Lager im Schutz der Ruine aufgebaut.

»Wo ist er?«, stöhnte Kjertan mit zusammengekniffenen Augen.

»Er ist aus dem Fenster gesprungen und entkommen … Er ist wirklich zäh«, antwortete Varg zähneknirschend. Er hatte neben seinem Freund Wache gehalten.

»Wo ist der Kristall?«

»Den haben wir. Er ist dick verpackt am Rande des Lagers vergraben.«

Kjertan setzte sich auf und blickte sich um. Ihm dröhnte immer noch der Schädel. Am Rande des Lagers lagen unter Tüchern verdeckt die gefallenen Reiter. In einer weiteren Ecke ruhten die Verletzten. Savant saß regungslos auf dem Boden und starrte in das Feuer vor sich.

Kjertan erschrak, er konnte Briga nicht sehen. »Briga?«, fragte er und blickte Varg an.

»Keine Sorge. Sie hält außerhalb des Lagers Wache. Askan hat verrücktgespielt. Der Köter ist mit der Nähe zum Kristall gar nicht klargekommen« Varg grinste. »Der ist diesbezüglich genauso ein Sensibelchen wie du, der Stein wirkt nicht auf jeden gleich stark.«

Kjertan war gerade nicht nach Scherzen zumute: »Wir müssen den Stein sofort zerschlagen! Für einen kurzen Augenblick habe ich alles gesehen. Die sechs Brecher, die zum Regeneichenwald unterwegs waren und die wir zuerst verfolgt hatten, sind in der Nacht umgekehrt und im Schutz der Dunkelheit hierher aufgebrochen. Es war alles von Therus geplant. Sie spüren den Kristall genauso stark wie Askan. Auch Therus wird darauf lauern, ihn zurückzubekommen. Weitere sechs Bestien schaffen wir nicht …«

»Der Stein ist schon so gut wie zerstört«, antwortete Varg sofort. »Bis wir ihn endlich unter der Erde hatten, ist noch ein paar Reitern schwarz vor Augen geworden, aber auf mich hat er keine sonderlich starke Wirkung …«

Vargs Stimme verklang, als er Kjertans Blick sah. Er nickte knapp und wandte sich ab. Kurze Zeit später lag der rote Kristall auf einem grauen Granitquader. Kjertan musterte ihn unbehaglich, wieder schienen seine Sinne zu zerfließen. Mit aller Kraft holte Varg aus, ein schwerer Hammer blitzte in der Morgensonne, dann traf der Hammerkopf mit voller Wucht auf den Kristall. Klirrend zersprang dieser in vier beinahe gleich große Stücke. Gleichzeitig schwächte sich das rote Glühen des Kristalls zu einem blassen schwachen Glimmen ab. Kjertan spürte, wie eine Last von seinen Schultern fiel. Plötzlich war er wieder in der Lage, sich dem Stein zu nähern.

»Ich brauche drei Freiwillige mit möglichst frischen Pferden!«, rief er seinen Reitern zu. Aus der großen Zahl an hervortretenden Reitern wählte er drei aus.

»Wir müssen sofort aufbrechen. Die Bestien werden nicht mehr weit weg sein. Jeder von euch bringt ein Stück fort.« Kjertan gab das erste eingewickelte Stück einem der ausgewählten Reiter in die Hand. »Bringt es nach Noorby, und von dort soll es die Eurybia zum Orden der Menschheit bringen. Sie sollen es sicher verwahren.«

Varg wickelte das nächste Stück fest in Leder ein und über-

reichte es dem nächsten Boten. »Bringt es ins Quellthal, dort soll es tief in der Erde vergraben werden.«

Kjertan wandte sich dem dritten Reiter zu: »Bringt das Stück in die Hauptstadt. Der Rat der Bruderschaft wird schon Verwendung dafür finden. Das vierte Stück bringe ich in den Regeneichenwald. Wir müssen sowieso nach den Baufortschritten schauen und …« Er brach seinen Satz ab. Die anderen würden ihn sonst für verrückt halten. Aber er hatte diese eigenartigen kleinen Wesen im Regeneichenwald gesehen. Die ihn gewarnt hatten und von denen eines anscheinend Asradiel hieß. Er wollte sie unbedingt treffen, falls es nicht nur eine Täuschung des Kristalls gewesen war …

Varg wickelte das letzte Stück des Steins ein und wollte es schon einstecken, aber Kjertan hielt ihn davon ab: »Gib es Briga. Savant und sie sollen mich begleiten. Varg, du bringst alle Übrigen in die Hauptstadt. In fünf Minuten soll hier niemand mehr anzutreffen sein!«

Schon setzte hektisches Treiben ein, um den Treck vorzubereiten.

»Therus wird euch nachsetzen, seid vorsichtig«, warnte Kjertan die drei Boten ein letztes Mal. Dann eilten diese zu ihren Pferden und ritten los. Da fiel Kjertans Blick auf einen kleinen roten Splitter, der noch auf dem Granitquader verblieben war. Vorsichtig berührte er das kleine Bruchstück. Es fühlte sich nicht so kalt an, wie es von einem gewöhnlichen glasartigen Stein zu erwarten gewesen wäre, aber es war ja auch kein gewöhnlicher Stein. Da der kleine Splitter keine Wirkung auf ihn zu haben schien, steckte er ihn ein. Ein Schwarm Finken flog zwitschernd über seinen Kopf hinweg.

* * *

Kjer öffnete die Augen und blickte sich um. Seine Träume wurden immer seltsamer. Er lag auf dem Rücken, eingeklemmt zwischen Freya und der Seitenwand. Nur einen knappen Schritt über ihm erhob sich das grob gezimmerte Dach des Verschlags. Viel mehr konnte er nicht sehen. Ringsum in den Büschen zwitscherten die Grünfinken um die Wette. Es roch nach frischem Holz und altem Stroh. Der Wind zog vom Ende der Welt durch das Unterholz hindurch bis zu ihrem Versteck – zur Klippe konnte es nicht weit sein.

Kjer blieb reglos liegen, er wollte Freya nicht wecken. Sie war aber bereits wach, drehte nun den Kopf und zwinkerte ihm zu. Dann deutete sie mit einer Handbewegung auf Aiko, der immer noch tief und fest schlief. »Mit dem hab ich kein Mitleid«, beschloss Kjer und knuffte Aiko über Freya hinweg in die Rippen. Dann schob er sich nach vorne aus dem Verschlag hinaus. Das Gefühl, eingeklemmt zu sein, mochte er überhaupt nicht.

Er blickte sich um: Sie waren von Dickicht umgeben. Die kleine, künstlich geschaffene Lichtung, auf der sie sich befanden, maß etwa vier mal vier Schritte. Neben dem Verschlag lagen zwei Rundhölzer als Sitzgelegenheiten. Von Nordwesten fiel Licht durch das Gebüsch. Kjer schätzte, dass sie vielleicht noch fünf Schritte von der Klippenkante entfernt waren.

»Wie gefällt es euch hier? Ist doch ziemlich luxuriös, oder?« Hakon trat einen Schritt vor, er war sichtlich stolz auf die Behausung. »Wenn ihr im Winter durchgefroren seid und in so einen Unterstand hineinkriecht, fühlt es sich besser an als die schönste Herberge in der Hauptstadt. Der Ausbau war auch nur möglich, weil Wigold die gesamte Aufmerksamkeit auf sich lenkt! Ihr habt schon Glück, dass jetzt gerade keine Wolken hier entlangziehen. Wenn man im Sommer drei Tage in einem Wolkenwirbel hockt, ist das schon unangenehm. So trocken wie derzeit ist es selten. Aber im Winter sind die Wolken richtig übel. Da frieren einem die Augen zu, wenn man nicht aufpasst, so viel kalte Feuchtigkeit ist dann in der Luft.«

Kjers Blick fiel auf einen großen Bogen, der zusammen mit einem mit Pfeilen gefüllten Köcher an einem Stamm hing. »Der gehört Solveigh«, erklärte Hakon. »Sie ist die beste Bogenschützin des Hochlandes. Wirklich. Ihr müsst sie mal schießen sehen. Sie trifft einfach alles. Früher wollte sie mal Reiterin bei der Bruderschaft werden, aber zum Glück ist sie zur Vernunft gekommen und hat erkannt, wie die Bruderschaft wirklich ist …« Hakon streckte sich genüsslich und sprach mit halbwegs normaler Lautstärke weiter: »Wir sind hier sicher. Jeweils eine halbe Meile rechts und links von uns ist ein Wachturm der Bruderschaft. Wenn sie am Erdstreifen entlanggehen, dann haben sie immer mindestens hundert Schritte Abstand zu uns. Mit dem Vogelgezwitscher und dem dichten Unterholz hören die uns nicht, und die ganzen Flechten, die wie ein Vorhang hier rumhängen, dämpfen dann noch einmal alles zusätzlich.«

Aiko kroch grummelnd aus dem Unterstand, um sich ausgiebig zu strecken. Freya folgte ihm und mühte sich mit ihren Haaren ab, die nach der Nacht im Stroh besonders verfilzt waren. Kjer und Aiko hatten schon gelernt, dass man sie hierbei nicht stören durfte, weil sie sonst äußerst gereizt reagieren konnte. Sie gingen also etwas auf Abstand, was aufgrund der Enge aber eigentlich nur bedeutete, dass sie sich einen Schritt weiterbewegten und Hakon zuwendeten.

»Und was passiert jetzt?«, fragte Kjer.

»Wir warten«, antwortete Hakon. »Nach dem Frühstück könnt ihr aber einzeln mal nach vorne an die Klippe kriechen. Ihr müsst immer einen Schritt im Gebüsch bleiben. Von dort aus könnt ihr ein Stück der Felswand sehen. Irgendetwas schlägt sehr regelmäßig in die Klippe ein. Etwas Metallenes. Es geht immer furchtbar schnell. Es zersplittert an der Klippe und fällt hinab ins Meer. Die Einschlagstellen kann man jedoch gut erkennen.«

»Und ihr schaut, wo die sind?«, fragte Aiko. »Verändern sich die Einschläge denn?«

»So ist es«, antwortete Hakon. »Wir haben eine Karte, in die wir alle Einschläge einzeichnen, zumindest die, die wir erkennen können.«

»Und wie verändern sich die Einschläge?«, fragte nun Freya.

Hakon drehte sich zur Seite, fasste in das Dach des Verschlags und zog eine zusammengefaltete selbst gezeichnete Karte heraus. »Über die Hälfte der Einschlagstellen können wir von hier beobachten. Mit wenigen Ausnahmen gab es bisher immer drei kurz aufeinanderfolgende Einschläge alle sieben Tage. Genauer gesagt: alle sieben Tage und vierzehn Stunden. Die Uhrzeit der Einschläge schwankt daher von Woche zu Woche. Morgen früh wäre es wieder so weit. Aber weil es auch immer ein paar Ausreißer gibt, wollen wir die Klippe rund um die Uhr überwachen!«

Hakon faltete die Karte ganz auf, sodass die Freunde die gesamte Skizze sehen konnten. Sie zeigte den Abschnitt der Klippe zwischen den Wachtürmen der Bruderschaft. Mehr als hundert Einschläge waren in ihr mit Datum versehen eingezeichnet, weitere zweihundert bis dreihundert nur mit einem Kreuz markiert. Nach und nach erkannten die drei Freunde, welches Muster sich hinter den Einschlägen verbarg. Im unteren Bereich der Klippe waren die Einschläge ohne Datumsanzeige. Hakon deutete darauf: »Das sind die

Einschläge, die man von hier oben erkennen kann und die entstanden sind, bevor wir mit der Beobachtung angefangen haben.«

Freya, Kjer und Aiko schauten aber nur auf die anderen Einschläge mit den Datumsangaben. Es gab zwar eine Streuung, aber es war dennoch eindeutig: Je jünger die Daten waren, desto näher waren die Einschläge an der Klippenkante.

»Es fehlen noch etwa neunhundert Schritte«, sagte Hakon ernst. »Wenn es in dem Tempo weitergeht, erreichen die Einschläge bald die Klippenkante, und davor hat die Bruderschaft unheimliche Angst.«

»Wie viel Zeit bleibt uns noch?«, fragte Kjer. Ein tiefes Unbehagen hatte ihn befallen.

»Das lässt sich kaum vorhersagen«, seufzte Hakon. »Vielleicht ein paar Jahre, vielleicht ein paar Monate, aber immer wieder haben die Einschläge einen deutlichen Sprung nach oben gemacht. Vielleicht fliegen ja schon die nächsten dieser unbekannten Objekte über die Klippenkante hinweg ...«

»Warum ist das denn so ein komischer Rhythmus? Warum gerade alle sieben Tage und vierzehn Stunden?«, fragte Aiko, den dieses Detail besonders beschäftigte.

»Darauf haben wir bislang auch keine Antwort gefunden«, antwortete Hakon. Er griff in seine Jackentasche und zog ein gefaltetes Blatt Papier heraus. »Wenn es dich so genau interessiert, kannst du dir mal die Tabelle anschauen. Wir notieren nämlich auch die Uhrzeiten. Hier draußen ist es ja schwierig, die Zeit auf die Minute genau zu bestimmen, aber es sind meistens etwa sieben Tage, vierzehn Stunden und elf Minuten. Wir haben schon überlegt, ob die Tage dort, wo die Metallteile losfliegen, zwei Stunden länger sind ...« Die drei schauten ihn mit großen Augen an, und Kjer blickte sehnsüchtig zur Klippe. Hakon seufzte gutmütig: »Dann frühstücken wir eben später …«

Schon war Kjer unterwegs zur Klippenkante, Freya und Aiko folgten ihm. Sie krochen so weit vor, dass sie zumindest auf der linken Seite die Steilwand sehen konnten. Die Einschläge waren gut zu erkennen: Trichterförmige, bis zu zwei Meter tiefe Löcher waren entstanden, als hätte eine gewaltige Faust auf die Felswand eingeschlagen. Darum herum war das Granitgestein in großen Brocken abgesplittert.

»Die Dinger müssen mit einer unheimlichen Wucht eingeschlagen sein, sonst würde man so ein Loch in den Fels gar nicht reinkriegen«, mutmaßte Aiko, nachdem sie wieder zum Versteck zurückgekrochen waren. »Was ist denn noch darüber bekannt?«

»Wir wissen nicht viel. Wigold glaubt, dass das irgendeine neuartige Technologie ist, er hat sich mit solchen Themen sehr viel beschäftigt, und die Schwankungen der Einschläge hängen eindeutig mit dem Erdmagnetfeld zusammen. Angeblich war dies ja das Forschungsgebiet, mit dem Therus vor fünfhundert Jahren berühmt geworden ist …«

»Muss es denn eigentlich so schlimm sein? Vielleicht gibt es ja einfach irgendwo noch andere Menschen, und wir wissen doch überhaupt nichts über deren Absichten«, meinte Freya.

»Wir wissen, dass vor fünfhundert Jahren die Anzahl der Bewohner des Hochlandes stark abgenommen hat, dass die Bruderschaft alles daransetzt, um das Geheimnis zu bewahren, was damals wirklich geschehen ist, und wir wissen, dass irgendwelche metallenen Dinge in die Klippe knallen und langsam, aber sicher nach oben wandern«, grübelte Aiko. »Nach der freundschaftlichen Kontaktaufnahme einer fremden Zivilisation sieht das irgendwie nicht aus. Was, meinst du, passiert denn, wenn die Dinger noch ein bisschen höher fliegen und zum Beispiel in der Hauptstadt landen?«

»Dann würden die meisten wahrscheinlich in der Mau…« Kjer stockte der Atem. Ein Schauder lief ihm den Rücken herunter. Deshalb gab es die massive Stadtmauer. Und deshalb war die Angst der Bruderschaft wohl berechtigt. Freya, Kjer und Aiko schauten sich erschrocken an. Sie dachten alle dasselbe.

»Ihr habt schnell kombiniert«, stimmte Hakon betrübt zu, »was das allerdings alles bedeutet, weiß ich auch nicht. Wir kratzen leider immer noch nur an der Oberfläche. Ich weiß aber, dass wir nicht die Einzigen sind, die ausnutzen, dass die Bruderschaft derzeit nur auf die Hauptstadt schaut. Im Wettergebirge gibt es eine Gruppe von uns, die mindestens genauso wichtige Aufgaben hat wie das, was wir hier machen.« Hakon merkte, dass die drei ihn gebannt anschauten, und wiegelte ab. »Für uns ist das aber unwichtig. Jeder hat seine Aufgaben.«

Kjer schien es, dass Hakon wahrscheinlich der Ansicht war, schon zu viel gesagt zu haben. Er war einfach der Typ, der lieber den Mund hält, wenn er etwas nicht genau wusste. Aber so langsam gewöhnte Kjer sich daran, dass er Informationen immer nur bröckchenweise erhielt.

Der Tag zog sich für die vier Wartenden dahin. Sie spielten Thaiding, aßen gelegentlich ein Brot oder ließen ihre Gedanken schweifen. Wenigstens war es schattig, und von den Wachen, die unweit von ihnen vorbeimarschierten, bekamen sie nichts mit. Sie waren froh, als der Tag endlich endete.

»Ab neun Uhr sollten wir morgen bereit sein«, sagte Hakon, als sie beim Abendbrot saßen. »Gegen halb zehn sind wieder sieben Tage und vierzehn Stunden rum.«

Am nächsten Morgen wurden sie abermals schon früh durch das Vogelgezwitscher geweckt.

»Ich kenn das Ganze ja schon. Einer von euch kann sich nach links legen, und einer kann etwas weiter da vorne durch das Dickicht nach rechts kriechen, ein bisschen was von der Klippenfläche kann man auch dort sehen«, schlug Hakon vor.

»Ich verzichte«, sagte Freya. Sie wusste, dass es Aiko mit seinem Wissensdurst und Kjer mit seiner Neugierde unheimlich wichtig war, das Ereignis von so nah wie möglich mitzuerleben.

»Wir brauchen zwei Strohhalme«, sagte Aiko, während Kjer zeitgleich schon zwei unterschiedlich lange Stöckchen aufgehoben hatte. »Wer den längeren zieht, darf nach links«, sagte er und hielt Aiko die Stöckchen entgegen. Kjer gewann. Hakon hatte das Geschehen leicht amüsiert beobachtet. »Vergesst bitte nicht, dass die Klippe jetzt von beiden Seiten unter besonderer Beobachtung durch die Bruderschaft steht. Ihr bewegt euch auf keinen Fall aus dem Dickicht heraus. Entweder ihr könnt die Einschlagstelle sehen oder nicht. Jetzt geht auf eure Posten!«

Langsam krochen Kjer und Aiko nach vorne. »Viel Glück«, flüsterte Aiko Kjer zu. »Danke, dir auch«, erwiderte dieser mit einem Augenzwinkern, dann kroch Kjer die letzten Meter nach links, und Aiko verschwand nach rechts. Sie lagen auf dem Bauch und warteten. Direkt an der steinigen Klippe, dort, wo mehr Licht ankam, wuchsen ein paar Grasbüschel. Vor Kjers Gesicht mühte sich eine Ameise damit ab, ein längliches Samenkorn abzutransportieren. Immer wieder verhakte dieses sich auf dem Boden. Aber unermüdlich zerrte und schob sie an dem Korn und verschwand langsam wieder aus Kjers Blickfeld. Die Zeit dehnte sich in die Länge, und er war dabei, in einen Tagtraum abzurutschen.

Da gab es plötzlich einen lauten Knall, gefolgt von einem durchdringenden, rauschenden Pfeifen. Der Boden vibrierte. Der erste Einschlag war erfolgt! Augenblicklich war Kjer wieder im Hier und Jetzt angekommen. Er streckte sich, konnte aber keine Veränderung erkennen. Aber es klang ohnehin so, als wäre der Einschlag viel weiter rechts gewesen. Einige Minuten war es still. Kjer merkte, dass er sich gegen den Boden drückte, die Anspannung war groß. Da knallte es wieder. Erneut zur Rechten. Und diesmal wesentlich lauter, unmittelbar gefolgt von dem durchdringenden Pfeifen. Der Boden zitterte, doch abermals sah er nichts.

»Der könnte in Aikos Blickfeld gewesen sein«, dachte er noch, und dann geschah es. Er hörte einen gewaltigen Knall, das Pfeifen im Ohr war unangenehm laut, und der Boden bebte. Kjer hatte nichts anfliegen sehen, aber in der Klippe, mitten in seinem Sichtfeld, war eine Staubwolke entstanden. Schwarze Metallteile und Steinsplitter flogen nach allen Seiten weg, und aus der Staubwolke heraus fiel ein schwarzer, platt gedrückter und komplett verformter Metallbrocken in die Tiefe, mitsamt einer Wolke aus Gesteinsmehl und größeren Gesteinsbrocken.

Die Staubwolke war in Sekunden verweht. Es blieb nur der Krater im Granit. Wäre er nicht etwas heller als die Umgebung gewesen, hätte man nicht geglaubt, dass an dieser Stelle vor wenigen Augenblicken noch eine glatte Granitwand gewesen war. Erschrocken schaute Kjer darauf. Er schluckte. Der Einschlag war deutlich oberhalb aller anderen Einschläge, zur Klippenkante fehlten vielleicht noch vierhundert Schritte. Schnell kroch er zurück.

Aiko war unmittelbar vor ihm zurückgekehrt. »Das war sehr nah«, sagte Hakon, »Klang so, als wäre er bei dir in der Nähe eingeschlagen. Konntest du die Stelle sehen?« Kjer nickte, noch immer sprachlos. Er zeigte auf die Karte, ungefähr dahin, wo er den Einschlag gesehen hatte. »So weit oben?«, fragte Hakon ungläubig. Kjer nickte. Ohne weitere Worte zu verlieren, kroch Hakon nun selbst zur Klippenkante.

Derweil schauten Aiko und Freya aufgeregt auf die Karte. Aiko fand zuerst seine Sprache wieder: »Vielleicht war das ja nur ein glücklicher Zufallstreffer, aber wenn man sich die letzten Einschläge anschaut und diesen dazunimmt, dann haben wir sicher keine zehn Jahre mehr …«

»Wo war dein Einschlag, konntest du ihn sehen?«, fragte Freya Aiko.

»Nein, leider nicht, der war zu weit rechts, die Klippe ist in dem Bereich ein wenig nach außen gewölbt«, antwortete dieser.

Da kam Hakon schon zurück. Er sah besorgt aus. »Ich muss mir den zweiten Einschlag anschauen …« Damit verschwand er parallel zur Klippe kriechend im Dickicht. Ratlos blieben die Freunde zurück.

»Habt ihr das Pfeifen gehört? Das kam nach dem Einschlag an. Das Teil flog schneller als der Schall!«, sagte Aiko.

»Wie bei einem Gewitter meinst du, wenn man den Blitz zuerst sieht, bevor Sekunden später der Donner ertönt?«, fragte Kjer.

»So halb. Bei einem Gewitter ist das Licht viel schneller als der Schall. Wir haben hier ja nur Schall. Aber der Schall vom Aufschlag kommt vor dem Schall des Fluges an, weil der Einschlagspunkt näher dran ist als die Flugbahn, bei der das Geräusch entsteht.«

Kjer glaubte die Erklärung verstanden zu haben, aber es war ihm auch nicht so wichtig. Zum ersten Mal in seinem Leben fühlte er eine Bedrohung, die weit über die Gefahr des

Erwischtwerdens durch die Bruderschaft hinausging. Die Bruderschaft, das waren ja die eigenen Leute, mit Prinzipien und Regeln. Aber das, was da in die Klippe einschlug, war anders. Es kam nicht vom Hochland, sondern von irgendwo weit weg, und es war weder begreifbar, noch schien man sich wirklich davor schützen zu können.

Nach zwei Stunden war Hakon plötzlich wieder da. Völlig geräuschlos war er ins Lager zurückgekehrt. »Der andere Einschlag ist mindestens genauso hoch wie der hier vorne«, berichtete er.

»Dann war der Treffer hier wohl kein zufälliger Ausreißer«, meinte Kjer besorgt.

Aiko schien zu wissen, was das für ihre Reise bedeutete: »Wahrscheinlich wäre es gut, wenn die Nachricht schnell zu Wigold gelangt, oder?«

Hakon zögerte keinen Augenblick. Egal mit welcher verbleibenden Zeit Wigold auch gerechnet hatte, die Restzeit, bis die Einschläge das Hochland erreichen würden, dürfte sich mit diesen neuen Einschlägen massiv verkürzt haben. Für den großen Plan zur Rettung des Hochlandes, so es diesen überhaupt geben sollte, war dies natürlich eine enorm wichtige Information. »Es tut mir leid, dass ihr eure Reise abbrechen müsst, aber das muss Wigold wirklich schnellstmöglich erfahren«, bestätigte Hakon. Als kein Widerspruch erfolgte, fuhr er fort: »Wir brechen so früh wie möglich auf, und ihr nehmt die nächsten Seilbahnwagen zurück. Die Kosten für die Fahrscheine sind kein Problem, wir haben eine gut gefüllte Kasse für solche Ausgaben. Wigold wird schon wissen, wie wir darauf reagieren müssen.« Hakon sprach voller Überzeugung. Ohne Frage beunruhigten ihn die neuen Erkenntnisse auch, aber er schien ein unerschütterliches Vertrauen in Wigold zu haben.

Der Tag zog sich ewig hin. Freya, Kjer und Aiko packten ihr Gepäck zusammen und achteten penibel darauf, dass kein Klappern zu hören war. Dann blieb ihnen nichts übrig, als zu warten. Noch nie in ihrem Leben hatten sie so die Nacht herbeigesehnt.

Endlich fing es an zu dämmern. Das Licht, das durch das dichte Gestrüpp zu ihnen drang, wurde immer schwächer, das orange Farbspiel des Sonnenuntergangs wurde blasser und grauer. Hakon zog seine Schuhe aus und setzte sich an den Verschlag gelehnt hin. »Wir werden die ganze Nacht unterwegs sein, ihr solltet jetzt schlafen«, sagte er. Kjer schaute ihn mit einem Gemisch aus Verzweiflung und Fassungslosigkeit an: »Aber es wird doch gleich dunkel, können wir nicht jetzt schon los?«

»Wir werden so oder so erst die Seilbahnwagen morgen Vormittag bekommen«, erwiderte Hakon mit bereits geschlossenen Augen, »Und nicht einmal die werden wir kriegen, wenn wir jetzt erwischt werden. Nach Mitternacht gibt es nun einmal weniger Streifen.«

Hakon hatte recht. Der Grund, warum er in den letzten Jahren nie erwischt worden war, war vermutlich, dass er keine vermeidbaren Fehler beging.

Hakon schlief. Kjer schloss ebenfalls die Augen, aber schlafen konnte er nicht. War der Tag schon langsam vergangen, so zogen sich die Stunden jetzt noch mehr in die Länge. Kjer kroch noch einmal an den Klippenrand vor, um die frische Luft zu atmen. Er hatte das Gefühl, in dem Dickicht zu ersticken.

Irgendwann erhob sich Hakon, gab jedem eine Matte und kroch voran. An der Kante des Grünen Gürtels, im letzten Gebüsch vor der Freifläche, ließ Hakon sie wieder warten, nahm die Matten und schlich alleine weiter. Kjer blinzelte in den Himmel. Die Sterne schienen hell. Er versuchte abzuschätzen, wie spät es wohl sein mochte. Vielleicht Mitternacht, vielleicht schon zwei Uhr morgens, er hatte jegliches Zeitgefühl verloren. Da sah er etwas. War das in der Ferne nicht ein Licht? Offensichtlich hatte Hakon den Lichtschein auch bemerkt, er tauchte plötzlich wieder vor ihnen auf. »Zurück«, flüsterte er, »mindestens zehn Schritte und flach hinlegen und vor allem leise.« Damit verschwand er wieder.

Langsam krochen die drei zurück. Immer weiter, rückwärts in das Unterholz. Sie konnten das Licht nicht mehr sehen, und Hakon blieb verschwunden. Kjer vermutete, dass er die Matten bereits ausgelegt hatte und sie nun schnell wieder verschwinden lassen musste. Wie gebannt lagen sie auf den Boden gepresst und wagten kaum zu atmen. Da war das Licht wieder, und es bewegte sich auf sie zu! Fast schon auf ihrer Höhe angekommen, war der Schein einer hellen Öllampe zu erkennen. Gleich würde sich zeigen, ob Hakon es noch rechtzeitig geschafft hatte, den Erdstreifen in den Ursprungszustand zurückzubringen.

Kjer meinte, drei Männer zu hören, die auf ihrer Seite des Erdstreifens entlanggingen. Als sie ihr Versteck passierten, konnte er Gesprächsfetzen verstehen: »... wir können das nicht mehr lange geheim halten, es muss einfach alles schneller gehen«, sagte einer. »Noch schneller? Es wird ja jetzt schon immer schwieriger, dass niemand etwas mitbekommt«, antwortete ein anderer. Mehr war nicht zu verstehen. Die Schritte entfernten sich. Wie gebannt lauschte Kjer in die Nacht, aber es war nichts mehr zu hören. Was hatten die Männer gemeint, was musste schneller gehen? Am liebsten wäre er hinter den Wachen hergeschlichen.

Nach ein paar Minuten hörten sie Hakon flüstern:

»Kommt raus, es geht weiter!« Langsam kroch das Trio wieder auf die freie Fläche. Das Licht war nicht mehr zu sehen. »Zügig jetzt«, flüsterte Hakon. Sie krabbelten über die Matten, die Hakon bereits ausgebreitet hatte, und huschten gleich weiter, bis sie im Schutze einer Buschgruppe angekommen waren.

Der Rückweg ging schneller. Als sie um die letzten Hügel bogen und sich die Silhouette des Hofes vor ihnen abzeichnete, hörten sie Aegir, Hjuki und Ylvi schnauben. Die Tiere kamen trotz der späten Stunde unruhig an den Zaun.

»Packt schnell eure Sachen, aber macht so wenig Licht an wie möglich. Wenn ihr fertig seid, geht es weiter«, drängte Hakon. Die Pferde waren wegen der ungewöhnlichen Zeit des Aufsattelns ein wenig irritiert. Aegir schaute Kjer an, als wollte er fragen, ob dieser sich nicht in der Uhrzeit vertan hätte. Sein Schnauben klang ein wenig vorwurfsvoll. »Du meinst, dass anständige Pferde um diese Zeit schlafen, nicht wahr? Wir sind bald wieder zu Hause, da kannst du dich ausruhen«, beruhigte Kjer sein Pferd und strich ihm durch seine lange, zottige Mähne.

Sie brachen auf und ritten im Schritt ritten durch das offene Gelände nach Süden. Irgendwann dämmerte es und der Horizont im Osten färbte sich wieder heller. Vereinzelt ritten sie durch Frühnebelschwaden. Kjer blickte zu Freya hinüber. Sie sah müde aus, ebenso Aiko. Sobald die Lichtverhältnisse es zuließen, trieb Hakon sein Pferd etwas an. So ging es weiter über die trockene Graslandschaft. Die Dämmerung und mit ihr der Nebel waren verflogen. Unvermittelt hielt Hakon sein Pferd vor einer großen Buschgruppe an und drehte sich um: »Hinter dem nächsten Hügel liegt die Straße von Fiskheym zur Seilbahnwagenstation. Ich reite kurz vor und schaue, ob der Weg frei ist. Wir befinden uns zwar außerhalb der Gefahrenzone, aber wir müssen ja trotzdem keine unnötigen Fragen provozieren.«

Die Straße war menschenleer. Sie ritten nach Süden, als ob sie nie vom Weg abgekommen wären. Nur die Kletten und Dornen im Fell der Pferde hätten verraten können, dass sie die letzten Tage außerhalb der befestigten Wege gewesen waren.

Zwanzig Minuten vor Abfahrt kamen sie an der Station an und stiegen ab. Die Seilbahnwagen standen am Bahnsteig. Im Grunde sahen sie aus wie eine Aneinanderreihung mehrerer Gondeln, die allerdings vorne und hinten kleine Türen hatten, durch die man mit einem mutigen Schritt während der Fahrt von Gondel zu Gondel gelangen konnte. Hinten wurden Kühlkisten mit Fisch und große Fässer mit Salz verladen und in den mittleren Gondeln streckten Pferde neugierig ihre Köpfe aus Luken heraus. Vorne auf dem Gleis herrschte reger Betrieb, und um eine Holzwand mit Aushängen hatte sich eine Menschenmenge gebildet.

Freya, Kjer und Aiko waren hungrig und müde. »Ihr braucht noch Fahrscheine«, sagte Hakon, »ich kümmere mich darum, bringt ihr die Pferde zu den Pferdegondeln!« Aiko drückte Kjer die Zügel von Ylvi in die Hand. »Hakon, das ist wirklich nett, aber wir können die Fahrkarten selbst bezahlen. Unsere Reisekasse ist noch gut gefüllt«, lehnte er das Angebot ab. Hakon musterte ihn. »In Ordnung. Wenn euch das lieber ist, gerne.«

Er stellte sich mit Aiko an, um die Karten zu kaufen, während Kjer und Freya die Pferde wegführten. Aiko überkam ein ungutes Gefühl. Er drückte Hakon die Reisekasse zum Kauf der Fahrkarten in die Hand und drängelte sich durch die Menschenmenge hindurch zu den Nachrichten. Sogleich fiel sein Blick auf den ersten Bericht des *Hochländer Mittagskuriers*:

Fahndungserfolg der Bruderschaft in der Hauptstadt. Vier Personen auf frischer Tat ertappt und festgenommen!

Es war die Ausgabe vom Freitag, die heute am Samstag an der Seilbahnwagenstation aushing. Aiko wurde blass. Er hatte Angst, den Text zu lesen.

Nachdem die wiederholten Sachbeschädigungen und Schmierereien die Stadt zwei Wochen lang in Atem gehalten haben, haben sich die verstärkte Präsenz der Bruderschaft und die Einschränkung der Bürgerrechte bis hin zur nächtlichen Ausgangssperre offensichtlich ausgezahlt. In der Nacht von Donnerstag auf Freitag konnte die Bruderschaft vier Personen auf frischer Tat ertappen, als sie dabei waren, ein übergroßes Wappen der Sekte auf die Fassade der Höheren Baumeisterischen Lehranstalt zu schmieren. Sie wurden festgenommen.
Ein Sprecher der Bruderschaft zeigte sich überzeugt, dass jetzt wieder Ruhe und Ordnung in der Stadt und auf dem gesamten Hochland einkehren würden.
Fragen aus dem Rat der Bürgerschaft zu näheren Umständen der Verhaftung ließ die Bruderschaft unbeantwortet. Die Aufforderung des Rates, eine eigene Befragung der Täter – allesamt bislang unbescholtene Bürger – durchführen zu können, wurde abgelehnt.
Die Bruderschaft informierte, dass die Beschuldigten möglicherweise aufgrund einer psychischen Erkrankung gehandelt hätten. Es könne nicht ausgeschlossen werden, dass diese ansteckend sei. Daher seien die Beschuldigten unverzüglich in die Nervenheilanstalt außerhalb der Stadt gebracht worden. Aufgrund der möglichen

Ansteckungsgefahr sei vorerst nur dem ärztlichen Personal und den Ermittlern der Bruderschaft der Kontakt erlaubt.

Besonders erfreut zeigte sich die Bruderschaft darüber, dass ihr offenbar auch der Kopf der Bande, Wigold Thruster, ins Netz gegangen ist. Dieser soll angeblich bereits geständig gewesen sein. Dennoch seien alle Bürger aufgerufen, weitere Auffälligkeiten zu melden und aufmerksam zu bleiben. Sollte es sich wirklich um eine ansteckende Krankheit handeln, gelte es, alles Notwendige zu veranlassen, um die weitere Ausbreitung zu vermeiden.

Aiko schluckte. Die Nervenheilanstalt. Im Gegensatz zum Gefängnis, wo man sich bei einem Prozess äußern könnte, verschwand man hier aus dem Blickfeld der Öffentlichkeit.

Hakon hatte inzwischen die Fahrkarten gekauft. »Haben sie Wigold?«, fragte er nur. Aiko nickte. »Komm weiter. Ihr müsst trotzdem diese Seilbahnwagen kriegen. Die Information muss immer noch in die Hauptstadt.«

Kjer und Freya standen bereits vor den Personengondeln. Kjer blickte zu Aiko und erkannte sofort, dass irgendetwas nicht stimmen konnte. »Was ist passiert?«, fragte er. Aiko drehte sich einmal kurz zu dem Aushang um und blickte dann zu Freya. Freyas Augen füllten sich mit Tränen. »Wigold ist verhaftet worden«, antwortete Aiko mit Zittern in der Stimme. »Und ein paar andere auch noch.« Er gab den Bericht in kurzen Worten wieder. Plötzlich warf sich Freya an Kjers Schulter und begann zu weinen. Kjer nahm sie in den Arm, aber er wusste auch nicht so recht, was er sagen sollte. Er hatte Freya schon seit Jahren nicht mehr weinen sehen, für sie war es natürlich viel schlimmer. Wigold war ihr Bruder, ihr engster Vertrauter, ihr wichtigster Bezugspunkt.

»Eure Wagen fahren gleich ab«, mahnte Hakon und öffnete die Tür, »ihr müsst jetzt einsteigen.« In seinem Gesicht ließ sich keine Regung erkennen, in Kjers Kopf hingegen drehte sich alles. Warum sollten sie überhaupt noch losfahren? Wem sollten sie denn jetzt die Nachricht überbringen? Aber Hakon fuhr unbeirrt fort: »Ich kann hier nicht weg – jeder von uns hat seine Aufgaben. Ihr müsst als Erstes die Nachricht in der Hauptstadt melden, alle haben sie ja nicht erwischt. Überlegt euch einen Plan, gemeinsam werdet ihr Wigold und die anderen schon befreien. Vielleicht kann euch auch noch jemand anderes von Wigolds Gefährten helfen. Ihr habt einiges auf dem Kasten, das weiß ich …«

Damit schob er Freya und Kjer sanft Richtung Tür und klopfte Aiko auf die Schulter. Freya weinte immer noch, drückte Hakon aber die Hand und stieg ein. Aiko und Kjer folgten ihr. Kjer drehte sich noch einmal um und reichte Hakon durch die geöffnete Tür die Hand. »Danke, dass du das Risiko eingegangen bist und uns alles gezeigt hast.« Er bemühte sich mit fester Stimme zu sprechen. »Wir werden uns etwas einfallen lassen …«

»Es war nicht geplant, dass ihr so tief in die ganze Sache hineingeratet, aber wir brauchen Wigold.« Hakon schaute Kjer eindringlich an. »Kjer, es kommt jetzt auf dich an. Denk immer dran: Ein starker Wille kann Berge versetzen!«

Kapitel 16: Der Plan

Die Seilbahnwagen waren nur halb voll. Sie fanden ein freies Abteil, zogen die Tür hinter sich zu und ließen sich auf die gepolsterten Lederbänke fallen. Rumpelnd setzten sich die Wagen in Bewegung. Niemand sagte etwas. Das Ganze war außer Kontrolle geraten. Wer waren sie, dass sie die Bruderschaft herausfordern konnten?

Freya und Kjer hatten in der Eile nur die Wasserflaschen vom Gepäck abgemacht. »Aiko, nimm die Geldbörse mit, jetzt kommt es auch nicht mehr drauf an, wir holen uns was zu essen«, sagte Kjer und streichelte Freya etwas hilflos über die Schulter. »Wir haben acht Stunden Zeit, um uns zu überlegen, wie es weitergeht. Ich verspreche dir, dass wir Wigold rausholen.« Kjer gab sich Mühe, dies in einem Tonfall zu sagen, als wäre es das Selbstverständlichste der Welt, als würde er seinen Schwestern gerade versprechen, mit ihnen auf den Spielplatz zu gehen. Er beachtete deshalb auch Aiko nicht, der ihn erschrocken anschaute. In Aikos Blick erkannte er jedoch, dass dieser etwas sagen wollte, aber es wohl für schlauer hielt, damit zu warten, bis Freya sie nicht mehr hören konnte.

»Da hast du dich aber weit aus dem Fenster gelehnt, oder hast du nicht richtig zugehört? Sie sind in der Nervenheilanstalt«, sagte Aiko vorwurfsvoll, als sie über den schmalen Gang des Wagens liefen. »Freiwillig lassen die ihn bestimmt nicht laufen.«

»Was hätte ich denn sagen sollen«, verteidigte sich Kjer. In seinem Kopf ratterte es, denn auch das am Vortag Erlebte war noch nicht verarbeitet. Es war wirklich so – mit jeder Antwort taten sich zwei neue Fragen auf. »Warum hat gerade Fiskheym keine Stadtmauer, obwohl die Stadt doch direkt an der Klippe liegt?«, grübelte er.

Die Preise am Essensstand waren ziemlich unverschämt, dennoch besorgten sie Gerstenkaffee und belegte Brote. Gleichzeitig schaute Kjer, was es für Freya geben könnte. Sie aß besonders gerne Obst, und neben dem herkömmlichen Hochlandobst wie Äpfeln und Birnen gab es sündhaft teure Orangen aus den Gewächshäusern. Sie kauften noch drei Birnen und eine Orange. Wieder an ihrem Abteil angekommen reichte Kjer Freya wortlos die Orange. »Danke«, sagte sie leise.

Aiko biss von seinem Brot ab: »Wenn du überzeugt bist, dass wir das schaffen können, dann bin ich es auch. Wir müssen systematisch vorgehen. Wir sollten alle Ideen aufschreiben und dann die ausschließen, die vollkommen unmöglich sind. Vielleicht können wir so einen Ansatz finden.« Sie fingen an Stichpunkte zu notieren, diskutierten Pläne und verwarfen sie wieder. Aber sie fanden einfach keine Lösung.

»So kommen wir nicht weiter,« meinte Kjer geknickt, »wir müssen anders vorgehen. Komm schon, Aiko!«

Aiko dachte angestrengt nach: »Wir müssen eine Schwachstelle finden. Sie sind ja in keinem Gefängnis. Da könnte es Menschen geben, die einen Häftling befreien wollen, aber in der Nervenheilanstalt sind für gewöhnlich doch nur kranke Menschen. Es dürfte eine absolute Ausnahme sein, dass sie dort gesunde Menschen einsperren …«

Freya bemühte sich, daraus einen Vorteil abzuleiten: »Aus

einem Gefängnis wird man nach einer festen Zeit entlassen, aber aus einer Nervenheilanstalt erst dann, wenn man nicht mehr krank ist.«

Aikos Augen strahlten plötzlich: »Das könnte ein Ansatz sein! Wir nutzen es aus, dass Wigold aus Sicht der Bruderschaft eigentlich in ein Gefängnis gehört, sie ihn aber aus anderen Gründen wie einen Kranken behandeln. Wir müssen ihn gar nicht gewaltsam rausholen, er muss nicht ausbrechen. Wir müssen nur dafür sorgen, dass er als geheilt gilt!«

»Genau!«, sagte Freya grimmig, »Die Bruderschaft ist doch immer so geheimniskrämerisch, da weiß bestimmt die rechte Hand nicht, was die linke macht, das müssen wir gegen sie nutzen!«

Kjer freute sich, das war tatsächlich ein Ansatz, etwas Substanzielles. Auch wenn das noch lange nicht reichte, aber wenigstens hatten sie eine Idee, aus der sich vielleicht ein Plan entwickeln ließ.

Kjer merkte, dass auch er plötzlich sehr müde war. »Lasst uns eine Pause einlegen.« Er machte es sich auf seinem Platz bequem und lehnte seinen Kopf an. Sein Blick fiel nach draußen auf die Landschaft, die an ihnen vorbeiglitt. Sonnenbeschienene Hügel, kleine Busch- und Baumgruppen, endlose Grasflächen, von Ochsen angetriebene Seilwinden und in regelmäßigen Abständen die Türme des Hochlandes. Was war ihr Zweck gewesen? Waren sie einst zur Verteidigung gedacht gewesen oder vielleicht als Wachposten? Spätestens seit dem Erlebnis an der Klippe sah er alles mit einem anderen Blick. Er schloss die Augen und fiel in einen bleiernen Schlaf.

* * *

Varg, Briga und Savant standen auf einem Hügel und blickten gen Norden aufs Meer. Seit dem Kampf gegen Therus und der Zerstörung des Kristalls war einige Zeit vergangen. Möwen flogen kreischend über sie hinweg. Dann wandten sie ihre Blicke nach Osten. Der Boden zitterte. Reiter galoppierten am Hügel vorbei. »Es sollten mehr sein«, sagte Varg ungewöhnlich nachdenklich.

Ein Reiter strebte ihnen entgegen: »Ich bringe leider keine guten Nachrichten. Wir haben die Kontrolle verloren, gestern sind Bestien bis in die Hauptstadt vorgedrungen. Unsere Reihen werden immer lichter …«

Varg wusste, was der Reiter von ihm forderte. Er sah zu Briga. Dann schüttelte er den Kopf. »Wir warten bis zum letzten Moment. Die Tisiphone ist schnell. Vielleicht schafft es Kjertan noch zurück nach Noorby.«

»Wenn ihr nicht bald den Befehl gebt, ist es zu spät …«, antwortete der Bote verzweifelt.

»Wir rechnen erst morgen mit der nächsten Welle«, erwiderte Varg entschieden. »Gebt an alle Reitern weiter, dass sie noch einen Tag durchhalten müssen. Das sind wir alle Kjertan schuldig.«

Der Bote nickte, wendete sein Pferd und eilte den Reitern hinterher.

Savant blickte auf den Boden: »Keine weitere Welle«, sagte er. Er schüttelte den Kopf. »Keine Welle. Keine weitere Welle.«

»Wenn Kjertan mit seiner Mission erfolgreich gewesen wäre, dann hätten die Angriffe bereits aufgehört …«, sagte Varg leise.

»Das mag sein, aber er schafft es, er kommt dennoch zurück«, erwiderte Briga entschieden.

»Ich hasse es, zu verlieren«, fügte Varg an.

Briga schüttelte den Kopf. »Vielleicht können wir nicht gewinnen, aber wir haben doch unser Ziel erreicht. Die Vor-

bereitungen sind abgeschlossen. Die Bestien werden auch nicht siegen …«

»Nicht heute. Da gebe ich dir recht. Aber sie werden nicht aufgeben. Mag es auch tausend Jahre dauern. Sie werden zurückkehren …«

* * *

Kjer schreckte auf. Freya saß aufrecht am Fenster und schien ihn zu beobachten. »Du hast im Schlaf geweint«, sagte sie leise. Kjer wischte sich entschieden eine Träne weg. »Nein«, erwiderte er nur. Die Sonne stand bereits im Westen und schien ihm ins Gesicht.

Freya hatte mittlerweile wieder etwas Farbe bekommen, und ihre Haare waren frisch geflochten. »Die Orange war lecker …«, sagte sie.

»Das freut mich«, antwortete Kjer nachdenklich. Der Traum ging ihm nicht aus dem Kopf, aber jetzt war wirklich keine Zeit, um sich mit Hirngespinsten zu befassen. »Wir müssen auch noch schauen, wie wir uns weiter verhalten. Was wir zu Hause erzählen und so …«

Durch das Gespräch geweckt, öffnete auch Aiko die Augen. Er sah noch ziemlich verschlafen aus und kriegte seine Augen gar nicht richtig auf, was ziemlich lustig aussah. Kjer freute sich, dass Freya bei diesem Anblick wieder ein wenig lächeln konnte. Sie hielt Aiko die Wasserflasche hin. Nach ein paar Schlucken war Aiko wieder so wach, dass sie sich an die weitere Planung machen konnten.

»Sie haben doch nur von vier Tätern geschrieben. Einer von Wigolds Freunden wurde offensichtlich nicht erwischt. Ich weiß, wo alle wohnen, wir sollten also schnell herausfinden können, wer es ist, und ihn möglichst bald treffen«, meinte Freya.

Aiko setzte an, die Idee zur Befreiung weiterzuentwickeln: »Wenn jemand aus einem Krankenhaus entlassen wird, kriegt er doch bestimmt zuvor eine Gesundschreibung. So wie man eine Gesundschreibung vom Arzt braucht, wenn man eine ansteckende Krankheit hatte, bevor man wieder in die Schule gehen darf. Im Grunde ist eine Nervenheilanstalt doch auch nur ein Krankenhaus. Vielleicht müssen wir nur dafür sorgen, dass die Wigold von selbst entlassen.«

»*Nur* ist gut«, gab Freya zu bedenken, wollte damit aber nicht zum Ausdruck bringen, dass sie die Idee für schlecht hielt. »Es ist ja nicht gesagt, dass sie einen ganz entlassen, vielleicht wird man dann in ein echtes Gefängnis verlegt oder sogar nur unter Hausarrest gestellt – ich finde *so* undenkbar ist das nicht …«

Kjer ergänzte Aikos Aussage: »Die Bruderschaft ist ziemlich groß. Da weiß bestimmt nicht jeder über jeden Bescheid. Wir müssten es irgendwie schaffen, bei denen die Entlassungsunterlagen oder die Gesundschreibung zu platzieren … Und wir waren schon einmal in der Verwaltung der Nervenheilanstalt im Stadtgebäude!« Sie berichteten Freya von ihrem Erlebnis, als sie die Reisegenehmigungen abholen wollten und sich dabei verlaufen hatten.

»Mein Onkel sollte auch hilfreich sein. Er arbeitet doch direkt für die Bruderschaft und dürfte Zugang zu den meisten Bereichen im Stadtgebäude haben«, ergänzte Aiko.

Kjers Augen strahlten. So langsam entstand ein echter Plan, und sie hatten eine Beschäftigung. Das Schlimmste für ihn wäre gewesen, wenn sie in der Hauptstadt angekommen wären und er sich untätig in sein Zimmer hätte zurückziehen müssen.

»Wollen wir unsere Eltern einweihen?«, fragte Kjer zwischendurch. Die Freunde schauten sich nachdenklich an.

»Vorerst nicht«, meinte Aiko. »Vielleicht werden wir noch einmal Hilfe brauchen, aber sie könnten derzeit sowieso nichts tun. Im schlimmsten Fall wollen sie das alles öffentlich machen. Solche Entscheidungen sollten wir Wigold überlassen. Manchmal ist es besser, wenn man nicht alles weiß.«

Freya seufzte. Es würde schwierig werden, ihrem Vater das zu verheimlichen. Sicherlich würde er auch baldmöglichst nach Hause zurückkehren.

»Wenn wir alle Informationen beisammenhaben, müssen wir die Gesundschreibung zur Nervenheilanstalt kriegen«, grübelte Aiko.

Kjer überlegte: »Die Poststelle ist direkt neben der Ratsstube. Wir brechen einfach in die Sonderabteilung im Stadtgebäude ein, fälschen die Entlassungsunterlagen und lassen die Bruderschaft Wigold für uns entlassen. Wie Freya vorhin schon gesagt hat, verwenden wir ihre eigene Geheimniskrämerei gegen sie. Ich würde mein Olivenbäumchen darauf verwetten, dass die Ärzte in der Nervenanstalt nur die allernotwendigsten Informationen von der Bruderschaft erhalten haben!« Er sagte das so ruhig und emotionslos, wie er nur konnte. So, wie Hakon das sagen würde. Oder Wigold.

Freya und Aiko schauten ihn verblüfft an. Es war ein wahnsinniger Plan, aber er könnte funktionieren. Natürlich wurden Krankenakten im Stadtgebäude bearbeitet, und das Personal draußen in der Nervenheilanstalt würde offizielle Entlassungsunterlagen hoffentlich nicht infrage stellen.

»Wenn wir das schaffen sollten, müssen wir aber auch wissen, wie es weitergeht. Wir dürfen keine Spuren hinterlassen, die zu uns führen, und wir müssen auch einen Fluchtplan für Wigold und die anderen haben. Das Hochland ist nicht unendlich groß, und die Bruderschaft wird auf der Suche nach ihnen jeden Stein umdrehen«, führte Aiko ihren Plan weiter aus.

»Wigold kann das besser als wir«, sagte Freya mit Überzeugung, »wenn wir ihm ein bisschen Geld und ein Pferd geben, schlägt der sich schon durch.«

In diesem Moment fuhren sie über eine große steinerne Brücke. Unter ihnen lag der Kanal, der aus der Sonderelva gespeist wurde und schnurgerade bis in den Regeneichenwald verlief. »In einer Stunde sind wir da«, stellte Kjer fest.

Schließlich fuhren sie in die Seilbahnwagenstation nahe der Hauptstadt ein. Diese unterschied sich nicht sonderlich von der Station in Fiskheym. Kisten mit Fisch und Fässer mit Salz wurden ausgeladen, verschiedene Waren für das Wettergebirge zugeladen und die Zusammensetzung der Waggons geändert. Für solche logistischen Details hatten Freya, Kjer und Aiko jedoch keine Augen, als sie auf dem Bahnsteig standen, denn sie fühlten sich irgendwie beobachtet.

»Schaut mal unauffällig nach rechts. Seht ihr den, der da auf der Bank sitzt und in dem Pergament liest? Der schaut die ganze Zeit in unsere Richtung«, flüsterte Aiko. »Genau so, wie Berno uns damals beobachtet hat!«

»Da hinten steht einer mit einem Kaffee, der schaut ständig den Bahnsteig entlang. Der ist garantiert auch von der Bruderschaft«, meinte Freya.

»Geht einfach weiter, für uns sind das nur ein Pergamentleser und ein Kaffeetrinker. Die haben keine Ahnung, wer wir sind oder was wir wissen. Die entwickeln höchstens Interesse an uns, wenn wir uns auffällig verhalten«, wies Kjer die beiden an und ergänzte nach einer kurzen Pause: »Wir sollten uns nicht verrückt machen.«

Sie holten ihre Pferde von den hinteren Waggons ab. Bis

zur Stadt würden sie noch etwa zwei Stunden brauchen. Die Straße von der Station zur Stadt war durchgehend gepflastert. Nachdem sie den größten Teil der Strecke zurückgelegt hatten, zweigte ein sandiger Weg nach rechts ab. *Nervenheilanstalt* stand auf einem kleinen, unscheinbaren Wegweiser. Wigold war gerade nur eine Meile von ihnen entfernt, doch sie konnten nicht zu ihm.

Die Stadtmauer wirkte nun ganz anders auf sie. Unwillkürlich prüfte Kjer, ob sie Spuren von Einschlägen aufwies. Er entdeckte nichts.

Sie ritten von Norden in die Stadt hinein. An jeder größeren Kreuzung standen Wachen. Sie sahen auch einige weitere Menschen, die so taten, als würden sie sich auf ein Pergament konzentrieren, in Wirklichkeit aber die Umgebung beobachteten.

Heimlich stellten die Freunde ihr Gepäck in Freyas Garten ab und führten die Pferde zur Weide. Freya, Kjer und Aiko hätten wenigstens einen Tag Pause gut brauchen können, aber dafür war keine Zeit. Auf dem Weg zurück zu ihren Häusern sprachen sie noch einmal das weitere Vorgehen ab: »Unsere offizielle Version lautet wie folgt: Wir sind so schnell wie möglich zurückgekommen, weil Freya sich Sorgen um ihren Bruder gemacht hat. Mehr nicht. Heute Abend wollen wir uns noch mal treffen, um die Reise gemeinsam ausklingen zu lassen«, fasste Kjer zusammen.

Als das Trio wieder bei seinem Gepäck ankam, verabschiedeten sie sich an der Gartenpforte. »Um acht Uhr abends kommen wir rüber«, rief Kjer Freya noch zu, dann betrat er den eigenen Garten. Neela und Freda spielten dort gerade Fangen, und als sie das Klappern der Gartenpforte hörten, stürzten sie sich auf ihn und begrüßten ihn freudig: »Wie war es am Ende der Welt?« – »Stimmt es, dass die

Menschen dort so komisch sprechen, dass man die gar nicht verstehen kann?« – »Stimmt es wirklich, dass die da nur salziges Wasser haben?«

»Es war sehr schön, lasst ihr mich mal bitte los, das Gepäck ist schwer, ich erzähl euch nachher alles«, wehrte Kjer ab. »Helft ihr mir tragen?« Damit hielt er ihnen die schweren Satteltaschen entgegen, die die beiden auch sofort ergriffen und eifrig hinter ihm her zur Küchentür schleppten. Er sprang die paar Stufen hinauf, aber bevor er sie öffnen konnte, stand schon seine Mutter im Rahmen und sah ihn besorgt an. »Ihr habt sicher schon gehört, was passiert ist?«, fragte sie. Kjer nickte. »Wir sind mit den Seilbahnwagen zurückgekommen.«

»Wie geht es Freya?«

»Nicht so gut, wir gehen nachher noch mal rüber«, antwortete er.

»Aber ich verstehe auch nicht, warum die das gemacht haben.«

»Hast du doch gelesen, Mama, sie sind krank«, erwiderte Kjer ironisch.

»Blödsinn. Dass irgendwas mit unserer Geschichte nicht so ganz stimmen kann, mit dem, was vor fünfhundert Jahren passiert ist, das ist doch bekannt. Das ist an den Aushängen in den letzten Tagen sogar durchaus diskutiert worden. Wenn das deren Absicht war, dann haben sie sogar was erreicht, aber zu welchem Preis? Ich verstehe das wirklich nicht …«

»Darf ich mich erst mal waschen? Wir können uns ja beim Abendessen noch mal darüber unterhalten«, brach Kjer das Gespräch ab. Er war erschöpft. Lioba musterte ihren Sohn. Er setzte seinen unschuldigsten Blick auf. Ahnte sie, dass er ihr irgendetwas verheimlichte? »Wahrscheinlich verdächtigt sie mich nicht«, dachte sich Kjer und verschwand im Bad.

Durch die Tür hörte er noch, wie seine Schwestern sein Gepäck die Treppe hoch in sein Zimmer zerrten. Dann verschwanden alle Geräusche, als er seinen Kopf ins Wasser tauchte. Das kalte Wasser half Kjer beim Denken: Was wäre, wenn er seinen Eltern doch die Wahrheit erzählen würde? Er hatte noch nie größere Geheimnisse vor ihnen gehabt. Wahrscheinlich würden sie ihm zwar glauben, aber dann? Von heute auf morgen hätten sie große Sorgen, weil er seine Probleme auf sie abgeladen hätte, und sie müssten es auch für sich behalten. Wenn sie es an die Öffentlichkeit bringen würden, wäre dies keine Hilfe für Wigold, das Versteck an der Klippenkante und wohl auch Hakon würden auffliegen. Nein, der einzige Vorteil, den sie hatten, nämlich dass die Bruderschaft nicht wusste, wie viel sie schon herausgefunden hatten, wäre dahin und Wigold würde wahrscheinlich unter noch strengere Bewachung gestellt werden. Im Zweifelsfall würde die Bruderschaft sogar behaupten, dass sich Kjer und seine Eltern angesteckt hätten, und sie würden dann ebenfalls in die Nervenheilanstalt gebracht. Und was würde dann aus Freda und Neela? Nein, es ging nicht. Er würde ihnen nicht die Wahrheit sagen können.

Als Kjer die Treppe hinunter in die Küche ging, wo der Rest der Familie bereits am Tisch saß, rechnete er mit dem Schlimmsten. Nicht auf das Essen bezogen natürlich, es roch ziemlich gut im Haus, aber er fürchtete schon, dass ihm seine Eltern ein paar unangenehme Fragen stellen würden. Diese Sorge erwies sich aber als unbegründet. Seine Eltern fragten gar nichts. Offenbar wollten sie nicht, dass Neela und Freda irgendetwas mitbekamen. Dafür löcherten ihn seine Schwestern mit umso mehr Fragen. Geduldig beantwortete er alles: »Nein, wir sind keinen Wölfen begegnet – nein, die Wolken sind nicht wie Watte – ja, die Kräne sind wirklich so groß wie in eurem Bilderbuch – nein, es gibt keine sprechenden Meeresfische, oder zumindest habe ich keine persönlich getroffen … Ich habe euch auch etwas mitgebracht. Etwas Besonderes.«

Er stand auf und holte vom Küchenschrank die weiße Feder hervor, die er vor dem Essen unbemerkt dort abgelegt hatte. Neela und Freda waren begeistert. »Was ist das für ein Vogel?«, fragte Neela. »Ich weiß nicht, wie er heißt«, antwortete Kjer. »Er ist sehr groß und lebt jenseits des Endes der Welt. Er gleitet über das Wasser, seine Welt ist viel größer als unsere. Passt bitte gut auf sie auf. Die Feder ist hier oben auf dem Hochland sehr, sehr selten.«

Spätestens jetzt waren die Mädchen satt. Sie *vergaßen*, ihre Teller abzuräumen, und verschwanden mit ihrem Schatz aus der Küche. Kjer ahnte, dass die Gesprächsthemen jetzt aber doch noch unangenehmer werden dürften. Kaum hatten seine Schwestern den Raum verlassen, begann seine Mutter: »Wir haben schon mit Freyas und Wigolds Großmutter gesprochen. Edda macht sich große Sorgen und gibt sich die Schuld dafür. Freya ist doch spontan mitgekommen, hat sie nicht zumindest geahnt, was Wigold vorhatte?«

»Nein, das hat sie nicht«, antwortete Kjer, und das war nicht einmal gelogen. Ihm fiel ein Stein vom Herzen. Seine Eltern verdächtigten ihn offenbar gar nicht. Sie versuchten nur, zu verstehen, warum Wigold so gehandelt haben könnte.

Kjers Vater fuhr fort: »Aikos Vater versteht die Welt auch nicht mehr. Gunder, einer der Verhafteten, studiert Altertumskunde und Archäologie an der altstädtischen Lehranstalt und hat bei ihm Musikgeschichte belegt. Er hat ihn als sehr belesenen, ruhigen und nachdenklichen Menschen erlebt. Solche Aktionen und überhaupt so ein Verhalten passten überhaupt nicht zu ihm, meinte er.«

»Was denkt ihr denn, was wird mit Wigold und den anderen passieren?«, fragte Kjer.

Herko biss sich auf die Unterlippe: »Das kann man nur mutmaßen. So etwas ist ja wirklich noch nie passiert. Ihr könnt euch nicht vorstellen, wie die Bruderschaft in den letzten Wochen die Stadt abgeriegelt hat. Ich war überrascht, über wie viele bewaffnete Wachen und Reiter sie auf dem ganzen Hochland verfügt. Das für sich war schon eine ziemliche Machtdemonstration, aber die Bruderschaft ist auch noch niemals so herausgefordert worden. Die haben das nicht als einfache Schmierereien abgetan, für sie war das bitterer Ernst. Die werden die Jungs erst herauslassen, wenn sie ganz sicher sind, dass so etwas niemals wieder passiert, und sie die vier nicht mehr als Bedrohung betrachten. Das tun sie derzeit ganz eindeutig.« Herko legte eine kurze Pause ein, bevor er mit gedämpfter Stimme weitersprach: »Wenn ich ehrlich bin, fürchte ich, dass Wigold viele Jahre nicht mehr aus der Nervenheilanstalt herauskommen wird.«

»Viele Jahre«, durchfuhr es Kjer. Er schluckte. So viel Zeit hatten sie ganz sicher nicht. »Wir treffen uns gleich drüben bei Freya, ihr Vater ist wahrscheinlich noch nicht da, mal sehen, vielleicht kann er ja noch irgendetwas bewegen«, gab er seiner Hoffnung Ausdruck.

»Das ist gut, wenn ihr euch jetzt um Freya kümmert, ihre Großmutter ist auch da.« Lioba lächelte ihren Sohn an. »Du hast recht. Man sollte den Kopf nicht gleich in den Sand stecken. Mal sehen, was die nächsten Tage so bringen.«

Wenn die Situation nicht so bitterernst gewesen wäre, hätte Kjer lachen können. *Mal sehen, was die nächsten Tage so bringen.* Wenn seine Mutter wüsste. Die nächsten Tage würden so einiges bringen, entweder in die eine oder die andere Richtung.

Kurz vor acht Uhr ging er zu Freya rüber. Dort wartete auch bereits Aiko, und Freyas und Wigolds Großmutter Edda war ebenfalls da. Zwischen Bergaheym und der Hauptstadt waren in einer Reihe von Türmen öffentliche Heliografenstationen eingerichtet, die mittels Spiegeln Nachrichten übermittelten, und Freyas Vater hatte so mitgeteilt, dass er seinen Auftrag abbräche und am Dienstag ankäme.

Edda sah nicht traurig aus, sondern schien eher wütend zu sein und zeigte sich wild entschlossen, etwas zu unternehmen. »Wenn es sein muss, hol ich meinen Wigold da in der nächsten Woche selbst raus. So groß ist der Schaden nun auch wieder nicht, und niemandem ist etwas passiert. Die Lumpen werden meinen Enkel schon rausrücken.«

»Jetzt weiß ich, woher Wigold und Freya ihre kämpferische Natur haben«, dachte Kjer und musste sich abermals an diesem Abend ein Lächeln verkneifen.

»Bereits am Tag nach der Festnahme ist die Bruderschaft bei uns zu Hause aufgekreuzt, hat meine Großmutter intensiv befragt und Wigolds Zimmer durchwühlt. Da er aber nicht mehr zu Hause wohnt und sie nichts gefunden haben, sind sie ziemlich schnell wieder abgezogen«, berichtete Freya, sobald sich Edda zurückgezogen hatte.

»Ich denke, wir müssen schnell handeln. So einen Fall hat es doch noch nie gegeben. Wir müssen ausnutzen, dass dafür keine festen Abläufe vorliegen und viele in der Bruderschaft selbst nicht so genau wissen werden, was weiter zu tun ist«, gab Aiko zu bedenken.

Bis tief in die Nacht hinein brüteten die drei über ihrem Rettungsplan. »Freya, du klapperst morgen die Wohnorte von Timme, Lowik und Berno ab«, beschloss Aiko. »Gunder haben sie erwischt. So viel ist klar. Nun müssen wir herausfinden, wer entkommen konnte. Vielleicht schaffst du es ja sogar, unbemerkt mit ihm zu sprechen. Kjer und ich werden zu meinem Onkel gehen, um rauszufinden, wie wir in die Sonderabteilung hineinkommen, denn die Sicherheitsschlösser werden sich nicht ohne Weiteres knacken lassen. Morgen um vierzehn Uhr treffen wir uns wieder.«

Der Plan sah mittlerweile so aus: Am Montagnachmittag wollten sie sich im Stadtgebäude verstecken und einschließen lassen, den ihnen bekannten Weg zur Sonderabteilung der Nervenheilanstalt nehmen, mit dem Sicherheitsschlüssel von Aikos Onkel, den sie vorher entwenden mussten, die Tür entriegeln, für jeden der vier Gefangenen ein Entlassungsformular ausfüllen, es abstempeln und in die jeweilige Krankenakte legen und diese dann in die Poststelle schmuggeln. Sollte alles nach Plan laufen, könnte es gelingen, dass die vier *Geisteskranken* tatsächlich hochoffiziell entlassen würden. Sie hatten sich entschieden, dass die Gefangenen angeblich unter Hausarrest gestellt werden sollten, sie bräuchten also noch jemanden, der die vier zurück in die Hauptstadt geleiten würde.

Irgendwann verabschiedeten sie sich. Der Mond leuchtete aufs Kopfsteinpflaster, und eine einzelne Grille zirpte im Vorgarten der Thareets. Auf dem Rückweg fiel Kjer wieder ins Grübeln. Es waren immer noch so große Lücken in ihrem Plan. Was passieren würde, wenn der Plan scheiterte, darüber wollte er lieber nicht nachdenken. Er wusste aber, dass sie die Befreiungsaktion durchführen würden, egal, wie gering die Chancen sein sollten. Er fiel in sein Bett und in einen traumlosen Schlaf.

Kapitel 17: Im Angesicht des Feindes

Wie geplant ging Kjer nach dem Besuch bei Aikos Onkel und einem schnellen Mittagessen wieder rüber zu Freya. Diesmal kam er ein paar Minuten vor Aiko an. Von Edda war nichts zu sehen. Sie gingen die Treppe hinauf und in Freyas Zimmer. »Ich hole noch etwas zu trinken«, sagte sie und verschwand noch einmal.

Da klopfte es laut an der Tür. »Das wird Aiko sein«, dachte Kjer und eilte auf den Flur. Als er gerade die ersten drei Stufen nach unten genommen hatte, blieb er jedoch wie erstarrt stehen. Freya hatte die Haustür bereits aufgerissen, aber die Stimme, die er hörte, war nicht Aikos.

»Guten Tag, du musst Freya Thareet sein. Weißt du, wer ich bin?«, fragte die unbekannte Person freundlich.

»Ja, Ihr seid derjenige, der meinen Bruder hat einsperren lassen«, erwiderte Freya grimmig.

Es war der Sonderermittler Gerdis Thoosten.

Leise, um bloß keinen Laut zu machen, setzte sich Kjer auf die oberste Stufe. Wenn er sich vorbeugte, konnte er gerade so durch das Geländer den unteren Teil der Eingangstür erkennen. Gerdis Thoosten hatte akkurat geputzte Schuhe und eine gebügelte Hose an. Mehr konnte Kjer nicht von ihm sehen, aber wenigstens konnte dieser ihn dann auch nicht entdecken. Der Sonderermittler war bereits so weit in den Flur eingetreten, dass Freya ihm nicht mehr die Tür vor der Nase zuschlagen konnte.

»Das siehst du falsch«, erwiderte Gerdis Thoosten weiterhin freundlich, aber bestimmt, »ich bin derjenige, der deinen Bruder davor bewahrt hat, noch weitere Dummheiten zu begehen und sich noch größere Probleme einzuhandeln.«

»Da werden wir ganz sicher nicht auf einen Nenner kommen. Aber was wollt Ihr überhaupt?«, widersprach ihm Freya entschieden. Kjer hörte an ihrer Stimme, dass sie zum Zerreißen angespannt war. Und wütend.

»Ich wollte mich mit dir unterhalten. Ich habe gehofft, dass ich dich jetzt antreffe, wo du doch gerade erst aus Fiskheym zurückgekommen bist.« Gerdis Thoosten blieb zwar freundlich, aber gleichzeitig war nicht zu verkennen, dass er den Druck noch erhöhte, indem er Freya mitteilte, dass er wusste, dass sie in Fiskheym gewesen war.

»Da muss ich Euch enttäuschen. Nur weil ich hier bin, bedeutet das noch lange nicht, dass ich mich mit Euch unterhalten will. Tatsächlich glaube ich nicht, dass ich dazu verpflichtet bin.« Freya hatte sich wieder gefangen. Sie hatte immer noch die Tür in der Hand, schien sich aber nicht zu trauen, diese dem Sonderermittler entgegenzuwerfen.

»Nein, du bist nicht dazu verpflichtet. Ich kann auch gerne eine Vorladung für morgen ins Stadthaus aussprechen. Dann müsste dich allerdings deine Großmutter begleiten, und so etwas kann durchaus lange dauern.«

Kjer wusste, dass Freya jetzt gerade das Gleiche wie er denken musste. Es war lächerlich, dass der Sonderermittler meinte, sie damit einschüchtern zu können, einen Tag im Stadthaus verbringen zu müssen. Allerdings hatten sie für den Montag bereits ganz andere Pläne.

»Je eher wir die Ermittlungen abschließen können, desto eher kann Wigold wieder nach Hause«, fügte der Sonderermittler noch an. Er hatte wirklich eine sympathische und einnehmende Art zu sprechen.

Freya ging auf diesen Köder überhaupt nicht ein. »Was heißt eigentlich *eher nach Hause kommen*? Ich denke, mein Bruder ist krank? Deswegen habt Ihr ihn doch in der Nervenheilanstalt untergebracht. Wie kann denn der Stand der Ermittlungen Einfluss auf seine Genesung haben?« Freya machte alles richtig. Sie durfte nicht zu schnell einlenken, um keinen Verdacht zu erwecken.

Gerdis Thoosten merkte, dass er Freya nichts vormachen konnte. »Ob Krankheit oder nicht, wird sich noch herausstellen. Sei froh, dass er in der Nervenheilanstalt ist. Er ist dort viel besser aufgehoben als in irgendeiner Gefängniszelle, und er wird gut versorgt, darum habe ich mich gekümmert. Wie schaut es jetzt aus? Beantwortest du mir meine Fragen oder willst du morgen zum Stadthaus kommen?«

Ja, Freya wollte morgen zum Stadthaus kommen, aber sicher nicht, um mit dem Sonderermittler Gerdis Thoosten zu sprechen. »Von mir aus können wir das auch jetzt erledigen. Ich weiß ohnehin nicht, was ich Euch erzählen könnte«, lenkte sie nun ein.

»Das ist vernünftig, danke«, antwortete Gerdis Thoosten. Da Freya weiterhin keine Anstalten machte, ihn ins Haus zu bitten, setzte er auf der Türschwelle das Gespräch fort: »Kannst du mir irgendetwas über die Gründe erzählen, weswegen dein Bruder Wigold das Ganze organisiert hat?«

»Ich glaube nicht, dass er das organisiert hat«, antwortete Freya knapp.

»Nein, natürlich nicht.« In Gerdis Thoostens freundlicher Stimme klang nun eine Spur Ironie durch. »Wie kommt es eigentlich, dass du so plötzlich nach Fiskheym gereist bist. Bist du da alleine unterwegs gewesen?«

Freya schien nun jede Scheu verloren zu haben, vielleicht lag dies auch an Gerdis Thoostens freundlicher Art. »Können wir uns darauf einigen, dass Ihr mir nur noch Fragen stellt, von denen Ihr nicht bereits die Antwort kennt? Ich war mit meinen Nachbarn Kjertan Thavalt und Aiko Thareet unterwegs. Die beiden hatten das schon seit Monaten geplant. Mein Bruder hat arrangiert, dass ich da kurzfristig mitkonnte. Warum ihm dies wichtig war, dürftet Ihr euch alleine zusammenreimen können. Aber ich wusste wirklich nicht, was die vorhatten, und alles, was ich weiß, weiß ich von den Aushängen.«

»Kjertan Thavalt, ein besonderer Name, nebenbei bemerkt«, sprach der Sonderermittler halb zu sich, halb zu Freya. Kjer oben auf der Treppe runzelte die Stirn. Was sollte an seinem Namen besonders sein? Aber um ihn ging es gerade nicht.

»Gut, da du anscheinend äußerst wenig weißt, komme ich jetzt zu den wesentlichen Fragen, vielleicht kannst du mir da zumindest weiterhelfen«, seufzte Thoosten. »Ich habe großen Einfluss darauf, wie es mit deinem Bruder weitergeht. Ich hoffe immer noch, dass wir das alles dahingehend aus der Welt schaffen können, dass dein Bruder bald wieder nach Hause kann. Dazu müssen wir aber erst einmal alle Mittäter verhaften. Mindestens ein weiterer Kumpan von ihm, vermutlich auch ein Student, ist uns entwischt. Hast du eine Ahnung, wer das sein könnte?«

»Nein, auch da habe ich keine Ahnung, tut mir wirklich leid«, erwiderte Freya eisig und ironisch. Kjer hätte jetzt gerne ihre Augen gesehen. Sie mussten zum Fürchten aussehen.

»Mich würde auch interessieren, wohin Wigold Briefe geschickt hat. Hatte er Kontakt zu jemandem im Wettergebirge? Denk bitte nach, alles, was du mir erzählen kannst, würde Wigold sehr helfen. Hat er in Bergaheym oder in Fiskheym irgendwelche Bekannten erwähnt?«

»Ja, hat er. Er hatte einen regen Kontakt zu jemandem außerhalb der Stadt«, erzählte Freya. Kjer erstarrte. Was hatte Freya vor? Sie würde doch nicht etwa Hakon oder dessen Vater erwähnen?

»So, zu wem denn?«, fragte Gerdis Thoosten interessiert nach.

»Zu unserem Vater. Es gab ja immer wieder Wichtiges zu besprechen. Vor drei Wochen ging es zum Beispiel darum, dass der Schornsteinfeger einen Mangel festgestellt hat und wir einen Handwerker beauftragen mussten, und vor fünf Wochen kam Post bei ihm an, weil wir wissen wollten, ob …«

»Danke, es reicht«, unterbrach sie Gerdis Thoosten, »Ich merke, wir kommen hier nicht weiter.« Seine Stimme klang nun nicht mehr ganz so freundlich. »Ihr haltet das offenbar alles für ein großes Spiel, aber das ist es nicht. Es ist bitterer Ernst. Dein Bruder hat doch überhaupt keine Ahnung, was für einen Schaden er mit seinem Verhalten anrichtet. Ihr habt keine Vorstellung, was gerade wichtig ist.« Er hielt kurz inne. Man hörte seiner Stimme an, dass er unter immensem Druck stand. »Nun denn. Schade! Wenn die Tage kürzer werden, und es wieder kalt ist, und das Neujahrsfest sich nähert, vielleicht fällt dir dann ja noch irgendetwas ein, das deinem Bruder helfen könnte. Auf Wiedersehen!«

Gerdis Thoostens Schuhe verschwanden aus Kjers Sichtfeld, und Freya schloss die Tür.

Kjer wartete noch einen kurzen Augenblick, dann ging er leise die Treppe hinunter. Freya hatte wieder Tränen in den Augen, und sie zitterte ein wenig. Kjer fiel es schwer zu erkennen, ob es vor Wut oder Angst war. »Die werden Wigold nie rauslassen«, murmelte sie.

»Müssen sie ja auch nicht. Das erledigen wir doch schon«, erwiderte Kjer. »Lass dich nicht verrückt machen. Der wirkte nicht wie ein Ungeheuer. Ich glaube, dass er Wigold wirklich anständig behandeln lässt und in dem Punkt mit der Unterbringung hatte er auch recht. In der Nervenheilanstalt ist es sicherlich angenehmer als im Gefängnis. Der zieht das alles zumindest mit guten Absichten durch. – Du hast das übrigens richtig gut gemacht. Weißt du, was ich außerdem glaube?« Freya schüttelte den Kopf, und Kjer fuhr fort: »Ich glaube, er hat große Angst. Ich wüsste zu gerne, was er alles über die Vorgänge an der Klippe weiß.«

Erneut klopfte es an der Tür. Gleich dreimal. Dieses Klopfen kannten sie! Es war Aiko. Erneut öffnete Freya die Tür. Aiko trat aufgeregt in die Diele: »Als ich gesehen habe, wo der hingeht, habe ich es für besser gehalten, abzuwarten, bis er wieder weg ist, damit er uns nicht zusammen sieht. Was wollte er denn? Weiß der irgendwas?«

»Nein, der hat keine Ahnung«, antwortete Kjer, und sie berichten Aiko, was passiert war.

»Ich finde es trotzdem unglaublich, dass die Bruderschaft die vier einfach willkürlich in der Nervenheilanstalt festhalten kann«, entrüstete sich Freya.

»Oh, man sollte die Bruderschaft nicht unterschätzen. Die könnten noch viel, viel mehr«, murmelte Aiko düster. »Wenigstens haben sie sich noch die Mühe gemacht, eine halbwegs plausible Begründung zu liefern. Es gibt alte Notstandsgesetze, mit denen die Bruderschaft jederzeit die gesamte Regierungskontrolle übernehmen könnte. Seit dem großen Brand auf dem Hochland vor über vierhundert Jahren ist das zwar nicht mehr vorgekommen, aber mit der großen Zahl an Wachen und Reitern könnte die Bruderschaft durchsetzen, was immer sie will ...«

»Wir sollten jetzt weiter an unserem Plan arbeiten«, schlug Kjer schließlich vor. Sie hatten noch viel zu tun, und Aikos Ausführungen über die Macht der Bruderschaft waren nicht eben aufbauend. »Lasst uns nach oben gehen.«

Zuerst berichtete Freya, was sie am Vormittag erreicht hatte: »Es hat alles gut geklappt. Berno ist derjenige, den sie nicht erwischt haben, und ich konnte auch mit ihm sprechen. Ich bin sogar gleich als Erstes bei ihm vorbeigegangen, ich hatte so ein Gefühl. Ich habe auf der Straße niemanden gesehen, der nach Bruderschaft aussah, dann bin ich ins Nebenhaus rein und im Hinterhof über die Mauer geklettert, und aus Bernos Hinterhof bin ich dann ins Treppenhaus gekommen. Als ich geklopft habe, hatte er, glaube ich, genauso viel Angst wie ich, wer da wohl auf der anderen Seite der Tür erscheint. Aber er hat aufgemacht. Ihm geht es gar nicht gut. Er will auf alle Fälle bei der Befreiung dabei sein, und er glaubt, dass er überhaupt nicht im Verdacht steht. Berno hat mir auch erzählt, dass Wigold einen Fluchtplan vorbereitet hat. Wigold hat damit gerechnet, dass sie enttarnt würden und untertauchen müssten, aber er hat nicht geglaubt, dass sie auch gleich geschnappt werden würden.«

Aiko und Kjer hörten aufmerksam zu. Zumindest über das *Danach* mussten sie sich folglich keine allzu großen Gedanken machen.

Aiko und Kjer hatten wie besprochen Aikos Onkel Herulf und seiner Tante Siri einen Besuch abgestattet. Da Aikos Vettern als Reiter der Bruderschaft selten in der Hauptstadt waren, freute sich Siri umso mehr über Aikos Besuche, die allerdings nicht gerade häufig waren. Das Verhältnis zwischen seinem Vater Alard und seinem Onkel Herulf war nämlich distanziert und kühl, und so sahen sich die Familienzweige nur bei besonderen Anlässen, obwohl die anderen Thavalts keine zehn Minuten vom Sanddornweg entfernt wohnten und Aiko seine Vettern mochte. Alard lehnte die Einflussnahme der Bruderschaft auf das öffentliche Leben und vor allem auf die Wissenschaft stark ab, was ihm selber als Professor an der altstädtischen Lehranstalt bereits immer wieder berufliche Probleme eingebracht hatte. Herulf erkannte die Sichtweise seines Bruders zwar an, hielt aber die Vorgehensweise der Bruderschaft in allen Belangen für richtig oder zumindest vertretbar, weil dadurch nun einmal die öffentliche Ordnung und Sicherheit gewährleistet wurde. Und durch die extrem niedrige Verbrechensrate und den hohen allgemeinen Lebensstandard auf dem Hochland sah er die Arbeitsweise der Bruderschaft als vollständig legitimiert an.

»Die gute Nachricht ist, dass wir wissen, wo mein Onkel seinen Sicherheitsschlüssel aufhebt und dass ich da mühelos drankommen kann. Außerdem haben die wenigen Magistrate der Hauptstadt mit ihren Schlüsseln tatsächlich Zugang zu sämtlichen Sonderbereichen im Stadtgebäude, aber …« Aiko hielt plötzlich inne.

Alle drei lauschten. Unten wurde die Haustür geöffnet. Edda war zurück.

»Aber?«, hakte Freya nach.

»Aber ich glaube, es wird nicht ohne Weiteres möglich sein, diesen zu entwenden, ohne dass mein Onkel ihn vermissen würde«, beendete Aiko seinen Satz. »Vielleicht könnten wir ihn gegen einen falschen Schlüssel tauschen, aber auch das würde ihm spätestens auffallen, wenn er versucht, damit eine Tür zu öffnen, und wir brauchen den Schlüssel ja schon am Montagmorgen und könnten ihn frühestens in der nächsten Nacht zurückbringen ...«

»Was wäre, wenn wir deinem Onkel etwas ins Essen mischen, dass er zum Beispiel eine Magenverstimmung kriegt und am Montag nicht zur Arbeit kann?«, fragte Kjer.

»An so etwas habe ich auch schon gedacht. Aber ich wüsste nicht, wie wir das schaffen und dann noch an den Schlüssel gelangen sollen, und selbst wenn, wäre das Risiko noch da, dass er ihn vermisst. Außerdem wäre ihm dann sofort klar, wer den Sicherheitsschlüssel genommen hat, und um ehrlich zu sein, der Gedanke, dass wir meinem eigenen Onkel was ins Essen mischen, ist mir irgendwie unheimlich ...«

»Könnten wir ihm nicht einfach die Wahrheit sagen?«, fragte Freya. Kjer schaute gespannt auf Aiko. Das wäre sicherlich die einfachste Lösung. Doch Aiko schüttelte entschieden den Kopf. »Auf gar keinen Fall. Er ist viel zu tief drin bei der Bruderschaft. Wahrscheinlich weiß er sogar ebenfalls darüber Bescheid, was an der Klippe geschieht.«

»Da bekomme ich doch gleich richtig Lust, ihm eine Magenverstimmung zu verpassen«, meinte Freya grimmig. »Vielleicht kann Berno uns aber weiterhelfen. Um das Banner der Sekte am städtischen Museum aufzuhängen, haben sie auch solch einen Sicherheitsschlüssel benötigt, und den haben sie gefälscht!«

»Gefälscht?«, fragte Aiko ungläubig. »Das geht gar nicht. Diese Schlüssel sind hochkomplexe Einzelanfertigungen, und man braucht dazu ganz spezielle Geräte.«

»Doch. Anscheinend kann man die duplizieren«, erwiderte Freya voller Stolz auf ihren Bruder. »Wigold kann einiges basteln, er hat ein kleines Gerät gebaut, das er wie einen Schlüssel einsetzen kann. Einen Schlüsselspiegel sozusagen! Er braucht dazu allerdings vorab Zugang zu dem echten Schlüssel. Berno meinte, dass dies der einzige Grund oder zumindest der Hauptgrund war, warum Wigold zur Baumeisterischen Lehranstalt gegangen ist. In den Laboren und Werkstätten liegt halt so einiges rum.«

»Und wo ist dieses Gerät?«, unterbrach Kjer Freya.

»Berno denkt, dass es noch in der Wohnung von Wigold und Timme sein könnte.«

Auf der Treppe hörte man Eddas Schritte, da sie aber treppauf nicht mehr die Schnellste war, würde es noch eine Weile dauern, bis sie oben angekommen war. Schnell erzählte Freya weiter: »Die beiden teilen sich eine Wohnung unweit der Lehranstalt. Die Bruderschaft hat dort alles gründlich auseinandergenommen. Außerdem lassen sie niemanden rein, und auch auf der Straße vor dem Wohnhaus ist alles voller verdeckter Ermittler und Wachen der Bruderschaft. Berno ist mittags einmal vorbeigegangen.«

»Wenn wir den Schlüssel von deinem Onkel klauen, dann kommen sie uns ganz sicher auf die Spur. Wir müssen versuchen, in diese Wohnung zu gelangen, um eine Fälschung von dem Sicherheitsschlüssel anfertigen zu können«, sagte Kjer entschieden.

»Ich bin doch eine direkte Angehörige. Sie können mir doch nicht verbieten, die Wohnung meines Bruders aufzusuchen«, meinte Freya unsicher.

»Doch, ich fürchte, das können sie. Außerdem müsstest du unbeobachtet sein. Warum sollten sie gerade dich alleine in die Wohnung lassen?«, warf Aiko ein. Die Frage war berechtigt.

Da öffnete sich Freyas Zimmertür, und Edda schaute herein: »Ach, das ist schön, dass ihr da seid, Kjer und Aiko. Dann muss ich Freya gar nicht losschicken, um euch zu holen. Ich war bei mir zu Hause und habe einen Kuchen gebacken. Ich decke noch schnell unten den Tisch. Wollt ihr dann gleich runterkommen? Es bringt ja nichts, wenn ihr hier oben den ganzen Tag vor euch hinbrütet.«

Damit schloss sie die Tür wieder. Freya, Kjer und Aiko sahen sich an: Wenn einer eine Chance hatte, sich Zutritt zu Wigolds Wohnung zu verschaffen, dann war es Edda.

Freya schaute entschlossen drein: »Wir müssen sie einweihen. Wir müssen ihr alles erzählen.« Kjer und Aiko nickten. Gemeinsam gingen sie die Treppe hinunter und setzten sich an den Küchentisch. Es duftete nach Nusskuchen.

»Oma, bitte setz dich«, sagte Freya, als Edda immer weiter umherging, Saft einschenkte, eine weitere Gabel suchte und irgendwie nicht zur Ruhe kam. Sie sah Freyas ernsten Blick und folgte der Aufforderung ihrer Enkelin.

»Oma, was würdest du tun, wenn Wigold für immer eingesperrt würde?«

»Was ist denn das für eine Frage? Die wollen dem nur ein bisschen Angst machen. In ein bis zwei Monaten ist der allerspätestens wieder draußen«, erwiderte sie irritiert.

»Nein, das ist er nicht«, sagte Kjer ernst. Nun berichteten sie alles, was sie wussten.

Edda hörte aufmerksam zu. »Warum erzählt ihr mir das?«, fragte sie schließlich.

»Weil wir deine Hilfe brauchen. Wir denken, dass wir Wigold und die anderen da rausholen können«, antwortete Kjer hastig.

Edda schaute noch entschlossener drein, als sie es ohnehin schon tat, wenn sie sich etwas in den Kopf gesetzt hatte. »Was muss ich tun?«

Sie berichteten ihr von ihrem Plan und dass sie dazu diesen Schlüsselspiegel bräuchten.

»Wir werden es ohnehin machen. Du kannst uns nicht davon abbringen, aber mit deiner Hilfe ist die Chance viel größer, dass es klappt«, sagte Freya halb flehend, halb drohend.

Edda schien kurz die Optionen abzuwägen – natürlich sah sie auch die Möglichkeit, das alles rasch zu beenden, indem sie sich an die Eltern der drei wandte –, dann antwortete sie: »Sagt mir, wo dieses Ding ist, und ich besorge es.« Kjer atmete erleichtert auf.

»Berno hat gemeint, dass Wigold alles Mögliche in der Wohnung versteckt hatte, was die Bruderschaft im Fall einer sehr gründlichen Durchsuchung finden sollte. Teerfarbe, Schablonen und so etwas«, berichtete Freya. »Er meinte, dass sie ohnehin so lange suchen würden, bis sie was gefunden hätten. Viel besser versteckt sei dagegen das Gerät zum Schlüsselfälschen. Es besteht deshalb wirklich die Chance, dass sie es nicht gefunden haben, zumal sie ja auch von dessen Existenz gar nichts wissen. Hör zu: Auf dem Fenster steht eine Zinkkanne zum Blumengießen. Die hat einen doppelten Boden, den man von außen nach hinten wegschieben kann. Das Gerät ist in ein Tuch eingewickelt in diesem Zwischenraum versteckt worden.«

Sie hatten eine Chance, das spürten sie, sonst hätte Edda auch gar nicht mitgemacht. »Lasst euch den Kuchen schmecken, ich hab noch was zu erledigen«, sagte Edda, nahm ihren Gehstock und ging auf die Tür zu.

»Sollen wir dich nicht besser begleiten?«, fragte Freya leicht erschrocken.

»Meine Liebe, ihr habt noch genug zu tun. Das schaff ich ganz gut alleine.«

Mit vor Tatendrang funkelnden Augen verließ Edda die Küche, und einen kurzen Moment später konnten die Freunde die Haustür ins Schloss fallen hören.

Freya erhob sich ebenfalls: »Ich gehe noch mal zu Berno. Er soll rüberkommen, damit er uns den Schlüsselspiegel erklären kann.«

»Ich werde noch mindestens zwei Stück Kuchen essen, aber dann laufe ich deiner Großmutter hinterher, ich habe sonst auch nichts mehr zu tun. Aiko und ich können ja erst fertig planen, wie wir beide das morgen durchziehen wollen, wenn wir wissen, ob wir den Schlüsselspiegel haben.«

»Was meint ihr mit *wir beide*?«, fragte Freya empört, »Ihr spinnt wohl! Wigold ist immerhin mein Bruder. Ich komme mit, das ist doch mal klar!« Mit einem mindestens so entschlossenen Blick wie ihre Großmutter verließ sie nun ebenfalls die Küche und das Haus.

Kjer schaute zu Aiko. »Vergiss es«, sagte dieser achselzuckend, »natürlich würden zwei reichen, und natürlich sind wir ein viel besser eingespieltes Team und waren zusammen schon mal in der Sonderabteilung, aber sie kommt doch sowieso mit.«

Aiko zog sich mit seinem Notizbuch aufs Sofa im Wohnraum zurück. Wenn sie in das Stadthaus einbrachen, würde er sich die Akten anderer als geheilt entlassener Patienten ansehen und die Entlassungsformulare abschreiben, aber er wollte sich auf seine Aufgabe bestmöglich vorbereiten. Kjer nahm sich noch ein drittes Stück Kuchen als Wegzehrung mit und lief Edda hinterher. Bereits an der nächsten Straßenecke hatte er sie eingeholt.

»Vielleicht ist es doch besser, wenn jemand dabei ist. Zumindest, um zu beobachten, ob alles glattgeht. Ich halte mich vor Ort zurück, versprochen«, sagte Kjer schnell. Edda schnaubte missbilligend, sagte aber nichts und ließ ihn mitkommen. Sie fuhren ein Stück mit der Gondel, dann kürzten sie durch einen Park ab. Edda kannte den Weg sehr genau.

»Da vorne ist die Wohnung«, sagte sie zu Kjer. Das hatte er bereits vermutet, denn vor der Eingangstür standen zwei Wachposten der Bruderschaft.

»Nun lass mich mal machen«, sagte Edda, umfasste ihren Stock fester und ging mit energischen Schritten auf das Haus zu. Kjer setzte sich auf eine Eingangstreppe und wartete. Er konnte sehen, wie sich die Wachen ihr in den Weg stellten und wie Edda ihren Stock schwang, sodass die beiden Männer einen Schritt zurückwichen. Nach ein paar Minuten willigten die Wachposten offenbar ein. Einer von ihnen betrat mit Edda das Haus. Jetzt hieß es wieder warten.

Fünf Minuten, zehn Minuten. Nichts geschah. »Ich muss näher ran«, dachte sich Kjer, wechselte auf die gegenüberliegende Straßenseite und spazierte am Haus vorbei. Im zweiten Stock konnte er durch die Fensterreihe Edda erkennen, wie sie gerade dabei war, ihren Aufpasser zu beschimpfen, der mit gesenkten Schultern dastand und es über sich ergehen ließ. Fast tat er Kjer leid. Um nicht aufzufallen, ging Kjer weiter. Aus dem Augenwinkel konnte er erkennen, wie Edda eine Pflanze ins Fenster stellte. Kjer rannte einmal um den nächsten Block und setzte sich wieder auf die Eingangstreppe, wo er schon zuvor gewartet hatte. Es dauerte und dauerte. Endlich kam Edda aus dem Haus. Sie fuhr noch einmal den zweiten Wachposten an, der abermals zurückwich, reckte ihm zum Abschied noch ein letztes Mal ihren Gehstock entgegen und kam auf Kjer zu. Dieser setzte sich in Bewegung und wartete hinter der nächsten Ecke auf sie.

»Mission erfolgreich, aber du kannst dir nicht vorstellen, wie es ausschaut«, berichtete sie aufgewühlt. »Es ist alles kurz und klein geschlagen. Die Matratzen sind aufgeschnitten, die Schränke ausgeräumt, selbst die Blumentöpfe sind zerschlagen. Auf einem Haufen lag die Kanne. Es hat etwas gedauert, weil der Kerl mich nicht aus dem Auge lassen wollte, da habe ich ihn dann in die Küche geschickt, um Kochtöpfe für die Blumen zu holen. Nachdem sie die Blumentöpfe ja alle zerschlagen hatten, um zu schauen, ob vielleicht in der Blumenerde etwas versteckt ist.« Sie kramte in ihrem Tragebeutel und holte einen in ein Tuch eingewickelten Gegenstand heraus: »Da, bitte sehr. Lauf schon mal vor. Ich komme nach.«

Kjer rannte los. Tatsächlich erwischte er dadurch die nächstmögliche Gondel. In dieser wickelte er den Gegenstand vorsichtig aus. Es sah aus wie ein kleiner Teller mit einer Kurbel, an dessen Seite sich eine Öffnung befand, in die ein Schlüssel hineinpassen könnte.

Zurück im Wohnzimmer der Thareets, schauten ihn Freya und Aiko erwartungsvoll an. »Deine Großmutter hat es echt drauf«, sagte Kjer zu Freya und zeigte seinen Freunden den merkwürdigen Schlüsselspiegel.

»Berno müsste auch jeden Moment hier sein«, berichtete Freya. »Er brennt darauf, mitzuhelfen, aber ich habe ihm schon klargemacht, dass wir alleine in das Stadthaus einbrechen«. Aiko und Kjer schauten sich an. Freya war unmöglich. »Aber es muss ja auch irgendjemand die Flucht von den vieren organisieren und Pferde vorbereiten.«

Kurz darauf klopfte es. Es war Berno. »Schön, euch wiederzusehen! Freya hat mir schon unmissverständlich klargemacht, dass ihr den Einbruch im Stadthaus zu dritt durchziehen wollt. Ich werde dann eben die bruderschaftliche Eskorte übernehmen – irgendwer muss die Gefangenen ja zu ihrem Hausarrest geleiten. So viel Ordnung muss sein! Der Rest meiner *Eskorte* wartet dabei außer Sichtweite am Eingang der Heilanstalt, um die armen Kranken nicht zu erschrecken.« Berno zwinkerte, dann fiel sein Blick auf den Schlüsselspiegel, der immer noch in Kjers Hand ruhte.

»Der wird euch sicherlich helfen! Wigold hat monatelang an dem Schlüsselspiegel herumgeschraubt und einiges an Sondermaterialien aus der Baumeisterischen Lehranstalt dafür mitgehen lassen. Genau weiß ich auch nicht, wie er funktioniert, die Fertigung dieses Geräts war wirklich Wigolds Meisterstück, aber die Bedienung ist ganz einfach. Man steckt den zu fälschenden Schlüssel auf der einen Seite rein und dreht dann an dieser Kurbel so lange, bis sie sich nicht mehr drehen lässt.« Mit etwas Druck klappte er das Gerät auseinander. »Seht ihr hier die vielen kleinen Rädchen? Die tasten den Schlüssel ab, und auf der anderen Seite wird der gefälschte Schlüsselkopf dann aus kleinen magnetischen Metallstiften zusammengesetzt. Im Anschluss muss der Schlüsselkopf einmal glühend heiß gemacht werden, damit die Metallstifte verschmelzen. Man kann damit drei Schlüssel fälschen, dann müssen die Metallstifte nachgefüllt werden. Bislang wurde erst ein Schlüssel kopiert, es sollte also keine Probleme geben.«

Aiko nahm das Gerät an sich: »Ich werde jetzt gleich zu meinem Onkel gehen. Morgen früh schaffen wir das vielleicht nicht mehr. Also einfach nur den Schlüssel rein und drehen?«

»Genau. Dann nicht groß wackeln, etwa eine Minute kurbeln, und fertig ist der neue Schlüsselkopf. Klappt ziemlich zuverlässig«, antwortete Berno.

»*Ziemlich* zuverlässig?«, hakte Freya nach.

»Eine Fälschung ist halt eine Fälschung, aber für gewöhnlich funktioniert es.«

»*Für gewöhnlich* – es wird irgendwie nicht besser«, dachte

sich Kjer. »Wie bist du eigentlich der Bruderschaft entwischt?«, fragte er dann neugierig. »Oder warst du gar nicht dabei?«

»Ich war gerade einen Flur weiter, weil ich mit einem Handkarren zu unserem Farbversteck unterwegs war, um noch zwei Eimer mit Teerfarbe zu holen. Die haben mich im Gang zwar schon bemerkt, aber ihr müsstet mal mein Putzfrauenkostüm sehen. Das ist vielleicht meine Paraderolle.« Berno lächelte stolz. »Dieser Sonderermittler Thoosten war auch vor Ort, aber er hat mich zum Glück nicht wahrgenommen. Als ich den gesehen habe, bin ich gleich anders abgebogen. Ich finde ihn irgendwie unheimlich, keine Ahnung, ob ich den hätte täuschen können. Aber ich konnte die anderen dann nicht mehr warnen.«

Aiko schaute auf die Wanduhr und erhob sich, mit dem Schlüsselspiegel in seiner rechten Hand. »Wünscht mir Glück«, sagte er noch und verließ das Haus. Nun schauten auch die anderen auf die Uhr. »Wenn Oma die nächste Gondel bekommen hat, müsste sie gleich ankommen. Ich werde ihr entgegengehen«, sagte Freya und ging auf die Tür zu.

»Warte, ich komme mit, ich werde auch mal zu uns rüberschauen. Wenn Aiko zurück ist, können wir uns nach dem Abendessen noch mal treffen«, verabschiedete sich Kjer nun ebenfalls.

Als Letzter erhob sich jetzt auch Berno. »Für mich gibt es ohnehin nichts mehr zu tun, wenn ihr das wirklich ohne mich durchziehen wollt. Morgen um zehn Uhr komme ich vorbei, bis dahin habe ich auch den Überblick, wie es nach der Flucht weitergeht.« Gemeinsam verließen Freya, Kjer und Berno das Haus.

Nicht einmal eine Stunde später hörte Kjer einen vertrauten Pfiff. Er öffnete das Fenster seines Zimmers und erblickte

Aiko auf der Straße. Der rief nur: »War ein Kinderspiel, bis nachher!«, und lief weiter nach Hause.

Am Abend suchten Freya, Kjer und Aiko alles zusammen, von dem sie meinten, dass es hilfreich wäre: Verschiedene Stifte und Papier, zwei kleine Öllampen mit Reibstein, Werkzeug und Messer, Kekse und Wasserflaschen. Kjer legte zusätzlich noch sein in Fiskheym gekauftes Seil dazu. Der wertvollste Gegenstand war natürlich der kopierte Schlüsselkopf, den Aiko bereits erhitzt und zu einem vollständigen Schlüssel zusammengebaut hatte.

Freya betrachtete die Ausrüstung nachdenklich: »Als ich vorhin bei Berno war, hat er mich gefragt, ob wir ein Fläschchen mit Nachttau haben wollen. Es ist so angemischt, dass es jemanden schnell betäubt, wenn er es an den Mund oder großflächig auf die Haut bekommt. Aber ich habe erst einmal abgelehnt, auch wenn es natürlich praktisch wäre …«

»Wenn uns die Wachen in der Nacht erwischen, hilft uns das auch nicht, fürchte ich«, antwortete Kjer.

Aiko war der gleichen Meinung: »Ich denke auch, wir sollten davon die Finger lassen. Um das zu verwenden, sollte man Arzt sein.«

»Deshalb habe ich ja auch gleich abgelehnt«, verteidigte sich Freya, »ich wollte euch aber wenigstens mitteilen, dass Berno so etwas hat.«

»Morgen Abend ist ein großes Thaidingturnier in der Stadt. Wir erzählen unseren Eltern einfach, dass wir das besuchen«, sagte Aiko.

Schritt für Schritt gingen sie den ganzen Plan noch mal durch, dann verabschiedeten sie sich voneinander.

»Wir brauchen noch einen Namen für das, was wir morgen machen«, forderte Kjer, als Aiko und er bereits in der Haustür standen.

»Wie wäre es mit *Operation Eislöwe*?«, schlug Freya spontan vor. »Eislöwen sind noch nie gefangen worden und schaffen es, von uns Menschen ungesehen auf dem Hochland zu leben. Das passt zu dem, was wir vorhaben, und auch zu Wigold, finde ich, sobald wir ihn befreit haben.«

»Gefällt mir«, sagte Aiko nur. Er verkniff sich den Hinweis, dass die Eislöwen vielleicht auch deshalb ungesehen und ungefangen waren, weil es sie höchstwahrscheinlich gar nicht gab.

»Ich finde den Namen auch super«, bestätigte Kjer die Wahl, »und vielleicht ist es ein gutes Omen, dass wir die Eislöwen-Darie gefunden haben.«

Kapitel 18: Operation Eislöwe

Am nächsten Morgen trafen sich die drei bei Freya.

»Seid ihr bereit?«, fragte Kjer lächelnd. Tatsächlich hatten sie in der Nacht etwas Schlaf nachholen können. Sie legten schnell noch ihre mitgebrachte Wechselkleidung bei Freya ab, packten ihre Wachsjacken ein, überprüften ein letztes Mal die Ausrüstung für die Operation Eislöwe und dann brachen sie zur Haltestelle der Stadtgondel auf.

Am großen Kjertansplatz vor dem Stadtgebäude angekommen, stiegen sie aus. »Wir sollten bis zu der Brücke über dem Innenhof noch einmal alles abgehen und uns dort ein Versteck suchen«, schlug Kjer vor. Aiko und Freya nickten, und so überquerten sie den Platz und betraten das Stadtgebäude. Ihnen schlug das Herz bis zum Hals, als sie bemüht locker den Eingangssaal durchquerten, doch in dem morgendlichen Trubel beachtete sie niemand.

Erneut gingen sie also den langen, ursprünglich falschen Gang entlang. Vorbei am Innenhof mit dem Goldfischbecken und das Treppenhaus tief im Inneren des Stadthauses hinauf bis zu der Brücke. »Da müssen wir rein«, erläuterte Kjer Freya und zeigte auf den Bereich des Gebäudes jenseits der Fußgängerbrücke, der in fahlem Licht auf der anderen Seite lag. Sie huschten im Treppenhaus hinauf zur Brücke. Der Weg bis zur Tür war verlassen und schien unverändert. Zufrieden kehrten sie um.

»Die Treppe führt noch weiter nach unten. Lasst uns doch im Keller nach einem Versteck suchen«, schlug Freya vor, als sie das Erdgeschoss endlich erreicht hatten. Schnell stiegen sie in den Keller hinab. Eine schwere, verschlossene Tür versperrte ihnen dort den Weg, aber unter der Treppe befand sich noch ein weiterer Raum oder besser ein Verschlag, der mit einer dünnen Holzwand vom Treppenhaus abgetrennt war. An der höchsten Stelle befand sich eine niedrige Tür, durch die man in den Verschlag unter der Treppe gelangen konnte. Kjer drückte dagegen, sie war nicht verschlossen. Der kräftige Geruch von Scheuerseife schlug ihm entgegen.

»Perfekt«, sagte er leise. Der Treppenverschlag war vollgestellt mit Körben und Kisten. Er duckte sich, um durch die Türe zu passen. Es war sehr dunkel, nur durch die geöffnete Tür fiel etwas Licht in die Kammer. Vorsichtig tastend, gelegentlich eine Kiste oder einen Korb zur Seite schiebend, gelangte er an das Ende des Verschlags. »Ich denke, wir haben unser Versteck gefunden«, flüsterte Kjer zufrieden.

Sie hatten noch Zeit. Ohne Aufsehen zu erregen, verließen sie das Stadtgebäude wieder. Mit einem Eis setzten sie sich auf den steinernen Sockel des Denkmals von Therus. Das große Monument spendete etwas Schatten auf dem ansonsten recht kahlen Kjertansplatz. Kjer blickte nach oben und betrachtete das Denkmal genauer. Freundlich wirkte der ganze Platz mit dem Denkmal nicht. Therus' Gesicht und Körper waren nicht zu erkennen. Er trug einen langen Umhang, aus dem nur zwei große Hände in Handschuhen hervorschauten, und der untere Teil seines Gesichts bis zu seinen Augen war durch ein umgebundenes Tuch verdeckt, während der obere Teil unter einem großen Hut verschwand. »Wenn man sich den Umhang so anschaut, muss Therus ein sehr kräftiger Mensch gewesen sein«, schloss Kjer seine Begutachtung ab.

»Er soll ja der größte Mensch gewesen sein, der je gelebt hat«, gab Aiko sein Spezialwissen preis.

»Aber sie hätten zumindest bei dem Denkmal sein Gesicht zeigen können«, meinte Freya.

»Vielleicht war das dem Künstler, der das Denkmal gegossen hat, gar nicht möglich«, erwiderte Aiko. »Angeblich hat niemand Therus je zu Gesicht bekommen. Er soll seinen Turm nie verlassen haben, höchstens in der Dunkelheit. Er hatte einige Diener, die sich um alles gekümmert haben, und eines Tages war er einfach weg. Aber auch über ihn sind alle Aufzeichnungen verloren gegangen. Bis heute hat man nicht herausfinden können, woher er stammte oder wohin er verschwunden ist.«

»Das sind doch alles nur Sagen«, warf Freya ein, »wahrscheinlich war das einfach ein etwas zu intelligenter, schrulliger Typ, und da man über den nichts mehr wusste, hat man sich das nachträglich zusammengedichtet. Ich meine, im Ernst: Keiner hat ihn je zu Gesicht bekommen, aber er war der größte Mensch der Welt, war plötzlich da und wieder fort, das ist doch wirklich ziemlich hanebüchen.«

»Mysteriös ist das schon, zugegeben«, meinte Aiko nachdenklich. »Vielleicht war er einfach sehr menschenscheu, aber angeblich war er ja mit dem großen Kjertan befreundet.«

Kjer spürte ein komisches Gefühl in seinem Magen. »Das glaube ich nicht, dass die beiden Freunde waren …« Aiko und Freya blickten ihn überrascht an. »Na ja, wie auch immer«, lenkte Kjer schnell ein.

Aiko konzentrierte sich wieder auf sein Brombeereis, denn es begann langsam an der Waffel hinabzulaufen. Sie waren viel zu früh in die Innenstadt gefahren, aber es war ja auch nicht zu erahnen gewesen, dass sie so schnell ein geeignetes Versteck finden würden. Endlich schlug die Glocke des Stadthauses viermal: Es war Zeit, dass sie sich in den Kellerverschlag begaben. In dem nachmittäglichen Trubel gelang es ihnen abermals, ungesehen bis in den Verschlag zu gelangen, wo sie sich, soweit es ging, gemütlich einrichteten

Die meiste Zeit saßen die Freunde schweigend da und hingen ihren eigenen Gedanken nach. Von Zeit zu Zeit tastete Kjer nach dem gefälschten Schlüssel, der sich in seinem Beutel am Gürtel befand.

Just in dem Moment, in dem Kjers Lider zu schwer geworden waren, als dass er die Augen weiter hätte offen halten können, hörten sie Schritte über sich. Sofort war er wieder wach. »Da hat jemand aber lange arbeiten müssen heute«, mutmaßte Freya. Nach einer Weile, es mochte vielleicht schon eine halbe Stunde vergangen sein, hörten sie wieder schwere Schritte. Als sie verhallt waren, flüsterte Freya: »Meint ihr, dass jetzt noch welche hier arbeiten? Wie spät mag es wohl sein?«

»Es dürfte nach zehn Uhr sein«, schätzte Aiko, »ich glaube nicht, dass dies noch normale Angestellte sind. Das werden Wachen der Bruderschaft sein.«

Kjer ärgerte sich: »Daran hätten wir denken müssen. Natürlich laufen hier in den Fluren Wachen herum!«

»Das ändert nichts, wir hätten unseren Plan trotzdem durchgezogen«, erwiderte Freya.

Die Zeit verging, immer wieder hörten sie die schweren Schritte der Wachen. Irgendwann flüsterte Aiko: »Lasst uns loslegen!«

Kjer griff in seinen Brotbeutel und holte die schwarzen Wollmützen hervor, die Hakon ihnen geschenkt hatte. Im

Dunkeln hielt er Freya und Aiko je eine entgegen. »Los, aufsetzen!« Jetzt fühlten sie sich noch mehr wie professionelle Einbrecher.

Sie verließen den Verschlag, der ihnen nun wie ein sicherer Hafen vorkam, und schlichen die Treppe hinauf. Irgendwo, vielleicht genau über ihnen oder in einem Parallelgang, könnten gerade die Wachen entlanglaufen. Kjer erschauderte kurz, dann schritt er zügig voran. Sie stiegen in den dritten Stock empor. Als sie an der Brücke ankamen, duckte Aiko sich: »Wir müssen unterhalb der Fenster entlangkriechen. Wenn die Wächter von anderswo gerade auf die Brücke schauen, können sie uns sonst im Mondschein erkennen.«

»Waren das Schritte?«, fragte sich Kjer. Aber vielleicht war es ja auch nur Einbildung. Kjer stellte sich in das drehbare Gitter. Langsam bewegte er das kalte Metall. Trotzdem dachte es nicht daran, sich leise zu verhalten: *Klack – klack – klack!,* hallte es den Flur entlang. »Wie ich diese Dinger hasse«, dachte Kjer, als er sich zwang, so langsam wie möglich hindurchzugehen. Freya und Aiko folgten ihm. Nun gab es wirklich kein Zurück mehr. Die Flügeltür an der ersten Abzweigung stand diesmal sogar offen. Leise schlichen sie den Gang entlang bis zu der verriegelten Tür, die ihnen vor wenigen Wochen noch von dem wichtigtuerischen Mann bereitwillig geöffnet worden war. Sie lauschten angestrengt. Es war nichts zu hören. Kjers Herz pochte. Vorsichtig steckte er den gefälschten Schlüssel ins Schloss. Er drehte sich! Ein mechanisches Klacken verriet ihnen, dass sich die Tür tatsächlich entriegelt hatte. Kjer atmete auf. Langsam drückte er die Klinke hinunter. Auf einmal zwickte Freya Kjer kräftig in den Arm. Er drehte sich um. War da der Schein einer Lampe hinter ihnen? Kjer kniff die Augen zusammen. Da huschte wieder für einen kurzen Augenblick ein Lichtschein hinter der Ecke hervor. Hinter ihnen kam jemand den Gang entlang! Hastig schob er die schwere Tür auf, gerade weit genug, dass sie hindurchpassten. Hinter ihm drängten sich Freya und Aiko durch den Spalt, dann schob Aiko die Tür hinter ihnen zu. Mit einem leisen Klacken verriegelte sie sich wieder.

Es war vollkommen dunkel. »Soll ich die Lampe anmachen?«, wisperte Freya. »Nein, man könnte den Schein vielleicht durch die Türschwelle sehen«, erwiderte Aiko ebenso leise. Kjer fasste Freya am Handgelenk und zog sie mit sich. Er war schon einmal hier gewesen. Vorsichtig tastete er sich zur entscheidenden Tür vor, um nicht im Dunkeln gegen einen Gegenstand zu treten. Während er mit der rechten Hand den falschen Sicherheitsschlüssel ins nächste Schloss schob, ertastete er mit der linken den Schriftzug, der dort angebracht war. Er konnte im Dunkel zwar nichts sehen, aber er wusste was hier stand: *Heilkundliche Sonderabteilung – Nervenheilanstalt.* Kjer zog seine Hand zurück, denn das Schloss verlangte ihm nun völlige Aufmerksamkeit ab. Der Schlüssel drehte sich nicht! Er ruckelte hin und her. Nichts geschah.

»Beeil dich«, flüsterte Aiko nervös, fast schon panisch.

»Bist du sicher, dass dein Onkel hier überhaupt Zugang hat?«, fragte Freya.

Aiko antwortete nicht. Kjer drehte sich um. Unter der Türschwelle hindurch sahen sie immer wieder einen Lichtschein flackern. Kjer konzentrierte sich wieder auf das Schloss. Warum ging es nicht? Erneut ruckelte er fast schon gewaltsam am Schlüssel. Der Lichtschein schimmerte nun dauerhaft unter der Türschwelle hervor. Weit entfernt konnten die Wachen der Bruderschaft nicht mehr sein. Mittlerweile kniff ihm Freya in den Arm, so fest war ihr Griff. »Bleib ruhig«, sagte Kjer zu sich. Er dachte an Hakon, wie dieser im Moment der größten Anspannung in der Lage war, sich schlafen zu legen, und an Wigold, der mit einem Lächeln davon erzählte, wie selbstverständlich es für ihn war, den Regeneichenwald zu betreten.

Kjer zog den Schlüssel noch einmal heraus. Er atmete tief ein und führte ihn dann erneut ganz gerade ins Schloss ein. Der Schlüssel drehte sich, und mit einem mechanischen Klacken sprang die Verriegelung auf. Sofort öffnete Kjer die Tür, und das Trio schlüpfte rasch in die Sonderabteilung. Die Wachen waren fast unmittelbar hinter ihnen. Denn im gleichen Atemzug, in dem Aiko die hintere Tür schloss, öffneten die Wächter die vordere.

Freya, Kjer und Aiko blieben wie angewurzelt stehen, denn sie kannten den Raum nicht. Geräuschlos ein Versteck zu finden, war undenkbar – ein unbedachter Stoß gegen irgendein Hindernis, und sie würden auf frischer Tat ertappt werden. Von draußen hörten sie schwere Schritte. Und dann blieben die Wachen genau vor ihrer Tür stehen. Die Freunde wagten kaum zu atmen. Die Stille war zum Zerreißen gespannt. Jeden Moment erwarteten sie, dass ein Schlüssel in das Schloss gesteckt würde, um den Raum zu überprüfen. Doch nichts geschah, und nach einem kurzen Augenblick entfernten sich die Schritte der Bruderschafter wieder. Plötzlich hielten sie erneut an und kehrten um. Nun hielt Kjer wirklich den Atem an, und er war sich sicher, dass es seinen Freunden genauso ging. Schon waren die Schritte wieder bei ihnen, aber die Wächter schienen sich nicht für die Tür zu interessieren, sondern gingen weiter. Endlich verklangen die Schritte und machten einer großen Erleichterung Platz.

Vielleicht zwei Minuten lauschten die drei noch in die stille Dunkelheit hinein, dann holte Aiko eine Öllampe aus dem Rucksack und reichte sie Freya. »Mach die Lampe an, aber lass die Abdeckung drauf. So wenig Licht wie möglich!« Die zweite Lampe entzündete er selbst. Sie spendeten mit den Abdeckungen so gut wie gar kein Licht, aber es reichte, um den Raum abzuschreiten und zu erkennen, dass es keine Fenster gab.

»Kjer, du bleibst mit deinem Ohr an der Tür«, befahl Aiko, während er die Abdeckung seiner Lampe entfernte. Der Raum war größer als erwartet. Achtzehn Schreibtische standen in drei Reihen ordentlich darin verteilt, die Wände waren bis unter die Decke mit Regalen und Schränken voller Akten zugestellt. Am Ende des länglichen Raumes war eine kleine Schreibstube abgetrennt, und an der Decke hatte man große Gasleuchten angebracht, die den Raum sicherlich komplett beleuchten konnten.

Aiko kratzte sich nachdenklich am Kopf. Das waren mehr Unterlagen zu durchsuchen, als er sich vorgestellt hatte. »Freya, kannst du gleich mal die Akten durchstöbern? Ich brauche mindestens zehn verschiedene Beispiele von Patienten, die aus der Nervenheilanstalt entlassen worden sind.«

»Du willst doch nicht etwa abschreiben, Aiko?«, witzelte Kjer möglichst leise. »Die Seite kenne ich noch gar nicht an dir.«

»Haha, sehr witzig, bleib du mal lieber mit deinem Ohr da an der Tür kleben und störe uns hier nicht«, flüsterte Aiko. Freya blätterte die ersten Unterlagen durch, Aiko suchte derweil die Akten von Timme, Lowik, Gunder und Wigold heraus. An einer Wand waren alle aktuellen Patientenakten alphabetisch einsortiert. Als er gerade dabei war, die letzte Akte aus dem Regal zu ziehen, schlug Kjer Alarm:

»Ich glaube, sie kommen zurück! Unter die Tische!« Schnell stapelte Aiko die Akten wieder ordentlich, dann kroch auch er unter einen Schreibtisch. Sie löschten rasch die Lampen. Abermals gingen schwere Schritte an ihrer Tür vorbei, kamen zurück und verließen den Flur wieder.

»Weiter geht's«, sagte Aiko und entzündete seine Lampe von Neuem, nachdem die Schritte verhallt waren. Kjer bezog wieder seinen Horchposten an der Tür, machte es sich aber nach einer Weile auf dem Boden gemütlich und lehnte sich an. Er wusste, dass Aiko jetzt noch einige Zeit brauchen würde. Dieser setzte sich mit den Akten an einen Schreibtisch, zog aus diesem weißes Papier hervor und fing mit ersten Schreibtests an.

Freya stöberte derweil in der Akte ihres Bruders. »Da haben die ja wirklich einiges zusammengetragen. Mit wem er zur Schule gegangen ist, welche Hobbys bekannt sind …« Sie blätterte um. »Ich komme auch vor, allerdings nur als kleine Schwester, wie langweilig.« Sie blätterte weiter. »Hier steht, dass er eine schwere Psychose hat und unter einer ausgeprägten Form von Größenwahn leidet.« Trotz der gefährlichen Situation, in der sie sich gerade befanden, musste sie glucksen. »Das mit dem Größenwahnsinn stimmt zumindest.«

Aiko verglich die bei Lowik, Timme, Gunder und Wigold diagnostizierten Krankheitsbilder mit den Befunden in echten Krankenakten. Von wirklichen Geisteskranken – zumindest nahmen sie das an. Wer wusste schon, wie viele unliebsame Personen noch in der Nervenheilanstalt festgehalten wurden? Letztendlich setzte er die entsprechenden gefälschten Entlassungsschreiben auf, bei denen er Teile aus den echten Dokumenten abschrieb. Die Fälschungen sahen sehr authentisch aus. Freya suchte in der Zwischenzeit die passenden Umschläge zusammen und beschriftete sie wie die

Originalumschläge, die bei einigen abgeschlossenen Fällen den Akten beigelegt worden waren. Immer wieder mussten sie die Arbeit unterbrechen, weil Kjer die Wachen der Bruderschaft hörte.

Schließlich war Aiko mit den Entlassungsschreiben endlich fertig. Im Wesentlichen besagten sie, dass die These, dass es sich um eine ansteckende Krankheit handle, bei allen als nicht haltbar eingestuft wurde und sie daher umgehend entlassen werden sollten. Zu Hause würden sie dann unter strenger Beobachtung stehen.

»Ich brauche noch eine möglichst neue Akte«, sagte Aiko halb zu sich, halb zu Freya. Damit ging er nochmals zum Regal mit den aktuellen Patientenakten und wurde recht schnell fündig. »Es wäre ja dumm, wenn ich eine Unterschrift von einem Mitarbeiter fälsche, der hier gar nicht mehr arbeitet.«

Nochmals verging eine Viertelstunde, in der Aiko die Unterschrift übte. Nochmals mussten sie ihre Arbeit unterbrechen und sich verstecken, weil Kjer Schritte hörte. Dann setzte Aiko endlich die Unterschrift unter die Entlassungsschreiben. Zufrieden betrachtete er sein Werk. »Jetzt fehlt nur noch der Stempel«, stellte er fest und fing an, auf dem Schreibtisch zu kramen. Freya half ihm. Im Raum fanden sie unzählige verschiedene Stempel: *Eingangs-* und *Ausgangsstempel*, *vertraulich*, *genehmigt*, *gesperrt* und auch verschiedene Wappenstempel. Nur den Entlassungsstempel fanden sie nicht.

»Wo ist nur dieses Teil?«, fragte Aiko in den Raum hinein. Es konnte doch nicht an einem doofen Stempel scheitern.

Kjer saß mit ausgestreckten Beinen ganz entspannt an die Tür gelehnt. »Ich darf hier ja nicht weg, aber wenn ich der Chef wäre, würde ich es mir nicht nehmen lassen, die Entlassungen selbst abzustempeln.«

»Natürlich!«, rief Aiko, schnellte von dem Schreibtisch auf, den er gerade durchwühlte, und eilte in die kleine Schreibstube am Ende des Raumes. »Hab ihn!«, hörte Kjer ihn wenige Sekunden später etwas zu laut ausrufen.

»In der Verwaltung des Hochlandes geht halt nichts verloren«, sagte Kjer und grinste.

Bedächtig stempelte Aiko die Entlassungsschreiben und heftete diese ganz oben in der Krankenakte ab. Schließlich lagen vier dicke braune Umschläge auf dem Schreibtisch.

Jetzt stand auch Kjer auf. »Dann lasst uns zur Poststelle gehen. Zu gerne würde ich hier einen Stempel der Bruderschaft mitnehmen, aber nicht, dass es am Ende auffliegt, weil ihn jemand morgen früh sucht.« Fein säuberlich stellten und legten sie alles wieder so hin, wie sie es vorgefunden hatten, und Aiko faltete die Kladden und Unterschriftsübungen zusammen und steckte sie in die Tasche. Dann sammelten sie sich an der Tür.

Kjer lauschte mit angehaltenem Atem und zog dann vorsichtig die Tür auf. »Ich gehe vor«, flüsterte er und schlich zur Tür auf der anderen Seite des Flurs. Freya und Aiko folgten ihm. Jeder von ihnen trug zwei Umschläge in den Händen. Kjer nutzte erneut den gefälschten Sicherheitsschlüssel. Es klackte, die Tür war entriegelt, und nach Stunden sahen sie das erste Mal wieder den Mond, als sie aus den Fenstern blickten. Wie schon vor zweieinhalb Wochen bogen sie nach links ab und standen bald darauf im anderen Treppenhaus, das unweit der Ratsstube und der Poststelle im Erdgeschoss endete.

Schnell stiegen sie die Treppe hinab. Kjer trat in das kreuzförmige Gitter hinein und versuchte, es zu bewegen. »Es dreht sich nicht«, flüsterte er. Er rüttelte an dem Kreuz, aber es bewegte sich nicht einen Fingerbreit.

»Leise, Kjer!«, zischte Aiko, der jetzt nach vorne drängte. Das Gitter war abgeschlossen und damit in beide Richtungen unpassierbar. Aiko tastete nach oben, aber es schloss an der Decke ab, darüber zu klettern war nicht möglich. »Vielleicht können wir uns durchquetschen«, hoffte Aiko, drückte Freya und Kjer seine Ausrüstung in die Hände und schob sein Bein zwischen die Gitterstäbe. Beim Oberkörper musste er etwas pressen, und seine Ohren wurden unangenehm gegen die Stangen gequetscht, als er seinen Kopf seitlich durchschob, aber er passte hindurch. »Es geht schon, jetzt der Nächste«, flüsterte er, während er sich umschaute. Er stand auf dem langen Flur, der geradewegs zum Ausgang führte. Jederzeit konnten Wachen aus einem der vielen Seitenwege oder aus einem der Treppenhäuser auf den Gang kommen. Es war ein denkbar schlechter Platz, um sich länger aufzuhalten. »Schnell, beeilt euch!«, zischte er.

Freya folgte ihm. In kürzester Zeit stand sie neben Aiko. Kjer gab ihnen alle Ausrüstungsgegenstände hindurch, fädelte sein Bein durchs Gitter, aber es ging nicht weiter. Er stand mit einem Bein bereits auf der anderen Seite, aber sein Brustkorb passte einfach nicht durch die Gitterstangen. »Ich komme nicht durch«, keuchte er.

»Soll ich ziehen?«, fragte Aiko.

Kjer hatte schon das Gefühl, ihm würden gleich die Rippen brechen, und er keuchte, weil er schlecht Luft bekam. »Nein, das bringt nichts!« Schwerfällig schob er sich wieder zurück durch die Gitterstäbe.

»Warte, ich komme zu dir«, flüsterte Aiko.

»Nein, lass das. Wir sind so kurz vorm Ziel.« Kjer fasste in seine Hosentasche, holte den gefälschten Schlüssel hervor und hielt ihn Aiko durch das Gitter entgegen. »Aiko, nimm den Schlüssel. Ihr braucht ihn für die Poststelle. Ich finde einen anderen Weg. Gebt mir nur meinen Beutel zurück. Ich muss mich einfach irgendwo bis morgen früh verstecken.«

Freya und Aiko schauten sich an. Sie wollten Kjer nicht zurücklassen, und er konnte den Schlüssel jetzt sicher auch gut brauchen, aber sie waren wirklich so kurz vorm Ziel. »Pass bitte auf dich auf«, flüsterte Freya ihm zu. Aiko gab ihm seinen Beutel zurück, dann verschwanden die beiden auf dem dunklen Flur.

»Ich hasse diese Gitter«, fluchte Kjer vor sich hin. Er befestigte seinen Beutel wieder am Gürtel. Einen Zugang zum Keller gab es in diesem Treppenhaus nicht, daher ging er ein Stockwerk hinauf. Leise huschte er von Tür zu Tür, aber alle waren verschlossen. Zügig ging er ins Treppenhaus zurück und in den zweiten Stock, aber hier war es dasselbe. Alle Räume waren abgeschlossen, und selbst wenn er mal um eine Ecke kam, stand er letztlich immer vor einer verriegelten Verbindungstür. Er ging zurück ins Treppenhaus. Den dritten Stock auslassend, wo es ja kein Versteck ohne Sicherheitsschlüssel für ihn gab, ging er in den vierten Stock weiter. Von unten hörte er Schritte. Wie angewurzelt blieb er stehen, denn gleichzeitig sah er von oben einen Lichtschein das Treppenhaus herunterkommen. Er schaute sich hektisch um. Wenn er in den Flur lief und kein Versteck fand, war er erledigt. »Warum sollten gerade in diesem Flur Türen für mich offen stehen«, dachte er düster.

Sein Blick fiel auf die Fensterreihe. Er öffnete eines, stellte sich auf das Fensterbrett und zog die Scheibe hinter sich zu. Vorsichtig wagte er einen Blick nach unten. Den Boden des Innenhofes konnte er nicht erkennen, unter ihm schien ein schwarzes Loch zu gähnen. Doch wenn die Wachen durch seinen Flur gingen, würden sie ihn wahrscheinlich entdecken, selbst wenn der Mond gerade nicht durch die Fenster schien. Er fasste nach oben und ertastete rechts oberhalb des Fensters eine der metallenen Spangen, von denen unzählige zur Stabilisierung des Mauerwerks des großen Gebäudes von außen in die Wände getrieben worden waren.

Schnell griff er in seinen Beutel, holte das Fiskheymer Seil hervor und knotete es an das Eisen. »Jetzt werden wir sehr bald wissen, ob du wirklich so stabil bist, wie du sein sollst«, flüsterte er dem Seil zu. Eigentlich war es zu dünn, um daran ohne Handschuhe hinunterzuklettern, falls es ihn überhaupt wirklich hielt. Aber es blieb keine Zeit mehr. Es konnte sich nur noch um Sekunden handeln, bis eine der Wachen bei ihm vorbeikam. Ein letztes Mal holte er tief Luft, dann schwang er sich auf das Seil. Sofort versuchte er, es auch mit den Beinen einzufangen, aber es hing so nah an der Wand, dass er es nicht zu fassen bekam. Ein brennender Schmerz durchfuhr seine Hände, aber er klammerte sich noch fester daran, während er langsam hinunterrutschte. Endlich gelang es ihm, das Seil zwischen die Füße zu klemmen. Seine linke Hand konnte er fast nicht öffnen, so sehr hatte sie sich um das Seil verkrampft. Langsam kletterte beziehungsweise rutschte er nun, das Seil durch seine Füße führend, kontrolliert weiter nach unten. Er spürte wie ihm das Blut von den Händen über die Unterarme lief, bevor es in die Tiefe tropfte. Endlich hatte er festen Boden unter den Füßen. Mit zitternden Knien und rasendem Herzen stand er in einem Innenhof.

Das Seil hing fest an der Spange, über kurz oder lang würde es jemand entdecken, aber das konnte Kjer nicht ändern. Gerade hatte er größere Sorgen. Er blickte sich um. Schemenartig war auf der anderen Seite des Hofes eine Tür zu erkennen. Er ballte die stärker verletzte Hand zu einer Faust, stülpte die Mütze darüber und drückte sie an seine

Jacke, damit er den Bruderschaftern nicht eine Spur mit seinen eigenen Bluttropfen legte.

Zum Glück war die Tür zum Innenhof geöffnet. Er schaute sich um und lauschte angespannt, doch es war alles still. »Bleib ruhig«, sprach er zu sich. »Hinter der nächsten Ecke müsste eigentlich das Treppenhaus mit unserem Versteck liegen.« Er ging los, und tatsächlich stieß er gleich auf den langen Flur, über den sie in das Gebäude gekommen waren. Fast im Laufschritt ging er ins Treppenhaus, die Treppe hinunter und erreichte endlich die Putzkammer. Sein Herz raste, seine Hände pochten wie wild, und die linke blutete immer noch. Er hatte großen Durst, und ihm war schlecht. Vorsichtig fischte er mit der rechten Hand seine Trinkflasche aus dem Beutel und klemmte sie zwischen die Beine, um sie öffnen zu können. Aber es gelang ihm nicht, sie war zu fest verschlossen. Kjer fühlte sich hundeelend, ihm war zum Heulen zumute. Dann überkam ihn die Wut, und er presste die Flasche mit so viel Kraft mit seinen Schenkeln zusammen, dass er den Stopfen doch nur mit der rechten Hand entfernen konnte. Gierig trank er die ganze Flasche aus. Dann rollte er sich auf dem Boden zusammen und schlief trotz oder gerade wegen der Schmerzen in seinen Händen ein.

Kapitel 19: Glück hat oftmals der Tüchtige

Kjer erwachte, er schaute sich um. Es war immer noch dunkel. Wo war er? Er fühlte sich, als läge er in einer Wolke, und er hörte eine Stimme. Was sagte sie? Wieder und wieder sprach die Stimme die gleichen Sätze. Kjer stand auf und lief auf die Stimme zu. Aber es wurde nicht deutlicher. Er lief und lief, aber er schien nicht näher zu kommen. Irgendwann verließen ihn seine Kräfte. Er sank auf den Boden. Da wurde die Stimme wieder deutlicher, und diesmal konnte er es verstehen. Immer und immer wieder sagte sie dieselben vier Zeilen:

Wer nach Norden will, muss sich nach Süden trauen,
Wer nach vorne will, muss nach hinten schauen,
Wer nach unten will, muss sich nach oben wagen,
Und wer schweben will, muss schwere Lasten tragen.

* * *

»Kjer, Kjer bist du hier?« Er hörte Freyas Stimme leise. Träumte er noch? »Ja, ich bin hier«, murmelte er. Er fühlte sich noch nicht imstande, sich zu bewegen, er brauchte auch noch einen Moment, um zu begreifen, wo er gerade war. Dazu kam dieser unglaublich real wirkende Traum. Wo kam das Gedicht her? Hatte er es schon einmal irgendwo gehört oder gelesen?

Durch die Tür fiel ein wenig Licht in die Kammer.

»Kommst du, Kjer?«, fragte Freya. Als er nicht sofort reagierte, fragte sie nach: »Ist alles in Ordnung?«

»So halb, glaub ich. Moment, ich komm raus«, sagte Kjer. Sein Kopf dröhnte, und sobald er sich bewegte, fing seine linke Hand wieder wie Feuer an zu brennen. Mühsam krabbelte er, auf seine Ellenbogen gestützt, aus dem Versteck hinaus. Wie aus einer anderen Welt schaute Kjer Freya an: »Hast du grad ein Gedicht aufgesagt?«

Freya sah ihn erschrocken an: »Was für ein Gedicht? Oh Gott, was ist denn passiert, du bist ja voller Blut!« Nun schaute auch Kjer an sich herab. Die Mütze hatte das Blut kaum aufgehalten. Auf seiner Jacke prangte ein großer, nun getrockneter Blutfleck, und auch auf der Hose waren jede Menge Tropfen gelandet.

»Das sieht schlimm aus. Das muss richtig verarztet werden«, sagte Freya, nachdem sie vorsichtig die Mütze von seiner Hand gehoben hatte, auch wenn sie noch nicht die Handfläche hatte sehen können. »Wir müssen jetzt hier erst einmal weg. Schaffst du es, die Jacke auszuziehen? So können wir nicht über den Gang gehen, das ist zu auffällig.« Freya sah ernsthaft besorgt aus.

»Geht schon«, sagte Kjer und bemühte sich, tapfer auszusehen. Er musste sich auf die Lippen beißen, als er die Arme streckte. Freya ergriff die Ärmel der Wachsjacke und zog sie vorsichtig über seine Hände. »Da lässt man dich einmal für ein paar Stunden alleine …« Aber Kjer war nicht nach Lachen zumute. Die Ärmel seines karierten Hemdes waren ebenfalls blutverschmiert. Freya legte Kjers Jacke zusammen und reichte sie ihm. »Leg die so über deine Arme, dass man kein Blut mehr sieht.«

Gemeinsam gingen sie auf die Treppe zu. »Komm, du hast es fast geschafft«, sagte Freya aufmunternd. »Wir waren übrigens rundum erfolgreich auf der Poststelle. Wir haben die Umschläge auf den Postausgangsstapel geschmuggelt. Aber was ist denn mit dir passiert?«

Als sie in das Erdgeschoss kamen, sah Kjer, dass es bereits Tag war. »Ich musste an dem Seil runter in den Innenhof. Es war einfach zu dünn, um daran runterzuklettern. Ich bin abgerutscht«, erläuterte er seinen Zustand, während sie über den Flur gingen. Ein einzelner Bruderschafter kam ihnen entgegen. Aber er war noch zu müde, als dass ihm die Blutflecken auf Kjers Hose oder die beiden überhaupt aufgefallen wären.

Freya und Kjer verließen das Gebäude. Draußen. Endlich.

»Komm, wir gehen jetzt zu einem Arzt«, sagte Freya mit besorgter Stimme.

»Nein, das können wir nicht«, wehrte Kjer angestrengt ab. »Kann das nicht deine Oma verarzten? Die Bruderschaft wird das Blut finden, und mein Seil habe ich auch zurücklassen müssen. Die werden bestimmt nachforschen, ob irgendwo jemand Verletztes aufgetaucht ist.«

»Schaffst du es denn noch bis nach Hause?«, fragte Freya.

»Ja«, antwortete er nur.

»In Ordnung, die nächste Gondel fährt gleich«, sagte sie, hakte sich bei ihm ein und lenkte ihn in Richtung der Haltestelle. »Aiko ist bestimmt schon bei Berno. Ich wollte draußen auf dich warten, aber als du nach Öffnung des Stadtgebäudes nicht rausgekommen bist, habe ich gedacht, ich gehe dich mal suchen. Ich bin so froh, dass du in dem Versteck warst. Ich hätte nicht gewusst, wo ich sonst nach dir hätte suchen sollen …«

»Danke«, sagte Kjer matt. Tatsächlich ging es ihm gar nicht gut, und er wollte nicht sprechen.

»Ist vielleicht doch keine so dumme Idee gewesen, dass

ich heute Nacht dabei war«, äußerte Freya und schaute ihn an.

»Hat ja keiner gemeint, dass es dumm sei«, murmelte Kjer.

Die Gondel kam, Freya schob ihn in eine Bank und setzte sich neben ihn, sodass seine blutige Hose möglichst gut verdeckt war.

»Wie spät ist es?«, fragte Kjer.

»Kurz vor sieben«, antwortete Freya.

Kjer beugte sich vor, als ob er gleich aufspringen wollte: »Dann wird in drei Stunden schon die Post zur Nervenheilanstalt gebracht.«

»Jetzt kümmern wir uns erst einmal um deine Hände. Aiko und Berno haben das im Griff.« Freya hatte wieder ihren *Widerspruch ist zwecklos*-Tonfall. Kjer schaute ihr ins Gesicht. Sie sah ebenfalls erschöpft aus und kämpfte mit dem Schlaf, trotzdem fand er sie besonders hübsch in diesem Moment. Nur zu gerne hätte er sich an ihrer Schulter angelehnt, doch das traute er sich nicht. Sie merkte, dass er sie ansah, und sagte nur: »Wenn das heute durch ist, will ich nur noch ein heißes Bad und bis nächste Woche schlafen.« Kjer nickte stumm und sah zu Boden.

Er bemerkte, dass er immer noch großen Durst hatte und fragte: »Hast du noch Wasser?«

Sie fasste in ihre Umhängetasche und zog ihre Flasche heraus. »Ein bisschen ist noch drin«, sagte sie und zog den Stopfen aus der Flasche.

Kjer ergriff sie vorsichtig und trank. Das Wasser war warm, aber das hätte Kjer ohnehin nicht gestört und in diesem Moment schon gleich gar nicht. Wortlos reichte er ihr die leere Flasche zurück. »Danke«, schob er hinterher.

Die Gondel brauchte etwa fünfundvierzig Minuten bis zu ihrer Haltestelle. Kjer lehnte sich gegen die Seitenwand. Er wollte nicht einschlafen, merkte aber, dass er immer wieder kurz wegnickte. Sein letzter Traum mit dem Gedicht ging ihm einfach nicht mehr aus dem Kopf. Diesmal konnte er sich an alles erinnern.

Freya schlief nicht ein. Immer wenn jemand an ihnen vorbeiging, beugte sie sich etwas vor, um das Blut an Kjers Kleidung zu verdecken. Endlich erreichten sie ihre Haltestelle und standen auf.

»Geht es?«, fragte sie und sah ihn prüfend an.

»Geht schon«, murmelte Kjer. Sie gingen etwas langsamer als normal und erreichten schließlich das Haus.

Auch Edda sah so aus, als hätte sie nicht viel geschlafen und sich große Sorgen gemacht. »Kommt rein, ich habe mich schon gefragt, wo ihr bleibt«, sagte sie vorwurfsvoll. »Aiko hat mir schon heute Nacht alles erzählt. Vorher hab ich ihn nicht aus dem Haus gelassen, aber euch habe ich früher zurückerwartet.«

»Kannst du dir Kjers Hände anschauen?«, unterbrach Freya sie und drehte sich zu Kjer: »Zeig ihr deine Hände.«

»Um Himmels willen, was ist denn passiert?«, rief Edda erschrocken aus. Zu den freundlichen, gemütlichen Altersfalten in ihrem Gesicht gesellten sich noch ein paar Sorgenfalten, als Kjer die Jacke zur Seite nahm. »Du machst Sachen …«, murmelte sie und wusch vorsichtig das getrocknete Blut von Kjers Händen. Er stöhnte auf, es brannte wie Feuer. Die rechte Hand sah nicht so schlimm aus, auch wenn die obere Hautschicht an der Handfläche und den unteren und mittleren Fingergliedern zu großen Teilen aufgerissen war. An der linken Hand war die Haut wesentlich tiefer aufgeschürft, und die Wunde nässte und blutete. »Sie ist tief«, sagte Edda, »wir müssen vor allem sicherstellen, dass sich das nicht infiziert.«

Sie sah ihn ernst an. Kjer wusste, was das bedeutete. »Es brennt sowieso schon«, brachte er mit zusammengekniffenen Zähnen heraus und musste an die Suppe des alten Thorssen denken. Da hatte er das Gleiche vor der Zugabe der Chilipaste gedacht – und sich geirrt.

Edda ging an einen Schrank und holte eine Glasflasche mit einer durchsichtigen Flüssigkeit heraus. Kjer sah, wie die Luftblasen vom Flaschenhals in den Boden der Flasche stiegen, während sie eine Tasse füllte. Er fing an zu schwitzen. Er war sich nicht sicher, ob es ihm recht war, dass Freya dabei war.

»Am besten fangen wir mit der rechten Hand an«, konstatierte Edda und wies auf einen Stuhl. »Setz dich.« Ohne lange zu zögern, schüttete sie die Hälfte des Tasseninhalts auf Kjers Handfläche. Der brennende Schmerz war schwer zu ertragen. Kjer stiegen Tränen in die Augen. Während er noch auf die brennende rechte Hand schaute, hatte Edda den Moment der Ablenkung genutzt und die andere Hälfte auf seine linke Hand gekippt. Kjer schrie auf, er merkte, wie ihm ganz schwindelig und schwarz vor Augen wurde. Dann ließ der Schmerz langsam nach.

»Den schlimmen Teil haben wir hinter uns«, munterte Edda ihn auf und verband ihm die Hände, sodass nur noch die Fingerkuppen herausschauten. »Nebenan liegt deine Wechselkleidung. Brauchst du Hilfe beim Umziehen?«, fragte sie dann.

Kjer schüttelte den Kopf und zog sich mit etwas zittrigen Beinen ins Wohnzimmer zurück. Seine rechte Hand konnte er halbwegs normal verwenden, und solange er die linke nicht zu stark bewegte, waren die Schmerzen erträglich. Das fehlte noch, dass ihm Edda oder gar Freya beim Klamottenwechseln helfen würden.

»Leg die schmutzige Hose und das Hemd einfach auf den Boden. Ich werde es gleich waschen. Bei dem Wetter ist das mittags wieder trocken. Irgendwie habe ich das Gefühl, dass wir bald noch mal Besuch von der Bruderschaft kriegen werden ...«, rief ihm Edda durch die geschlossene Tür zu.

Kaum hatten sie sich zum Frühstück gesetzt, da klopfte es an der Tür. Das Klopfen kannten sie. Aiko stürmte durch die Diele in die Küche. »Los kommt, Berno und ich haben schon alle Pferde von der Weide geholt. Berno ist bereits los!« Dann fiel Aikos Blick auf Kjers Hände: »Was hast du denn gemacht?«

»Ich bin an meinem Seil runter in den Hof geklettert. Hatte keine Lust mehr auf Treppensteigen.« Freya verdrehte die Augen.

Aiko schaute auf den gedeckten Tisch. Anscheinend fiel ihm dabei auf, dass er auch Hunger hatte. »Also, eigentlich haben wir noch ein paar Minuten. Berno wartet am Abzweig zur Nervenheilanstalt auf uns.«

Unbemerkt an den Stallungen angekommen, sattelten Freya und Aiko Aegir für Kjer. »Bist du sicher, dass du reiten kannst?«, fragte Freya ihn skeptisch.

»Die rechte Hand geht ja, und wir haben doch auch keine Eile.« Als Aegir einmal kurz in den Trab gehen wollte, musste Kjer ihn jedoch bremsen, denn jede Erschütterung übertrug sich sofort in seine Hände. Er hielt auch die Zügel möglichst locker.

Freya, Kjer und Aiko mieden die Hauptstraßen, nahmen einen der vielen Mauerdurchbrüche und ritten dann über die Weiden direkt zu dem Abzweig. Unweit der Abzweigung verschwand der sandige Weg zwischen zwei Hügeln. Von Berno war nichts zu sehen, allerdings saß ein alter Mann am Wegesrand auf dem Boden und frühstückte. Unter seinem grauen, staubigen Mantel trug er eine grobe Leinenhose und ein locker sitzendes beiges Leinenhemd. Die Füße steckten in Sandalen. Seine grau-blonden Haare gingen im gleichen Farbton in einen kräftigen Vollbart über.

Kjer musterte ihn: »Ist es nicht etwas warm für einen Mantel um diese Jahreszeit?«, fragte er lächelnd. Der alte Mann sah auf und lächelte zurück. »Wer schön sein will, muss leiden. Nein, den brauche ich, um meine Konturen zu verwischen.« Es war tatsächlich Berno.

Er zeigte auf eine Buschgruppe unweit des Wegrandes. »Seht ihr den Hügel hinter den Büschen? Dahinter ist eine Senke, da könnt ihr eure Pferde verstecken. Meines steht dort bereits. Die Fluchtpferde habe ich wesentlich weiter vorne angebunden. Wenn der Bote vorbei ist, werde ich unsere Geisteskranken am Haupttor abholen. Meine *Eskorte* für die Überführung wartet ja hier draußen, um die armen Kranken nicht zu erschrecken. Aiko, du hast mich in dem Schreiben hoffe ich vernünftig angekündigt?« Aiko nickte. »Daran sollte es nicht scheitern …«

Bald lagen die drei recht gemütlich, wenige Schritte von Berno entfernt, im Gebüsch am Wegesrand versteckt und warteten, dass etwas passieren würde.

Die Sonne und die Spannung, jetzt so kurz vor dem Ziel, ließen sie Herr über ihre Müdigkeit bleiben, andernfalls wären sie sofort eingeschlafen. Gegen elf Uhr erblickten sie einen Reiter, der in ihre Richtung ritt. Die Freunde versteckten sich sicherheitshalber noch etwas tiefer im Gebüsch. Berno dagegen blieb unbekümmert am Wegesrand sitzen und spielte wieder den frühstückenden Wanderer.

Der Reiter war an seiner Uniform als ein Bote der Bruderschaft zu erkennen. In seiner großen Tasche dürften die gefälschten Krankenakten sein. Vielleicht aber hatte die Bruderschaft den Betrug in der Poststelle bemerkt oder Kjers Seil schon gefunden und die richtigen Schlüsse gezogen, und der Bote transportierte die Anweisung, dass *die Kranken* künftig besonders gut zu bewachen seien. Sie konnten jetzt nur hoffen.

Berno ließ den Boten der Bruderschaft noch vorbeireiten, dann stand er auf und begann sich in einen Bruderschafter zu verwandeln. Schließlich stand er als zünftiger Reiter der Bruderschaft vor den Freunden.

»Ich hätte zwar lieber den Boten gespielt, aber ich denke, der wird einer der wenigen Bruderschafter sein, den die in der Nervenheilanstalt wirklich gut kennen. Denen soll ruhig ein vertrautes Gesicht die Nachricht überbringen, dass ich unsere Freunde gleich abhole …« Mit einem siegessicheren Lächeln verschwand Berno in Richtung seines Pferdes, und bald sahen die drei ihn in gemächlichem Tempo den Sandweg entlangreiten.

Plötzlich wurde Freya unruhig. »Seht mal da«, sagte sie und zeigte in Richtung der Stadt. Dort näherte sich in zügigem Galopp ein weiterer Reiter. Die drei hielten den Atem an. »Wer ist das denn?«, fragte Aiko nervös. »Vielleicht will der ja auch nur zur Station der Seilbahnwagen«, hoffte Kjer, aber so recht glaubte er das selbst nicht.

Sie beobachteten den Reiter, der sich ihnen immer weiter näherte. »Das ist eine Uniform der Bruderschaft«, sagte Aiko leise. Dann erschraken sie. Fast gleichzeitig erkannten sie, wer da geritten kam. »Das ist der Sonderermittler!«, flüsterte Freya.

Da war er auch schon herangeritten. Zielstrebig bog Gerdis Thoosten auf den Sandweg ab. Kein Zweifel, er ritt zur Nervenheilanstalt. »Wenn der dort ankommt, bevor die vier entlassen sind, fliegt der Schwindel doch sofort auf.« Kjer schaute ihm hinterher. Berno hatte vielleicht fünf Minuten Vorsprung, das würde nicht ausreichen. Selbst wenn er vor dem Sonderermittler ankommen sollte, würden die Ärzte dort die vier angeblichen Kranken niemals rechtzeitig entlassen haben. Im schlimmsten Fall würde Berno sogar gleich mitgefangen.

»Wir müssen ihm hinterher!«, rief Kjer. Sofort sprangen sie auf und liefen zu ihren Pferden. Im Kopf überschlug Kjer alle Handlungsoptionen, die ihm einfielen, aber es war nicht viel Sinnvolles dabei. Falls sie den Sonderermittler überhaupt einholen konnten, dann wohl erst unmittelbar vor den Mauern der Nervenheilanstalt. Und was sollten sie ihm sagen? Wie sollten sie es schaffen, ihn lange genug aufzuhalten? Gerdis Thoosten war wahrlich kein Mensch, der sich leicht täuschen ließ.

Außer Atem sprangen sie auf ihre Pferde. Bei jeder Bewegung der Zügel schoss ein pochender Schmerz durch Kjers Hände. Im Galopp ritten sie auf die Straße. Wie groß mochte jetzt der Vorsprung des Sonderermittlers sein? Sie hatten kaum Zeit, sich einen Plan zu überlegen.

Hinter der zweiten Kurve bremste Kjer Aegir jedoch abrupt ab. Da stand das Pferd des Sonderermittlers friedlich grasend am Straßenrand, und Berno war gerade dabei, den regungslosen Gerdis Thoosten zu fesseln. Über seine Schultern hatte Berno wie ein Beutestück dessen Jacke gelegt.

»Keine Sorge, er schläft nur tief und fest. Bei den Mühen und dem Stress, den er in den letzten Wochen hatte, ist das doch eigentlich das Beste, was ihm passieren konnte. Ich hatte ja noch die Flasche mit dem Nachttau. Wusste doch gleich, dass die noch einmal nützlich sein würde. Ging nicht anders«, sagte Berno mit einem leicht entschuldigenden Unterton.

Dann lächelte er das Trio aber wieder an: »So eine Jacke wollte ich schon immer einmal haben, die kann ich bestimmt noch gut brauchen. Versteckt euch wieder. Es kann immer noch schiefgehen. Ihr habt wirklich schon genug riskiert. Das heißt, fasst mal noch kurz mit an, wir legen den da drüben in den Schatten.«

Kjer war schon im Begriff gewesen, vom Pferd abzusteigen, da erinnerte ihn ein Stich in seiner Hand, dass er hier vielleicht Aiko den Vortritt lassen sollte. Nachdem Gerdis Thoosten mit Aikos Hilfe im Schatten abgelegt war, kehrten Freya, Kjer und Aiko um und brachten ihre Pferde wieder in die Senke.

»Dieses Warten macht mich fertig. Ich habe in meinem ganzen Leben noch nicht so viel warten müssen wie in den letzten zwei Wochen«, stellte Kjer frustriert fest. Damit stand er auf, legte sich auf die Kuppe des nächsten Hügels und blickte in die Richtung der Nervenheilanstalt.

Die Zeit verstrich. War doch noch etwas schiefgegangen? Dann aber sah er fünf Pferde in gestrecktem Galopp den Weg entlangkommen. Kjers Herz schlug höher. »Ich glaube, sie sind es!«, rief er. Freya und Aiko liefen nun auch auf den Hügel, aber da war die Reitergruppe bereits in der nächsten Senke abseits des Weges verschwunden. Doch keine zwei Minuten später waren sie wieder zu sehen.

»Der ganz vorne ist Wigold«, rief Freya voller Freude. Sie hatten es wirklich geschafft. Wenig später waren die fünf bei ihnen angekommen. Wigold, Lowik, Timme und Gunder sahen müde aus, aber körperlich unversehrt. Berno, Freya, Kjer und Aiko dürften nicht mehr geschlafen haben in den letzten beiden Nächten als die vier Flüchtigen. Berno hatte irgendwann wieder Zeit gefunden, um sich umzuziehen. Nur die Jacke des Sonderermittlers schaute noch oben aus seinem prall gefüllten Rucksack heraus, aber Kjer schien, dass dies Absicht war.

Wigold sprang vom Pferd und umarmte seine Schwester. »Das habt ihr super gemacht. Ich danke euch allen.«

Kjer war leicht verlegen, und ihm wurde ganz warm ums Herz. Noch vor Kurzem hätte er es nicht für möglich gehalten, dass er Wigold, dem, der eigentlich alles konnte, einmal eine so große Hilfe sein könnte. Auch Timme, Lowik und Gunder stiegen von ihren Pferden, bedankten sich überschwänglich und klopften den Freunden kräftig auf die Schultern. Man sah ihnen an, dass sie einfach nur glücklich waren, aus der Nervenheilanstalt entkommen zu sein.

Lowik war schon wieder zu Scherzen aufgelegt: »Eigentlich war das ganz erholsam da, man hatte mal richtig Zeit zum Nichtstun, und das Essen war auch nicht so schlecht. Aber der da«, er zeigte auf Wigold, »wird schon hier draußen gebraucht. Ihr müsst wissen, da sind mittlerweile doch einige auf unserer Seite, ihr dürft nicht denken, dass ihr und wir die einzigen sind, und irgendwer muss das koordinieren. Ohne Wigold geht's nicht.«

»Hat euch irgendwer gesehen?«, fragte Wigold die drei, das Kompliment ignorierend, und schaute sie eindringlich an. Es war klar, dass die Bruderschaft jeden, den sie mit der Flucht in Verbindung bringen konnte, umgehend verhaften würde. Freya, Kjer und Aiko schauten sich einen kurzen Augenblick an, dann ergriff Freya das Wort. »Nein«, sagte sie entschlossen und schüttelte den Kopf. »Niemand. Ich denke, wir sind nicht aufgefallen.«

Schnell erzählten sie Wigold noch, was sie an der Klippe beobachtet hatten und was sich sonst so ereignet hatte in den letzten Wochen. Wigold hörte aufmerksam zu. »Wir müssen unseren Zeitplan daran anpassen, es ist nicht gut, dass *die Unbekannten*« – eine bessere Bezeichnung hatte er anscheinend nicht für das, was jenseits der Klippe war – »so große Fortschritte machen. Ein Objekt so weit nach oben zu heben ist eine unglaubliche baumeisterliche Leistung. Es wird auf jeden Einzelnen von uns noch ankommen. Reitet jetzt zurück. Nehmt auf keinen Fall die großen Wege. Am besten reitet ihr einmal um die ganze Stadt herum. Von nun an sind alle, die mit uns in Verbindung gebracht werden, für die Bruderschaft zwangsläufig Feinde des Hochlandes.«

»Wir sind doch nicht dumm. Und im Gegensatz zu dir haben wir uns noch nicht erwischen lassen«, scherzte Freya.

Aber Wigold lächelte nicht. »Gerdis Thoosten ist ein ernst zu nehmender Gegner, und spätestens jetzt, wo er da ohne seine Anzugsjacke hockt, wird er das Ganze persönlich nehmen.« Wigold blickte zu Berno, und für einen kurzen Augenblick schien sich Ärger in seinen Augen zu spiegeln. Berno schaute zu Boden, offensichtlich hatte Wigold vorher schon etwas zu ihm gesagt.

»Als Gerdis Thoosten uns erwischt hat, wusste er, wie wir vorgehen würden, fast so als ob er unseren Plan kennen würde. Er ist extrem intelligent. Ich hätte auch nicht gedacht, dass die uns einfach so verschwinden lassen. Wir werden ihn so schnell nicht loswerden. Jeder Fehler, den wir uns künftig erlauben, wird Konsequenzen haben. Ihr habt das alles unheimlich toll geplant, aber es war dennoch viel Glück dabei.« Er blickte auf Kjers Hände. »Auch da hätte noch viel mehr passieren können.«

»Was ist denn eigentlich im Wettergebirge los? Hakon hat uns erzählt, dass dort ebenfalls etwas geschieht«, fragte Aiko nun direkt heraus. Er wusste, dass nicht mehr viel Zeit blieb, um Fragen zu stellen.

Plötzlich schauten alle Wigold an. »Es ist noch zu früh,

darüber zu reden, bislang gibt es nur Gerüchte«, wehrte dieser ab. »Aber zum einen hat die Bruderschaft neuerdings viel Präsenz hoch oben in den Bergen im Wettergebirge gezeigt, zum anderen aber gibt es einen zweiten Weg ins Eisland, neben dem streng bewachten Gebirgspass. Beides scheint mir wichtig zu sein. Im Eisland sind Antworten verborgen. Bitte fragt nicht weiter. Ich muss erst wissen, was wir dort in den letzten Tagen und anderswo erreichen konnten. Aber ihr habt euch wahrlich ein Recht auf Antworten verdient.«

Es blieb dabei. Mit jeder Antwort taten sich mindestens zwei neue Fragen auf. Wigold schaute auf den Stand der Sonne: »Wir müssen jetzt los.«

Unwillkürlich blickte Kjer zu Berno. Der verstand dessen Blick: »Ich komme nicht mit euch in die Stadt zurück. Der Sonderermittler hat mich gesehen. Zwar nur in Verkleidung, aber das Risiko ist mir dann doch zu hoch.« Er zeigte auf das Brandmal an seinem Unterarm. »Ich bin eben ziemlich einzigartig. Außerdem wird die Stadt auf die Dauer langweilig. Ach ja. Der Sonderermittler. Den muss ich dann gleich auch noch losbinden, bevor er wach wird.« Er strich über dessen fein gebügelte Jacke und lächelte.

Wigolds Augen funkelten wieder, das schien in der Familie zu liegen: »Und du wolltest ihm seine Jacke zurückgeben«, sagte er entschieden.

Freya blickte sorgenvoll zu ihrem großen Bruder: »Wo wollt ihr jetzt überhaupt hin?«, fragte sie ihn. »Ihr könnt euch doch nicht euer ganzes Leben lang verstecken!«

In Bruchteilen von Sekunden änderte sich Wigolds Gesichtsausdruck komplett. Seine blauen Augen blickten wieder sanft, und er lächelte freundlich: »Mach dir keine Sorgen, Schwesterchen. Wir haben ein paar Notfallpläne vorbereitet. Noch mal lassen wir uns nicht erwischen. Wir werden uns bald wiedersehen. Bitte erkläre Papa unsere Beweggründe, auch er wird viele Fragen haben, ich hoffe, er wird es verstehen. Aber erzähl ihm nicht, welche Rolle ihr bei unserer Befreiung gespielt habt. Wir werden nicht ewig auf der Flucht sein. So gesehen hat es sogar fast etwas Gutes, dass die Unbekannten schon so weit die Klippe emporgekommen sind. Die Zeiten ändern sich. Uns steht ein genauso großer Umbruch bevor wie vor fünfhundert Jahren. Schon bald wird der Tag kommen, wo die Bruderschaft ganz andere Aufgaben hat und alles, was davor war, egal sein wird.«

Noch einmal drückte Wigold seine Schwester und gab ihr einen Kuss auf die Stirn. Dann umarmte er auch Kjer und Aiko. »Ich habe euch richtig eingeschätzt. Aber nochmals: Haltet eure Köpfe unten!«

Aiko holte den Schlüsselspiegel aus seiner Tasche. »Willst du den wiederhaben?«, fragte er.

Wigold schüttelte den Kopf: »Da, wo wir die nächste Zeit sein werden, gibt es keine Sicherheitsschlösser. Ihr müsst ihn nur gut verstecken. Falls ihr Verwendung für ihn habt, dürft ihr ihn gerne nutzen. Eine weitere Fälschung wird noch klappen ...«

»Aber wie geht es jetzt weiter?«, fragte Kjer. Mit dem, was sie herausgefunden hatten, konnten sie doch unmöglich wieder zum Alltag übergehen.

»Erst einmal setzt ihr euer normales Leben fort. Ihr habt noch Ferien. Die Zeit wird knapp, aber das Hochland wird noch eine Weile in Sicherheit sein. Wir bleiben in Verbindung. Sobald sich die erste Aufregung etwas gelegt hat, werden wir uns bei euch melden. Ihr seid jetzt unsere wichtigsten Kontaktpersonen in der Hauptstadt.« Wigold sah die fragenden Blicke von Freya, Kjer und Aiko, daher fuhr er fort: »Wir müssen in Erfahrung bringen, was vor fünfhundert Jahren wirklich geschehen ist und wie der Angriff damals, von dem ich sicher bin, dass es ihn gegeben hat, abgewehrt werden konnte. Der Grüne Gürtel bei Fiskheym ist erst seit Kurzem abgesperrt. Warum aber ist der Regeneichenwald schon seit Jahrhunderten Sperrgebiet, was versteckt sich da? Warum hat Fiskheym keine Stadtmauer? Es sind einfach noch zu viele Fragen offen. Gleichzeitig müssen wir herausfinden, was die Bruderschaft nun vorhat. Irgendwelche Maßnahmen werden auch sie gegen die Unbekannten ergreifen wollen. Mein Gefühl sagt mir nur leider, dass sie alles schlimmer machen werden. Vielleicht müssen wir einen Weg finden, das Hochland zu verlassen.«

Da war er wieder. Der Satz, der trotz all der Ereignisse der letzten Tage für Kjer immer noch undenkbar war, trotz seiner kühnen Tagträume. Das Hochland verlassen. Wigold fuhr fort: »Vergesst nicht, die Bruderschaft ist vielleicht unser Unglück, aber nicht unser Feind. Es sind Leute von uns. Wenn herauskommt, dass sie die Bewohner des Hochlands jahrhundertelang belogen haben, ist ihre Zeit ohnehin vorbei.« Erneut schaute Wigold zur Sonne. »Wir müssen aufbrechen.«

Berno stieg auf und galoppierte in Richtung der Stelle, wo der Sonderermittler gefesselt im Schatten lag. Die anderen vier ritten Richtung Norden in eine Senke zwischen zwei Hügeln hinein. Nach kürzester Zeit waren sie verschwunden.

Kjer schaute ihnen hinterher, suchte das Gelände mit seinen Augen weiträumig ab. Aber sie waren nicht mehr zu sehen. »Reiten wie das Wasser fließt«, erinnerte er sich an Hakons Erklärung. Nein. Die Bruderschaft würde sie nicht mehr finden. Egal, wie viele Türme nun nach ihnen Ausschau halten würden. Da war sich Kjer sicher.

Auch für sie war es nun Zeit, aufzubrechen. Im Schritt

querten sie die gepflasterte Straße und ritten weiter querfeldein zwischen Weiden hindurch und über die offene Graslandschaft.

Bis sie die Stadt umrundet hätten, würde es noch eine Weile dauern. Kjer schaute Freya und Aiko ins Gesicht. Sie sahen müde und abgekämpft aus. Auch er wollte nur noch eines. Schlafen.

Doch seine wirbelnden Gedanken ließen ihm keine Ruhe. Wovor hatte die Bruderschaft nur derartige Angst? Warum hatte ausgerechnet Fiskheym keine Stadtmauer? Was wusste der Sonderermittler über all das? Und warum suchte Wigold nach einem unbewachten Weg durch das Wettergebirge?

Kjer spürte, ihr Abenteuer ging jetzt erst richtig los …

Kapitel 20: Jenseits

Hätte Kjer viele tausend Meilen weit blicken können, so hätte er eine Antwort auf seine Frage erhalten, ob es andere Menschen auf der Erde gab oder wirklich nur endloses Wasser jenseits der Klippe: Es gab andere Menschen, allerdings lebten sie so weit vom Hochland entfernt, dass es für Kjer unvorstellbar gewesen wäre, sie persönlich treffen zu können, und noch unvorstellbarer wäre es für ihn gewesen, dass diese fremden Menschen eines Tages etwas mit der dunklen Bedrohung zu tun bekommen könnten.

Dennoch sollte genau dies geschehen.

Ein Schiff näherte sich einer kleinen, von Dickicht überwucherten Insel. Auf beiden Seiten tauchten zwei Reihen Ruder ins Wasser, ein einzelnes Segel ragte mittig vom Holzdeck empor, und vorne waren zwei Furcht einflößende Augen auf die Bordwand gemalt.

Leichtfüßig balancierte auf der Reling ein Mädchen, obwohl unter ihr im Wasser ein großer grauer Hai das Schiff begleitete. Die Haie gehörten zur Insel dazu, obgleich niemand wusste, weswegen sie hier so zahlreich waren. Das Mädchen, das etwas älter als Freya, Kjer und Aiko war, war von der Sonne braun gebrannt. Ihre schwarzen, lockigen Haare waren zu einem groben Zopf geflochten, und in ihrem Gürtel trug sie einen Dolch. Ihre Augen blitzten vor Abenteuerlust. Schließlich sprang sie aufs Deck hinab und ging auf den Kapitän des Schiffes zu, der an dem großen Steuerruder am Heck lehnte.

»Vater, wir werden doch ein paar Tage in unserer Bucht ankern. Ich will die Zeit nutzen, um endlich das Rätsel dieser Insel zu lösen«, rief das Mädchen mit funkelnden Augen. »Das geht doch alles nicht mit rechten Dingen zu. Warum leben hier so viele Haie, und warum verhalten sie sich so aggressiv? Es ist fast so, als würden sie irgendetwas bewachen! Schau dich doch einmal um. Auf dieser Seite der Insel gibt es viel mehr Haie. Man sieht immer zwei oder drei von ihnen, da ließe sich kein Fuß ins Wasser setzen. Auf unserer Inselseite dagegen sind sie seltener und verhalten sich auch weniger verrückt. Vielleicht liegt das ja gar nicht an der Insel, vielleicht ist irgendetwas im Wasser verborgen …«

Ihr Vater Oréstis lächelte: »Elektra, soweit ich weiß, verhalten sich die Haie schon seit Jahrhunderten hier so sonderbar. Das gibt es doch nur in alten Sagen, dass Haie einen Schatz unter Wasser bewachen …«

»Ich sage doch gar nicht, dass es ein Schatz ist …«, zögerte Elektra, »aber irgendetwas muss hier doch sein, und genau das will ich herausfinden! Es heißt, die Insel sei verflucht, aber warum sind dann die Haie nur auf einer Seite? Ich will das Wasser absuchen. So tief ist es dort ja nicht!«

»Wenn du etwas suchen willst, so pass auf, dass die anderen Piratenkapitäne nicht Wind davon bekommen. Nimm nur deine Brüder mit. Wenn ihr alleine seid, dann habt ihr das alleinige Anrecht auf was auch immer ihr finden mögt!«

Elektra musterte ihren Vater kritisch: »Du glaubst nicht, dass wir etwas finden werden?«

Abermals blickte Oréstis seine Tochter mit einem milden Lächeln an. »Ich glaube, dass du auf alle Fälle etwas findest, falls es was zu entdecken gibt!« Elektra hatte schon oft mit ihren verrückten Ideen unerwartete Erfolge gehabt.

Am Nachmittag desselben Tages fuhren Elektra und ihre großen Brüder Phileas und Janis mit einem kleinen Boot auf die andere Inselseite mit den vielen Haien zurück. Die Brüder *durften* rudern, während Elektra im Bug stand und sich am Vordersteven festhielt. »Etwas näher zur Küste bitte!«, kommandierte sie. »Da sind gerade wieder zwei große Rückenflossen aufgetaucht!«

»Du siehst so angespannt aus«, lachte Janis, »für gewöhnlich gehst du doch auch tauchen, wenn Haie in der Nähe sind.«

»Für gewöhnlich verhalten sich Haie aber auch nicht so aggressiv und hektisch«, erwiderte Elektra gebetsmühlenartig.

»Hinter uns waren ebenfalls gerade mehrere Haie zu sehen«, berichtete Phileas ernüchtert, denn seit bald drei Stunden fuhren sie im Zickzack an der Küste entlang und hatten immer wieder den Kurs des kleinen Bootes entsprechend den Haisichtungen angepasst, aber bis auf Felsen am Meeresgrund nichts entdecken können.

»Dann bitte abermals wenden und haltet euch dennoch näher an der Küste!«, forderte Elektra unbeirrt.

Sie wendeten und waren etwa hundert Schritte gerudert, als Janis rief: »Jetzt sind wieder hinter uns mehr Haie, aber etwas weiter weg vom Strand.« Unverkennbar lagen Zweifel in seiner Stimme, die Elektra nicht entgangen waren.

»Könnt ihr etwa nicht mehr? Wendet wieder und haltet genau auf die Stelle zu. Wir sind dicht dran!« Geduldig drehten die Brüder das Boot und ruderten in die gewünschte Richtung.

»Ich sehe etwas! Ein klein bisschen weiter nach links!«, schrie Elektra plötzlich mit sich überschlagender Stimme. »Da ist irgendetwas!«

Direkt unter ihnen am Meeresgrund, etwa hundert Schritte von der Küste entfernt, lag zwischen großen Felsen ein roter, fußgroßer Kristall. Die Felsen waren mit Muscheln überwuchert, der rote Stein dagegen war so blank und so unnatürlich frei von Schlamm und Schlick, als wäre er erst gestern ins Meer geworfen worden.

»Was ist das?«, fragte Janis ungläubig.

»Der leuchtet«, sagte Elektra nachdenklich, »das ist nicht das Sonnenlicht, das sich in ihm bricht, der Stein strahlt von sich aus!« Das Licht, das von dem Kristall ausging, wirkte gleichermaßen bedrohlich wie verführerisch.

»Sollten wir den nicht besser lassen, wo er ist?«, fragte Phileas, der älteste der Geschwister ernst. »Der Stein bedeutet Ärger! Rausgeangelt bekämen wir den ohnehin nicht, der liegt ja direkt zwischen den Felsen, da müssten wir tauchen. Und die Haie verhalten sich nicht normal …«

Die Wassertiefe ließ sich schlecht schätzen. Das Wasser war so klar, dass sich jeder noch so kleine Kiesel scharf auf dem Grunde des Meeres erkennen ließ. Fast wirkte es auf Elektra, als könnte sie den Kristall von hier oben greifen. Dann aber schob sich ein Hai zwischen Boot und Kristall hindurch. Nein, der Stein lag einige Schritte tief. Phileas hatte recht, wollten sie an den Kristall gelangen, würden sie tauchen müssen.

»Ich will diesen Stein haben, irgendeine sonderbare Kraft geht von ihm aus«, sagte Elektra entschieden, »fühlt ihr das nicht?« Phileas und Janis nickten, sie spürten es ebenfalls.

»Wir haben alles dabei, was wir brauchen«, ergänzte Elektra schnell, um ihre Brüder zu überzeugen. »Wir müssen den

Kristall nicht berühren, wir können ihn mit deinem kleinen Dreizack zum Fischfang in einen Sack befördern, und wir können ein Stück Segeltuch zerschneiden, um uns mit den Stofffetzen vor den Haien zu schützen.« Bekanntlich ließen sich Haie von weiter Kleidung auf Abstand halten und ein Biss in die Jutefetzen würde natürlich zu keiner Verletzung führen.

Phileas zögerte immer noch: »Das reicht nicht, so ausgestattet gehen wir da nicht runter! Dann legen wir zumindest vorher noch einmal an der Insel an und bauen uns einen Käfig, damit wir noch etwas zwischen sie und uns bringen können. Aber wir müssen uns beeilen, in der Dämmerung geht keiner von uns mehr ins Wasser, dann sind sie am aktivsten …«

Schnell war das Boot an den Strand gezogen. So leise wie möglich machten sie sich an die Arbeit, denn es durfte niemand auf der anderen Inselseite mitbekommen, was sie vorhatten. Die Geschwister schlugen möglichst gerade gewachsene Stämmchen aus dem Dickicht, entasteten sie und lagerten die Hölzer im Boot. Es dauerte eine Weile, bis sie ein gutes Dutzend brauchbarer Stämme zusammenhatten.

Die Wellen rollten sanft an den steinigen Strand, der Himmel war blau, und Vogelschwärme flogen zwitschernd über das Inseldickicht hinweg. Es hätte ein wunderschönes kleines Abenteuer werden können, wenn nicht unmittelbar hinter dem Strandbereich, dort, wo das Wasser tiefer wurde, beinahe ohne Unterbrechung graue, dreieckige Rückenflossen an der Küstenlinie entlangpatrouilliert wären.

Schließlich war alles vorbereitet. »Dann wollen wir mal«, sagte Phileas aufmunternd. Sie knoteten sich lange Stofffetzen an die Beine und fuhren wieder hinaus. Unter kräftigen Ruderschlägen näherte sich das kleine Boot dem sonderbaren roten Kristall. Als ob er ihnen noch einmal verdeutlichen wollte, dass es eine äußerst dumme Idee war, hier ins Wasser zu gehen, kreuzte ein Hai direkt ihren Kurs und tauchte unmittelbar vor dem Boot ab.

An jedem der frisch geschlagenen Stämme hatten sie am unteren Ende einen Stein befestigt. Stange um Stange stellten sie nun ein Gerüst um den Kristall herum auf und banden die oberen Enden lose zusammen. Damit das Boot nicht abtreiben würde, befestigten sie es an diesem käfigähnlichen Gerüst und hängten über die Bordwand als Einstiegshilfe zwei Tauenden ins Wasser.

Dann war der Moment gekommen. Janis und Phileas zogen ihre Hemden aus. Elektra trat an die dünne Bordwand heran. Sie spürte eine Unruhe in sich aufsteigen, aber diese lag nicht nur an den Haien. Nein, zur Angst vor den Haien gesellte sich eine andere, noch tiefere Furcht hinzu.

Janis und Elektra ergriffen Speere, Phileas nahm den Jutesack und den kleinen Dreizack an sich. Er hatte die Aufgabe übernommen, den Kristall zu bergen. »Dass mich einmal meine kleinen Geschwister beschützen werden, hätte ich auch nicht gedacht«, scherzte er, um seine Anspannung zu überspielen. Während er sich auf den Kristall konzentrieren würde, würden seine Geschwister versuchen, die Haie auf Abstand zu halten. »In dreißig Sekunden sind wir wieder oben«, sagte Elektra tapfer. Ein Hai war gerade nicht zu sehen. Gleichzeitig sprangen sie Kopf voran ins Wasser.

In der linken Hand den sie nach unten ziehenden Speer haltend, mit der rechten Hand sich am Holzgerüst abwärts hangelnd, tauchte Elektra zügig ab. Das Wasser war kühl, aber sie merkte es nicht. Sie stand völlig unter Adrenalin. Phileas schob sich zwischen den Holzstangen hindurch in das Gerüst hinein und strebte mit kräftigen Zügen dem rötlich schimmernden Stein entgegen, dessen schwaches Licht ihnen den Weg wies.

Elektra spürte, wie der Wasserdruck zunehmend auf ihre Trommelfelle drückte. Sie sah zur Seite. Einen Augenblick schien sie einen großen Schatten wahrzunehmen, aber da war nichts zu erkennen. »Schnell weiter, einfach schnell runter«, dachte sie sich. Phileas hatte den Kristall bereits erreicht. Immer noch war kein Hai zu sehen. Elektra erreichte den Boden, drehte sich nach oben und berührte mit dem Fuß den Grund. Mit der Hand hielt sie sich an einer Holzstange fest. Wie ein Reh, das einen Wolf in der Nähe gewittert hat, blickte sie sich in alle Richtungen um. Ihre Lunge schmerzte bereits. Ohne ihn zu berühren, hob Phileas den Kristall vorsichtig mit dem Dreizack in den Jutebeutel. Elektra spürte, dass sie nicht mehr lange unter Wasser bleiben konnte. Endlich stieß sich Phileas vom Boden ab, Janis und Elektra folgten sogleich seinem Beispiel.

Plötzlich, wie aus dem Nichts, schoss von der Seeseite kommend ein Hai an ihnen vorbei. Elektra konnte ihn im klaren Wasser beobachten. Genauso schnell, wie er an ihnen vorbeigeschwommen war, wendete das Tier wieder. Der Hai war riesig, und Elektra ahnte, dass er kein zweites Mal nur vorbeischwimmen würde. Eilig weiter aufsteigend zog sie sich mit der freien Hand um das Holzgestell herum auf die vom Hai abgewandte Seite. Der Hai hielt auf das Holzgestell zu. Auch Phileas erkannte die Absicht des Raubfisches, zwängte sich zwischen den Stangen hindurch aus dem Käfig heraus und befand sich nun direkt zwischen seinen Geschwistern auf der haiabgewandten Seite.

Da prallte der Hai gegen das Holzgestell, das auseinanderbrach, als wären es nur dünne Stöckchen gewesen. Einige gebrochene Hölzer, von denen sich die Steine gelöst hatten, stiegen auf, andere blieben vereinzelt, von den Steinen am Meeresgrund gehalten, senkrecht im Wasser stehen.

Ihre Deckung war weg. Sie waren ungeschützt im offenen Wasser, und die Luft wurde knapp. Für einen kurzen Augenblick schaute Elektra nach oben, sie konnte den Rumpf des Ruderbootes erkennen, es hing immer noch fest an einer Stange. Hätte es sich gelöst, wäre es ihr Ende gewesen, denn es war mehr als unwahrscheinlich, dass sie die hundert Schritte zur rettenden Küste schaffen würden, bevor der Hai sie einholte.

Im nächsten Moment sah Elektra ein weit geöffnetes Maul auf Phileas und sich zuschießen. Nur eine Sekunde blieb Elektra erstarrt, Blut mischte sich ins Wasser. Instinktiv hatte sie den Speer zwischen ihren Bruder und den Hai gehalten, aber bis auf ein kleines Loch in der dicken, ledrigen Haut war der Hai unverletzt geblieben. Der Raubfisch erfasste die Jutefetzen, die von Elektras und Phileas Beinen herabhingen, und riss die beiden unbarmherzig wieder in die Tiefe. Noch einmal und noch einmal stieß Elektra mit dem Speer nach unten zu, aber es fehlte die Kraft in den Stößen, um den Hai nachhaltig zu beeindrucken. Dennoch ließ dieser wieder von ihnen ab, aber wohl nur, weil ihm die Stofffetzen nicht zu schmecken schienen. Sofort strebten Phileas und Elektra der glitzernden Oberfläche entgegen. Elektra brauchte dringend Luft, schnellstmöglich. Sie schleuderte den schweren Speer von sich, ihr Blut pochte, aber sie behielt den Hai im Auge, der unweit von ihnen erneut wendete. Da spürte Elektra plötzlich einen schmerzhaften Stoß gegen ihren Oberkörper. Janis hatte ihr mit beiden Beinen einen kräftigen Tritt versetzt und sie damit zur Seite geschoben, während er seine Arme gegen einen weiteren Hai drückte. Der Raubfisch verfehlte Elektra, rammte jedoch so stark ihre

Seite, dass ihr für einen kurzen Moment schwarz vor Augen wurde. Wieder mischte sich Blut ins Wasser. Elektra spürte nichts. So schnell es nur ging, schwamm sie nach oben. Sie blickte sich nicht mehr nach den Raubfischen um. In just dem Moment, in dem sie die Wasseroberfläche erreichte und gierig die Luft einsog, griffen zwei Hände nach ihr und zogen sie schwungvoll aus dem Wasser. Es war ihr Bruder Phileas. Gleichzeitig zog sich Janis an einem der beiden Taue aus der Gefahrenzone. Das Boot stand einen Moment lang gefährlich schief, als die beiden über der Kante hingen.

In der Sekunde, in der Elektra mit angezogenen Beinen ins Boot fiel, schoss ein Hai mit geöffnetem Maul an der Bordwand entlang. Einen Moment lag Elektra wie betäubt auf den Planken, dann setzte ein starker Schmerz ein. Sie drehte sich auf den Rücken und fasste an ihren Bauch. Ihre Hand war rot gefärbt. »Halb so wild, bleib liegen«, sagte Phileas beruhigend. Elektra hob ihren Kopf. An Bauch und Oberschenkeln blutete sie aus unzähligen kleinen Wunden. Sie lächelte tapfer: »Der ist nur mit seiner rauen Haut an mir entlanggeschrappt.«

Janis grinste: »Ist doch nur gerecht, dass es gerade dich erwischt hat, immerhin wolltest du den Stein haben … Das brennt bestimmt mit dem Salzwasser, aber das wird wieder. Keine Sorge, wenn er dich richtig erwischt hätte, würdest du anders aussehen. Die Zähne reißen ganz andere Wunden …«

Vorsichtig stülpte Phileas den Jutesack um, sodass sie ihr Fundstück betrachten konnten. »Die eine Seite ist geschliffen, die andere scheint eine Bruchkante zu sein. Sieht wie ein Teil eines größeren Kristalls aus …«, rätselte Janis.

»Mir wird schlecht«, stöhnte Phileas plötzlich und klammerte sich an der Reling fest.

»Mir ist auch schwindelig«, äußerte Elektra, »ich glaube,

das liegt an dem Kristall!« Sie warf den Jutesack wieder über den Stein.

»Vorsicht!«, rief Janis plötzlich. Im nächsten Moment wackelte das Boot. Ein Hai hatte den Rumpf unsanft angeschoben.

»Was ist das nur für ein Stein?«, fragte Phileas erschrocken.

»Rudert mich zur Küste!«, beschloss Elektra. »Ich brauche dringend Abstand zu dem Kristall. Außerdem erregen wir mit den Haien im Schlepptau zu viel Aufmerksamkeit. Ich werde ihn auf der Insel verbergen, bis wir wissen, womit wir es zu tun haben …« Den Protest ihrer Brüder ignorierte sie und bestand darauf. Elektras Gefühl sagte ihr, dass sie diesen merkwürdigen Stein besser sofort wieder ins Wasser geworfen und ihn dann vergessen hätte, doch sie war nicht bereit, darauf zu hören. Schließlich hatten sie den Stein unter reichlich Anstrengung und Gefahr geborgen, er gehörte nun ihnen.

Sobald ihre Brüder sie abgesetzt hatten, warf sie den Jutesack mit dem Kristall von sich und sank zu Boden. Alles drehte sich. Langsam ließ der Schmerz nach, auch wenn sie sich sicher war, dass sie die nächsten Tage nicht auf dem Bauch liegen würde. Sie hatten es geschafft.

»Ich gehe hier nie wieder baden«, sagte sie leise. Eines war ihr klar. Sie würde alles tun, um herauszufinden, was es mit diesem Stein auf sich hatte …

Namensregister

Die Hauptstädter

Kjertan (Kjer) Thavalt: dreizehn Jahre, einer der drei Freunde, nicht furchtlos, aber tapfer
Herko Thavalt: sein Vater
Lioba Thavalt: seine Mutter
Neela und Freda Thavalt: sieben Jahre, seine manchmal nervigen Zwillingsschwestern
Freya Thareet: dreizehn Jahre, eine der drei Freunde, kleine Schwester von Wigold, schlagfertig, liebt scharfes Essen
Iskko Thareet: ihr Vater
Thara Thareet: ihre verstorbene Mutter
Edda Thirner: Tharas Mutter, Freyas Großmutter
Aiko Thruster: dreizehn Jahre, einer der drei Freunde, Vetter von Leif, belesen und intelligent
Alard Thruster: sein Vater
Adela Thruster: seine Mutter
Herulf Thruster: sein Onkel, Magistrat der Bruderschaft, Vater von Leif, Jerrik und Roald
Siri Thruster: seine Tante, Mutter von Leif, Jerrik und Roald
Doctorus Thurmvogel: Naturkundelehrer der Freunde

Die Aufrührer

Wigold Thareet: neunzehn Jahre, Anführer der jugendlichen Aufrührer, Bruder von Freya, charismatisch
Timme: ähnliches Alter, enger Vertrauter von Wigold, Konstrukteur
Lowik: ähnliches Alter, enger Vertrauter von Wigold, Koch
Berno: ähnliches Alter, enger Vertrauter von Wigold, Verkleidungskünstler
Gunder: ähnliches Alter, enger Vertrauter von Wigold, Student der Altertumskunde
Hakon Thorssen: sechzehn Jahre, Fiskheymer und aktiv im Beobachtungsposten
Der alte Thorssen: Vater von Hakon, Wirt der Taverne *Im alten Kran*
Solveigh: sechzehn Jahre, aktiv im Beobachtungsposten

Die Bruderschafter

Gerdis Thoosten: Erster Sonderermittler, verantwortlich für die Ergreifung der Aufrührer
Urda Thudor: Magistratin der Bruderschaft, enge Vertraute von Gerdis Thoosten
Leif Thruster: etwa vierundzwanzig Jahre, Wächter der Bruderschaft, im Dienste von Gerdis Thoosten und Urda Thudor
Rodor Thoostedt: Zweiter Sonderermittler, Gegenspieler von Gerdis Thoosten
Jerrik Thruster: etwa zweiundzwanzig Jahre, Oberer Reiter im Dienste der Bruderschaft, Bruder von Leif und Roald

Roald Thruster: etwa zwanzig Jahre, Reiter im Dienste der Bruderschaft, Bruder von Leif und Jerrik
Nandrud: Oberer Reiter

Die Bergler

Beeke: etwa sechzehn Jahre, Pferdediebin und Vertraute von Wigold
Halvor: Pferdedieb
Birger: Pferdedieb

Die Piraten

Elektra: etwa fünfzehn Jahre, kluge und draufgängerische Tochter von Oréstis
Oréstis: Piratenkapitän der Pollux, draufgängerischer Seefahrer, Vater von Elektra
Phileas: ältester Bruder von Elektra
Janis: älterer Bruder von Elektra

Sonstige

Asradiel: unbekannt
Doctorus Keke Thirvelt: Attentäter, Verrückter, Wissender?

Traumgestalten

Kjertan: Anführer im Kampf der Hochländer
Briga: Reiterin der Bruderschaft, enge Vertraute von Savant

Varg: Reiter der Bruderschaft, draufgängerischer Krieger
Savant: Berater von Kjertan
Ibo: Truppführer der Bruderschaft
Brander: Truppführer der Bruderschaft
Orve: Truppführer der Bruderschaft
Therus: Feind von Kjertan, Anführer der Bestien
Asradiel: erscheint Kjertan in einer Vision, möglicherweise auch in der realen Welt existent